走到哪說到哪！

日本へ行こう！

# 旅遊
# 會話日語

彩色攜帶
修訂版

林育萱・大場陽子・立石悠佳／著

附
QR Code
線上音檔

秋の味覚

笛藤出版

# 本書的使用方法

## Step 1

先不看文字,聽一次日本老師的唸法,練習耳朵敏感度。

## Step 2

跟著文字一起邊看邊唸,看看自己剛剛聽出多少內容,不懂的再搭配羅馬拼音,重複練習。

---

| | 1 | 搭乘飛機 |
|---|---|---|

### 在飛機上

| | | |
|---|---|---|
| 1 | 請問機票上的這個座位在哪裡? | この搭乗券の席はどちらにありますか?<br>ko.no to.jo.u.ke.n.no se.ki wa do.chi.ra ni a.ri.ma.su ka |
| 2 | 可以讓我看一下您的機票嗎? | 搭乗券を拝見してもよろしいしょうか?<br>to.o.jo.o.ke.n.o ha.i.ke.n.shi.te.mo yo.ro.shi.i de.sho.o.ka |
| 3 | 可以幫我把行李放到行李架上嗎? | 荷物を棚に入れてくれませんか?<br>ni.mo.tsu.o ta.na.ni i.re.te ku.re.ma.se.n.ka |
| 4 | 不好意思,這是我的座位。 | すみません、ここは私の席です。<br>su.mi.ma.se.n ko.ko wa wa.ta.shi.no se.ki de.su |
| 5 | 請問我可以換到別的座位嗎? | 他の席に移ってもいいですか?<br>ho.ka.no se.ki ni u.tsu.t.te.mo i.i.de.su.ka |
| 6 | 不好意思,可以再給我一條毛毯嗎? | すみません、毛布もう一枚もらえますか?<br>su.mi.ma.se.n mo.o.fu mo.o.ichi.ma.i mo.ra.e.ma.su ka |
| 7 | 請問有報紙(雜誌)嗎? | 新聞(雑誌)がありますか?<br>shi.n.bu.n(za.s.shi)ga a.ri.ma.su.ka |
| 8 | 請問要如何讓座椅傾斜呢? | どうやってシートを倒すのですか?<br>do.o ya.t.te shi.i.to o ta.o.su no de.su ka |
| 9 | 我想知道遙控器該怎麼操作。 | リモコンの使い方を知りたいのですが。<br>ri.mo.ko.n no tsu.ka.i ka.ta o shi.ri.ta.i no de.su.ga |
| 10 | 耳機好像不能用。 | イヤホンの調子が悪いのですが。<br>i.ya.ho.n.no cho.o.shi ga wa.ru.i.no de.su.ga |
| 11 | 請問可以幫我換一個嗎? | 違うものと交換していただけませんか?<br>chi.ga.u mo.no to ko.o.ka.n shi.te i.ta.da.ke.ma.se.n.ka |

22

話

3 不好意思，可以給我一杯冰嗎？

すみません、お水もらえますか？
su.mi.ma.se.n. o.mi.zu.mo.ra.e.ma.su.ka

好的，馬上幫您送過來。

はい、すぐにお持ちいたします。
ha.i. su.gu.ni.o.mo.chi.i.ta.shi.ma.su

**填入境表**

請問可以告訴我入境表的寫法嗎？

入国カードの書き方を教えてもらえますか？
nyu.u.ko.ku.ka.a.do.no.ka.ki.ka.ta.o.o.shi.e.te.mo.ra.e.ma.su.ka

請給我一張海關申報單。

税関申告書の用紙をください。
ze.i.ka.n.shi.n.ko.ku.sho.no.yo.u.shi.o.ku.da.sa.i

可以跟你借支筆嗎？

ペンをお借りできますか？
pe.n.o.o.ka.ri.de.ki.ma.su.ka

Step 3

最後聽對話的語調和頓挫，學習漂亮的發音。

### 飛機上提供的各種服務

📀 004

| 機內服務 | 餐點 | 媒樂 | 電影、影片 |
|---|---|---|---|
| 機內サービス | お食事・お飲み物 | エンターテインメント | 映画・ビデオ |
| ki.na.i.sa.a.bi.su | o.sho.ku.ji・o.no.mi.mo.no | e.n.ta.a.te.i.n.me.n.to | e.i.ga・bi.de.o |
| 音響 | 電玩 | 雜誌 | 免稅商品 |
| オーディオ | ゲーム | 雑誌 | 免税品 |
| o.o.di.o | ge.e.mu | za.s.shi | me.n.ze.i.hi.n |
| 機內設備 | 遙控器 | 觸控螢幕 | 安全帶 |
| 機內設備 | リモコン | タッチパネル | シートベルト |
| ki.na.i.se.tsu.bi | ri.mo.ko.n | ta.c.chi.pa.ne.ru | shi.i.to.be.ru.to |
| 逃生口 | 腳踏板 | 行李櫃 | 毛毯 |
| 非常口 | 足置き | 荷物棚 | 毛布 |
| hi.jo.u.gu.chi | a.shi.o.ki | ni.mo.tsu.da.na | mo.u.fu |

Step 4

補充的單字也很重要唷！可以學著怎麼替換句子裡的單字，造出你自己的句子。

　　本書透過簡潔的排版、循序漸進的分類，收錄了共六大主題、225種情境的日本旅遊常用會話。內容從食衣住行各方面切入，並附上中文翻譯和羅馬拼音，讓你在學習的時候更加輕鬆上手！

　　此外更補充了許多相關的專欄，學日語之餘也可以更了解日本唷！再搭配上由日籍老師所錄製的 MP3，反覆練習聽力和口說，相信你的日語會話能力一定可以更加進步唷！

# 目 次

**日本旅遊必備的電車轉乘 APP！**

column ゆるキャラ！日本各地人氣吉祥物！

column

**商品「含税價格」新制上路！**

♪ 中日發音 MP3

**請掃描左方QR code或輸入網址收聽：**

https://bit.ly/ryokouJP

\* 請注意英文字母大小寫區分

◆日語發聲：須永賢一・永野惠子

◆中文發聲：常青

♪ 001

## 肯定、否定

| 1 | 是(有)。對。是。是的。 | はい。ええ。うん。そうですね。<br>ha.i。e.e。u.n。so.o.de.su.ne |
|---|---|---|
| 2 | 不是。 | いえ。いいえ。違います。<br>i.e。i.i.e。chi.ga.i.ma.su |

## 基本寒暄用語

| 1 | 初次見面。 | はじめまして。<br>ha.ji.me.ma.shi.te |
|---|---|---|
| 2 | 請多指教。 | よろしくお願いします。<br>yo.ro.shi.ku.o.ne.ga.i.shi.ma.su |
| 3 | 早。早安。 | おはよう。おはようございます。<br>o.ha.yo.o。o.ha.yo.o.go.za.i.ma.su |
| 4 | 午安。 | こんにちは。<br>ko.n.ni.chi.wa |
| 5 | 晚安。 | こんばんは。<br>ko.n.ba.n.wa |
| 6 | (睡前)晚安。 | おやすみ。おやすみなさい。<br>o.ya.su.mi。o.ya.su.mi.na.sa.i |
| 7 | 再見。 | さようなら。バイバイ。<br>sa.yo.o.na.ra。ba.i.ba.i |
| 8 | 明天見。下次見。 | また明日。じゃ(では)、また。<br>また今度。またあとで。<br>またお会いしましょう。<br>ma.ta.a.shi.ta。ja、ma.ta／de.wa、ma.ta<br>ma.ta.ko.n.do。ma.ta.a.to.de。ma.ta.o.a.i.shi.ma.sho.o |

| 9 | 請小心。請保重。 | お気をつけて。お元気で。<br>o.ki.o.tsu.ke.te。o.ge.n.ki.de |
| 10 | 對不起。不好意思。 | ごめんなさい。すみません。<br>go.me.n.na.sa.i。su.mi.ma.se.n |
| 11 | 失禮了。 | 失礼しました。<br>shi.tsu.re.i.shi.ma.shi.ta |
| 12 | 開動了。 | いただきます。<br>i.ta.da.ki.ma.su |
| | 請多吃點。 | どうぞ、召し上がれ。<br>do.o.zo、me.shi.a.ga.re |
| 13 | 請慢用。 | ごゆっくり。<br>go.yu.k.ku.ri |
| 14 ★ | 謝謝招待。 | ごちそうさま。ごちそうさまでした。<br>go.chi.so.o.sa.ma。go.chi.so.o.sa.ma.de.shi.ta |
| 15 | 先走了。 | 失礼します。<br>shi.tsu.re.i.shi.ma.su |
| 16 | 打擾了（進入別人家時）。<br>打擾您了（離開別人家時）。 | お邪魔します。お邪魔しました。<br>o.ja.ma.shi.ma.su。o.ja.ma.shi.ma.shi.ta |
| 17 | 我出門了。 | 行ってきます。<br>i.t.te.ki.ma.su |
| | 請慢走。 | 行ってらっしゃい。<br>i.t.te.ra.s.sha.i |
| 18 | 我回來了。 | ただいま。ただいま帰りました。<br>ta.da.i.ma。ta.da.i.ma.ka.e.ri.ma.shi.ta |
| | 你回來了。 | おかえり。おかえりなさい。<br>o.ka.e.ri。o.ka.e.ri.na.sa.i |

### 沒人請吃飯也要説「ごちそうさま。」？

　　「ごちそうさま」除了受人招待後使用，在任何場合吃完飯後，日本人也都會說「ごちそうさま」，其意義是源自佛教思想，意指自己是懷抱著感恩的心享用，表達感謝之意。

| 19 | 謝謝。 | ありがとう。ありがとうございます。<br>a.ri.ga.to.o。a.ri.ga.to.o.go.za.i.ma.su |
| | 不客氣。 | どういたしまして。<br>do.o.i.ta.shi.ma.shi.te |
| | 我才要謝謝您。 | こちらこそ、ありがとうございました。<br>ko.chi.ra.ko.so。a.ri.ga.to.o.go.za.i.ma.shi.ta |

## 祝賀、節慶問候語

| 1 ★ | 恭喜。 | おめでとうございます。<br>o.me.de.to.o.go.za.i.ma.su |
| 2 | 生日快樂。 | お誕生日おめでとうございます。<br>o.ta.n.jo.o.bi.o.me.de.to.o.go.za.i.ma.su |
| 3 | 祝你(妳)有個美好的一年。 | 素敵な一年でありますように。<br>su.te.ki.na.i.chi.ne.n.de.a.ri.ma.su.yo.o.ni |
| 4 | 暑期問候。 | 残暑お見舞い申し上げます。<br>za.n.sho.o.mi.ma.i.mo.o.shi.a.ge.ma.su |
| 5 | 聖誕節快樂。 | メリークリスマス。<br>me.ri.i.ku.ri.su.ma.su |
| 6 | 新年快樂。 | 謹賀新年。明けましておめでとうございます。良いお年をお迎えください。<br>ki.n.ga.shi.n.ne.n。a.ke.ma.shi.te.o.me.de.to.o.go.za.i.ma.su。yo.i.o.to.shi.o.o.mu.ka.e.ku.da.sa.i |
| 7 | 乾杯! | 乾杯!<br>ka.n.pa.i |

column

### 「おめでとうございます！」恭賀別人時用這句就對了！

其他常使用到的祝賀詞還有：

「ご結婚おめでとうございます！（恭喜結婚）」、「ご就職おめでとうございます！（恭喜你找到工作）」、「ご卒業おめでとうございます！（恭喜畢業）」、「退院おめでとうございます！（恭喜你出院）」等等。

如果在各種值得慶賀的場合上，不知該如何道賀，只要用「おめでとうございます！」絕對不會有問題。

## 探病時的基本用語

**1** 請多保重。

お大事にしてください。
o.da.i.ji.ni.shi.te.ku.da.sa.i

**2** 祝你早日康復。

一日も早いご回復をお祈りしております。
i.chi.ni.chi.mo.ha.ya.i.go.ka.i.fu.ku.o.o.i.no.ri.shi.te.o.ri.ma.su

## 麻煩或打擾他人時的用語

**1** 拜託了。

お願いします。
o.ne.ga.i.shi.ma.su

**2** 給您添麻煩了！

ご迷惑をお掛けしました。
go.me.i.wa.ku.o.o.ka.ke.shi.ma.shi.ta

**3** 眞是麻煩您了。

お手数をお掛けしました。
o.te.su.u.o.o.ka.ke.shi.ma.shi.ta

**4** 謝謝您的關照。

お世話になります。
o.se.wa.ni.na.ri.ma.su

## 下班時的招呼用語

**1** 我先離開了。

お先に失礼します。
o.sa.ki.ni.shi.tsu.re.i.shi.ma.su

**2** 辛苦了。

お疲れさまです。お疲れさまでした。
o.tsu.ka.re.sa.ma.de.su。o.tsu.ka.re.sa.ma.de.shi.ta

**想法、希望**

🎵 002

| | | |
|---|---|---|
| 1 | 知道。不知道。 | 知っています。知りません。<br>shi.t.te.i.ma.su。shi.ri.ma.se.n |
| 2 | 知道嗎？ | 分かりますか？<br>wa.ka.ri.ma.su.ka |
| | 是，我知道了。 | はい、分かりました。<br>ha.i、wa.ka.ri.ma.shi.ta |
| | 不，我不瞭解。 | いいえ、分かりません。<br>i.i.e、wa.ka.ri.ma.se.n |
| 3 | 知道了。知道了(尊敬語)。 | 了解しました。かしこまりました。<br>ryo.o.ka.i.shi.ma.shi.ta。ka.shi.ko.ma.ri.ma.shi.ta |
| 4 | 會。不會。 | 出来ます。出来ません。<br>de.ki.ma.su。de.ki.ma.se.n |
| 5 | 記得。想起來了。 | 覚えています。思い出しました。<br>o.bo.e.te.i.ma.su。o.mo.i.da.shi.ma.shi.ta |
| 6 | 忘記了。忘不了。 | 忘れました。忘れられません。<br>wa.su.re.ma.shi.ta。wa.su.re.ra.re.ma.se.n |
| 7 | 覺得～。不覺得～。 | ～と思います。～と思いません。<br>～to.o.mo.i.ma.su。～to.o.mo.i.ma.se.n |
| 8 | 認為～。不認為～。 | ～と考えています。～と考えていません。<br>～to.ka.n.ga.e.te.i.ma.su。～to.ka.n.ga.e.te.i.ma.se.n |
| 9 | 想。不想。 | したいです。したくないです。<br>shi.ta.i.de.su。shi.ta.ku.na.i.de.su |
| 10 | 喜歡。討厭。 | 好きです。嫌いです。<br>su.ki.de.su。ki.ra.i.de.su |

**喜怒哀樂**

| | | |
|---|---|---|
| 1 | 高興。愉快。好玩、有趣。 | 嬉しいです。楽しいです。面白いです。<br>u.re.shi.i.de.su。ta.no.shi.i.de.su。o.mo.shi.ro.i.de.su |
| 2 | 難過。寂寞。生氣。 | 悲しいです。寂しいです。怒っています。<br>ka.na.shi.i.de.su。sa.bi.shi.i.de.su。o.ko.t.te.i.ma.su |
| 3 | 很幸福。太棒了。 | 幸せです。最高です。<br>shi.a.wa.se.de.su。sa.i.ko.o.de.su |
| 4 | 擔心。不安。 | 心配です。不安です。<br>shi.n.pa.i.de.su。fu.a.n.de.su |
| 5 | 很焦躁。受不了了。<br>受夠了。 | いらいらします。我慢できません。<br>うんざりします。<br>i.ra.i.ra.shi.ma.su。ga.ma.n.de.ki.ma.se.n<br>u.n.za.ri.shi.ma.su |
| 6 | 失望。可惜。灰心喪氣。 | がっかりです。残念です。気がめいります。<br>ga.k.ka.ri.de.su。za.n.ne.n.de.su。ki.ga.me.i.ri.ma.su |
| 7 | 很期待。很興奮。 | 楽しみです。わくわくします。<br>ta.no.shi.mi.de.su。wa.ku.wa.ku.shi.ma.su |
| 8 | 滿足。高興(得坐不住)。 | 満足です。うきうきします。<br>ma.n.zo.ku.de.su。u.ki.u.ki.shi.ma.su |

**column**

**兩種快樂！「楽しい」與「嬉しい」的不同？**

「楽しい」和「嬉しい」中文都是翻成開心、快樂的意思，但其實在日語的用法上有些微的差別。

「楽しい」用於狀態持續比較久，並且可以與大家共享的快樂。
例：今日のパーティは楽しかったです。(今天的派對很開心)
「嬉しい」則是用於當下直接感受的快樂，較偏個人主觀的情感。
例：プレゼントをもらって嬉しいよ！(收到禮物好開心)

使用的時候要多多注意一下喔！

# 新年快樂的說法

　　日本的新年快樂說法分為兩種。在還沒跨年、也就是12月31日午夜12點之前是互相說「良いお年をお迎えください！」祝賀對方有美好的一年，通常簡稱為「良いお年を！」。

　　而新年的1月1日開始之後則是說「あけましておめでとうございます！」跟親友則會簡略成「あけおめ」。雖都是新年快樂的意思，但使用的時間點是完全不一樣的喔！

　　這兩種說法的差異在看日本紅白歌合戰時特別的明顯，在12點之前藝人們都是互相說「良いお年をお迎えください！」12點過後則是說「あけましておめでとうございます！」下次看電視的時候可以注意聽聽看哦！

　　根據日本網站2015年的調查顯示，有六成的民眾還是會寄賀年卡給親朋好友來做新年的問候。而隨著時代的變遷，使用簡訊、LINE、以及各種SNS來互道新年快樂的人也愈來愈多。

　　在各種通訊軟體中，年輕人會把「あけましておめでとうございます！今年もよろしくお願いします！」(新年快樂！今年也請多多指教！)簡略為「あけおめ！ことよろ！」。

　　下次有機會可以試著跟日本朋友說看看唷！

PART 1

# 交通篇

# 搭乗飛機

♪ 003

| | | |
|---|---|---|
| 1 | 請問機票上的這個座位在哪裡？ | この搭乗券の席はどちらにありますか？<br>ko.no.to.o.jo.o.ke.n.no.se.ki.wa.do.chi.ra.ni.a.ri.ma.su.ka |
| 2 | 可以讓我看一下您的機票嗎？ | 搭乗券を拝見してもよろしいでしょうか？<br>to.o.jo.o.ke.n.o.ha.i.ke.n.shi.te.mo.yo.ro.shi.i.de.sho.o.ka |
| 3 | 可以幫我把行李放到行李架上嗎？ | 荷物を棚に入れてくれませんか？<br>ni.mo.tsu.o.ta.na.ni.i.re.te.ku.re.ma.se.n.ka |
| 4 | 不好意思，這是我的座位。 | すみません、ここは私の席です。<br>su.mi.ma.se.n.ko.ko.wa.wa.ta.shi.no.se.ki.de.su |
| 5 | 請問我可以換到別的座位嗎？ | 他の席に移ってもいいですか？<br>ho.ka.no.se.ki.ni.u.tsu.t.te.mo.i.i.de.su.ka |
| 6 | 不好意思，可以再給我一條毛毯嗎？ | すみません、毛布もう一枚もらえますか？<br>su.mi.ma.se.n.mo.o.fu.mo.o.i.chi.ma.i.mo.ra.e.ma.su.ka |
| 7 | 請問有報紙(雜誌)嗎？ | 新聞(雑誌)がありますか？<br>shi.n.bu.n(za.s.shi)ga.a.ri.ma.su.ka |
| 8 | 請問要如何讓座椅傾斜呢？ | どうやってシートを倒すのですか？<br>do.o.ya.t.te.shi.i.to.o.ta.o.su.no.de.su.ka |
| 9 | 我想知道遙控器該怎麼操作。 | リモコンの使い方を知りたいのですが。<br>ri.mo.ko.n.no.tsu.ka.i.ka.ta.o.shi.ri.ta.i.no.de.su.ga |
| 10 | 耳機好像不能用。 | イヤホンの調子が悪いのですが。<br>i.ya.ho.n.no.cho.o.shi.ga.wa.ru.i.no.de.su.ga |
| 11 | 請問可以幫我換一個嗎？ | 違うものと交換していただけませんか？<br>chi.ga.u.mo.no.to.ko.o.ka.n.shi.te.i.ta.da.ke.ma.se.n.ka |

## 會話

 不好意思，可以給我一杯水嗎？

> すみません、お水もらえますか？
> su.mi.ma.se.n. o.mi.zu.mo.ra.e.ma.su.ka

好的，馬上爲您送過來。

> はい、すぐにお持ちいたします。
> ha.i. su.gu.ni.o.mo.chi.i.ta.shi.ma.su

### 填寫入境表

1　請問可以告訴我入境表的寫法嗎？

> 入国カードの書き方を教えてもらえますか？
> nyu.u.ko.ku.ka.a.do.no.ka.ki.ka.ta.o.o.shi.e.te.mo.ra.e.ma.su.ka

2　請給我一張海關申報單。

> 税関申告書の用紙をください。
> ze.i.ka.n.shi.n.ko.ku.sho.no.yo.o.shi.o.ku.da.sa.i

3　可以跟你借支筆嗎？

> ペンをお借りできますか？
> pe.n.o.o.ka.ri.de.ki.ma.su.ka

## 🐱 飛機上提供的各種服務　　♪ 004

| 機內服務<br>機内サービス<br>ki.na.i.sa.a.bi.su | 餐飲<br>お食事・お飲み物<br>o.sho.ku.ji・o.no.mi.mo.no | 娛樂<br>エンターテインメント<br>e.n.ta.a.te.i.n.me.n.to | 電影、影片<br>映画・ビデオ<br>e.i.ga・bi.de.o |
| --- | --- | --- | --- |
| 音響<br>オーディオ<br>o.o.di.o | 電玩<br>ゲーム<br>ge.e.mu | 雜誌<br>雑誌<br>za.s.shi | 免稅商品<br>免税品<br>me.n.ze.i.hi.n |

| 機內設備<br>機内設備<br>ki.na.i.se.tsu.bi | 遙控器<br>リモコン<br>ri.mo.ko.n | 觸碰銀幕<br>タッチパネル<br>ta.c.chi.pa.ne.ru | 安全帶<br>シートベルト<br>shi.i.to.be.ru.to |
| --- | --- | --- | --- |
| 逃生口<br>非常口<br>hi.jo.o.gu.chi | 腳踏板<br>足置き<br>a.shi.o.ki | 行李櫃<br>荷物棚<br>ni.mo.tsu.da.na | 毛毯<br>毛布<br>mo.o.fu |

**用餐**

| | | |
|---|---|---|
| 1 | 想吃什麼呢？ | お食事は何になさいますか？<br>o.sho.ku.ji.wa.na.ni.ni.na.sa.i.ma.su.ka |
| 2 | 今天的餐點包括了日式和西式，日式的主菜是魚，西式的主菜是雞肉。 | 本日の食事は和食と洋食のご用意があります。和食のメインは魚、洋食のメインは鶏肉です。<br>ho.n.ji.tsu.no.sho.ku.ji.wa.wa.sho.ku.to.yo.o.sho.ku.no.go.yo.o.i.ga.a.ri.ma.su、wa.sho.ku.no.me.i.n.wa.sa.ka.na、yo.o.sho.ku.no.me.i.n.wa.to.ri.ni.ku.de.su |
| 3 | 請問餐點都用完了嗎？ | お食事はお済みでしょうか？<br>o.sho.ku.ji.wa.o.su.mi.de.sho.o.ka |

**飲料**

| | | |
|---|---|---|
| 1 | 需不需要來點飲料呢？ | お飲み物はいかがですか？<br>o.no.mi.mo.no.wa.i.ka.ga.de.su.ka |
| 2 | 需不需要來點紅茶(咖啡)呢？ | 紅茶(コーヒー)はいかがですか？<br>ko.o.cha(ko.o.hi.i)wa.i.ka.ga.de.su.ka |
| 3 | 請問有什麼果汁？ | どんなジュースがありますか？<br>do.n.na.ju.u.su.ga.a.ri.ma.su.ka |
| | 果汁有柳橙汁、蘋果汁以及番茄汁。 | ジュースはオレンジジュース、アップルジュースとトマトジュースがあります。<br>ju.u.su.wa.o.re.n.ji.ju.u.su、a.p.pu.ru.ju.u.su.to.to.ma.to.ju.u.su.ga.a.ri.ma.su |
| 4 | 請給我可樂。 | コーラをください。<br>ko.o.ra.o.ku.da.sa.i |
| 5 | 麻煩請你給我紅酒。 | 赤ワインをお願いします。<br>a.ka.wa.i.n.o.o.ne.ga.i.shi.ma.su |
| 6 | 不了，我不需要。 | いいえ、結構です。<br>i.i.e、ke.k.ko.o.de.su |

## 會話

可以給我咖啡嗎？

コーヒーをいただけますか？
ko.o.hi.i.o.i.ta.da.ke.ma.su.ka

需要砂糖和牛奶嗎？

砂糖とミルクはいりますか？
sa.to.o.to.mi.ru.ku.wa.i.ri.ma.su.ka

好，兩個都要。

はい、両方お願いします。
ha.i、ryo.o.ho.o.o.ne.ga.i.shi.ma.su

飲料很燙，請小心。

お熱いのでお気をつけください。
o.a.tsu.i.no.de.o.ki.o.tsu.ke.ku.da.sa.i

## 飛機上提供的飲料

♪ 006

| 酒精飲料 アルコール飲料 a.ru.ko.o.ru.i.n.ryo.o | 啤酒 ビール bi.i.ru | 紅酒 ワイン wa.i.n | 威士忌 ウィスキー wi.su.ki.i |
| --- | --- | --- | --- |
| 日本酒 日本酒 ni.ho.n.shu | 琴酒 ジン ji.n | 伏特加 ウォッカ wo.k.ka | 布蘭地 ブランデー bu.ra.n.de.e |

| 非酒精飲料 ノンアルコール飲料 no.n.a.ru.ko.o.ru.i.n.ryo.o | 果汁(柳橙、蘋果、番茄) ジュース(オレンジ・アップル・トマト) ju.u.su(o.re.n.ji・a.p.pu.ru・to.ma.to) | | 可樂 コーラ ko.o.ra |
| --- | --- | --- | --- |
| 雪碧 スプライト su.pu.ra.i.to | 綠茶 綠茶 ryo.ku.cha | 咖啡 コーヒー ko.o.hi.i | 礦泉水 ミネラルウォーター mi.ne.ra.ru.wo.o.ta.a |
| 紅茶 紅茶 ko.o.cha | 牛奶 ミルク mi.ru.ku | ※ 如果下飛機後有開車的乘客，要避免選擇酒精飲料哦。 ※ 隨著各家航空公司以及航線的不同，菜單上提供的飲料也會不太一樣。 | |

| 吸管 ストロー su.to.ro.o | 杯子 コップ ko.p.pu | 砂糖 砂糖 sa.to.o |
| --- | --- | --- |

25

## 入境審查

 請出示您的護照和機票。

パスポートとチケットを見せてください。
pa.su.po.o.to.to.chi.ke.t.to.o.mi.se.te.ku.da.sa.i

 好，在這裡。

はい、これです。
ha.i. ko.re.de.su

## 詢問目的

 是觀光嗎？

観光ですか？
ka.n.ko.o.de.su.ka

 對。是觀光。

はい。観光です。
ha.i。ka.n.ko.o.de.su

## 詢問滯留時間

 請問要待多久？

どのくらい滞在しますか？
do.no.ku.ra.i.ta.i.za.i.shi.ma.su.ka

 2個月。

2ヶ月です。
ni.ka.ge.tsu.de.su

## 詢問住宿地點

 預定住在哪裡呢？

どこに宿泊の予定ですか。
do.ko.ni.shu.ku.ha.ku.no.yo.te.i.de.su.ka

 富士旅館。

富士旅館です。
fu.ji.ryo.ka.n.de.su

## 對攜帶金額提出疑問

 2個月只帶15萬日幣就夠了嗎？

2ヶ月間に１５万円で足りますか？

<ruby>に<rt>じ</rt></ruby>か<ruby>月<rt>げつかん</rt></ruby><ruby>間<rt></rt></ruby>に<ruby>１５万円<rt>じゅうごまんえん</rt></ruby>で<ruby>足<rt>た</rt></ruby>りますか？

ni.ka.ge.tsu.ka.n.ni.ju.u.go.ma.n.e.n.de.ta.ri.ma.su.ka

 除了現金以外，也準備了信用卡及提款卡。

現金以外、クレジットカードとキャッシュカードも用意しています。

<ruby>現金<rt>げんきん</rt></ruby><ruby>以外<rt>いがい</rt></ruby>、クレジットカードとキャッシュカードも<ruby>用意<rt>ようい</rt></ruby>しています。

ge.n.ki.n.i.ga.i、ku.re.ji.t.to.ka.a.do.to.kya.s.shu.ka.a.do.mo.yo.o.i.shi.te.i.ma.su

## 指紋及臉部攝影

 我們需要進行指紋及臉部照片存檔。請遵照畫面的指示。

指紋採取と顔写真の撮影を行います。モニター画面の指示にお従いください。

<ruby>指紋<rt>しもん</rt></ruby><ruby>採取<rt>さいしゅ</rt></ruby>と<ruby>顔写真<rt>かおじゃしん</rt></ruby>の<ruby>撮影<rt>さつえい</rt></ruby>を<ruby>行<rt>おこな</rt></ruby>います。モニター<ruby>画面<rt>がめん</rt></ruby>の<ruby>指示<rt>しじ</rt></ruby>にお<ruby>従<rt>したが</rt></ruby>いください。

shi.mo.n.sa.i.shu.to.ka.o.ja.shi.n.no.sa.tsu.e.i.o.o.ko.na.i.ma.su、mo.ni.ta.a.ga.me.n.no.shi.ji.ni.o.shi.ta.ga.i.ku.da.sa.i

 請先將兩手食指放在這上面。

まず、両手の人差し指をここに置いてください。

まず、<ruby>両手<rt>りょうて</rt></ruby>の<ruby>人差<rt>ひとさ</rt></ruby>し<ruby>指<rt>ゆび</rt></ruby>をここに<ruby>置<rt>お</rt></ruby>いてください。

ma.zu、ryo.o.te.no.hi.to.sa.shi.yu.bi.o.ko.ko.ni.o.i.te.ku.da.sa.i

 再來是臉部照片，請看向鏡頭。

次は顔写真ですね。カメラを見てください。

<ruby>次<rt>つぎ</rt></ruby>は<ruby>顔写真<rt>かおじゃしん</rt></ruby>ですね。カメラを<ruby>見<rt>み</rt></ruby>てください。

tsu.gi.wa.ka.o.ja.shi.n.de.su.ne。ka.me.ra.o.mi.te.ku.da.sa.i

 好的，這樣就可以了。

はい、これでいいです。

ha.i、ko.re.de.i.i.de.su

♪ 008

這張照片是你本人嗎？
この写真はあなたですか。
ko.no.sha.shi.n.wa.a.na.ta.de.su.ka

※ 有時候可能會碰到入境審查官針對護照
上的照片提出疑問，如果被問到，不要
慌張，只要冷靜回答就可以了！

---

是的。
はい、そうです。
ha.i.so.o.de.su

現在比拍這張照片的時候瘦(胖)。
写真を撮ったときより、痩せ(太り)ました。
sha.shi.no.to.t.ta.to.ki.yo.ri.ya.se.(fu.to.ri).ma.shi.ta

---

換了髮型。
髪型が変わりました。
ka.mi.ga.ta.ga.ka.wa.ri.ma.shi.ta

有整過形。
美容整形を受けました。
bi.yo.o.se.i.ke.i.o.u.ke.ma.shi.ta

---

| 入境理由 | 觀光 | 工作 | 留學 |
|---|---|---|---|
| 入国の理由 | 観光 | 仕事 | 留学 |
| nyu.u.ko.ku.no.ri.yu.u | ka.n.ko.o | shi.go.to | ryu.u.ga.ku |

| 蜜月旅行 | 打工度假 | 是來看朋友(親戚)的。 |
|---|---|---|
| 新婚旅行 | ワーキングホリデー | 友達(親戚)に会いに来ました。 |
| shi.n.ko.n.ryo.ko.o | wa.a.ki.n.gu.ho.ri.de.e | to.mo.da.chi(shi.n.se.ki).ni.a.i.ni.ki.ma.shi.ta |

| 停留時間 | 三天兩夜 | 3天 | 一星期 |
|---|---|---|---|
| 滞在時間 | 二泊三日 | 3日間 | 一週間 |
| ta.i.za.i.ji.ka.n | ni.ha.ku.mi.k.ka | mi.k.ka.ka.n | i.s.shu.u.ka.n |

| 1個月 | 2個月 | 半個月 | 1年 |
|---|---|---|---|
| 1ヶ月 | 2ヶ月 | 半月 | 1年 |
| i.k.ka.ge.tsu | ni.ka.ge.tsu | ha.n.tsu.ki | i.chi.ne.n |

---

提領行李

♪ 009

1　我的行李箱壞了。
私のトランクが壊れています。
wa.ta.shi.no.to.ra.n.ku.ga.ko.wa.re.te.i.ma.su

2　我找不到我的行李。
私の荷物が見つからないのですが。
wa.ta.shi.no.ni.mo.tsu.ga.mi.tsu.ka.ra.na.i.no.de.su.ga

## 説明行李特徵

| 1 | 是藍色手提箱。 | <ruby>青<rt>あお</rt></ruby>のキャリーバッグです。<br>a.o.no.kya.ri.i.ba.g.gu.de.su |
|---|---|---|
| 2 | 有繫上黃色和綠色的束帶。 | <ruby>黃色<rt>き いろ</rt></ruby>と<ruby>綠<rt>みどり</rt></ruby>のベルトがしてあります。<br>ki.i.ro.to.mi.do.ri.no.be.ru.to.ga.shi.te.a.ri.ma.su |
| 3 | 有貼很多貼紙。 | シールがたくさん<ruby>貼<rt>は</rt></ruby>ってあります。<br>shi.i.ru.ga.ta.ku.sa.n.ha.t.te.a.ri.ma.su |

✈ | PART 1 | 交通篇

## 行李有狀況時

| 1 | 請開立遺失證明。 | <ruby>紛失証明書<rt>ふん しつしょうめいしょ</rt></ruby>を<ruby>作成<rt>さくせい</rt></ruby>してください。<br>fu.n.shi.tsu.sho.o.me.i.sho.o.sa.ku.se.i.shi.te.ku.da.sa.i |
|---|---|---|
| 2 | 如果找不到，可以賠償嗎？ | <ruby>見<rt>み</rt></ruby>つからなかったら、<ruby>補償<rt>ほ しょう</rt></ruby>してもらえますか。<br>mi.tsu.ka.ra.na.ka.t.ta.ra,.ho.sho.o.shi.te.mo.ra.e.ma.su.ka |
| 3 | 因為想先把需要的東西準備起來，請問可以請款嗎？ | とりあえず<ruby>必要<rt>ひつよう</rt></ruby>なものを<ruby>揃<rt>そろ</rt></ruby>えたいので、その<ruby>代金<rt>だいきん</rt></ruby>をいただけますか？<br>to.ri.a.e.zu.hi.tsu.yo.o.na.mo.no.o.so.ro.e.ta.i.no.de,.so.no.da.i.ki.n.o.i.ta.da.ke.ma.su.ka |
| 4 | 找到的話，請送到這間飯店。 | <ruby>見<rt>み</rt></ruby>つかったら、このホテルに<ruby>届<rt>とど</rt></ruby>けてください。<br>mi.tsu.ka.t.ta.ra,.ko.no.ho.te.ru.ni.to.do.ke.te.ku.da.sa.i |

## 會話①

 請問要在哪裡領取行李？

<ruby>手荷物受取場<rt>て に もつうけとり ば</rt></ruby>はどこですか？
te.ni.mo.tsu.u.ke.to.ri.ba.wa.do.ko.de.su.ka

請告訴我您所搭乘的航空公司及班機代碼。

ご<ruby>利用<rt>り よう</rt></ruby>した<ruby>航空会社<rt>こうくうかいしゃ</rt></ruby>と<ruby>便名<rt>びんめい</rt></ruby>を<ruby>教<rt>おし</rt></ruby>えてください。
go.ri.yo.o.shi.ta.ko.o.ku.u.ka.i.sha.to.bi.n.me.i.o.o.shi.e.te.ku.da.sa.i

**會話②**

我的行李沒有出來。

私の荷物が出てきません。
wa.ta.shi.no.ni.mo.tsu.ga.de.te.ki.ma.se.n

請詢問那裡的窗口。

あちらの窓口で聞いてください。
a.chi.ra.no.ma.do.gu.chi.de.ki.i.te.ku.da.sa.i

**會話③**

這是行李托運單。

これが、荷物の預り証です。
ko.re.ga.ni.mo.tsu.no.a.zu.ka.ri.sho.de.su

現在幫你查詢，請稍等。

今、調べますので、少々お待ちください。
i.ma、shi.ra.be.ma.su.no.de、sho.o.sho.o.o.ma.chi.ku.da.sa.i

**會話④**

是什麼樣的行李呢？
有沒有什麼特徵？

どんな荷物ですか。特徴はありますか。
do.n.na.ni.mo.tsu.de.su.ka。to.ku.cho.o.wa.a.ri.ma.su.ka

灰色的行李箱上有黃色的束帶
及紅色的名牌。

グレーのスーツケースで黄色いケースベルト
と赤い名札が付いています。
gu.re.e.no.su.u.tsu.ke.e.su.de.ki.i.ro.i.ke.e.su.be.ru.to.to.a.
ka.i.na.fu.da.ga.tsu.i.te.i.ma.su

**會話⑤**

找到的話，請聯絡這支電話號
碼。

見つかったら、この電話番号に連絡してくだ
さい。
mi.tsu.ka.t.ta.ra、ko.no.de.n.wa.ba.n.go.o.ni.re.n.ra.ku.shi.
te.ku.da.sa.i

知道了。

かしこまりました。
ka.shi.ko.ma.ri.ma.shi.ta

一找到就馬上和您聯絡。

見つかり次第、すぐにご連絡をさしあげます。
mi.tsu.ka.ri.shi.da.i.su.gu.ni.go.re.n.ra.ku.o.sa.shi.a.ge.ma.su

 行李的相關單字　　　　　　　　　　　　　　　♪ 010

| 行李箱的種類<br>種類<br>shu.ru.i | 行李箱<br>スーツケース<br>su.u.tsu.ke.e.su | 手提箱<br>キャリーバッグ<br>kya.ri.i.ba.g.gu | 波士頓包<br>ボストンバッグ<br>bo.su.to.n.ba.g.gu |
|---|---|---|---|

| 行李箱的類型<br>タイプ<br>ta.i.pu | 軟殻<br>ソフト<br>so.fu.to | 硬殻<br>ハード<br>ha.a.do | 海關鎖<br>TSAロック<br>ti.i.e.su.e.e.ro.k.ku |
|---|---|---|---|
| | 拉鍊式<br>ファスナー・ジッパー<br>fa.su.na.a・ji.p.pa.a | 可登機使用<br>機内持ち込み<br>ki.na.i.mo.chi.ko.mi | 附口袋<br>ポケット付き<br>po.ke.t.to.tsu.ki |

| 旅行用品<br>旅行用品<br>ryo.ko.o.yo.o.hi.n | 束帶<br>ベルト<br>be.ru.to | 行李吊牌<br>名札ケース<br>na.fu.da.ke.e.su | 電子秤<br>デジタルスケール<br>de.ji.ta.ru.su.ke.e.ru |
|---|---|---|---|
| 防搶包<br>セキュリティケース<br>se.kyu.ri.ti.ke.e.su | 護頸枕<br>首枕<br>ku.bi.ma.ku.ra | 眼罩<br>アイマスク<br>a.i.ma.su.ku | 護照夾<br>パスポートカバー<br>pa.su.po.o.to.ka.ba.a |

---

**税關** ♪ 011

| 1 | 這個禁止攜帶。 | これは持ち込み禁止です。<br>ko.re.wa.mo.chi.ko.mi.ki.n.shi.de.su |
|---|---|---|
| 2 | 超過免稅的範圍。 | 免税枠を超えています。<br>me.n.ze.i.wa.ku.o.ko.e.te.i.ma.su |

| 3 | 超過攜帶的限制。 | 持ち込み制限を超えています。<br>mo.chi.ko.mi.se.i.ge.n.o.ko.e.te.i.ma.su |
| 4 | 需要提出申請。 | 申告が必要です。<br>shi.n.ko.ku.ga.hi.tsu.yo.o.de.su |

## 詢問行李數

| 🐱 行李只有這個嗎？ | 荷物はこれだけですか。<br>ni.mo.tsu.wa.ko.re.da.ke.de.su.ka |
| 🐱 是的，只有這個。 | はい、これだけです。<br>ha.i、ko.re.da.ke.de.su |
| 還有一個。 | もう一つあります。<br>mo.o.hi.to.tsu.a.ri.ma.su |
| 還有別批的行李。 | 別便で送るものがあります。<br>be.tsu.bi.n.de.o.ku.ru.mo.no.ga.a.ri.ma.su |
| 有。這是海關申請書。 | あります。これが税関申告書です。<br>a.ri.ma.su。ko.re.ga.ze.i.ka.n.shi.n.ko.ku.sho.de.su |

## 機場大廳

| 1 | 請問廁所在哪裡？ | トイレはどこですか？<br>to.i.re.wa.do.ko.de.su.ka |
| 2 | 請問吸煙區在哪裡？ | 喫煙所はどこですか？<br>ki.tsu.e.n.jo.wa.do.ko.de.su.ka |
| 3 | 請問哪裡可以打國際電話？ | 国際電話がかけられるところはどこですか？<br>ko.ku.sa.i.de.n.wa.ga.ka.ke.ra.re.ru.to.ko.ro.wa.do.ko.de.su.ka |
| 4 | 請問餐廳在哪裡？ | レストランはどこですか？<br>re.su.to.ra.n.wa.do.ko.de.su.ka |
| 5 | 請問行李推車的收放處在哪裡？ | カート置き場はどこですか？<br>ka.a.to.o.ki.ba.wa.do.ko.de.su.ka |

32

| 6 | 請問哪裡可以換錢？ | 両替所はどこですか？<br>ryo.o.ga.e.jo.wa.do.ko.de.su.ka |
|---|---|---|
| 7 | 請問銀行在哪裡？ | 銀行はどこですか？<br>gi.n.ko.o.wa.do.ko.de.su.ka |
| 8 | 請問哪裡可以寄放行李？ | 荷物を預けられるところはどこですか？<br>ni.mo.tsu.o.a.zu.ke.ra.re.ru.to.ko.ro.wa.do.ko.de.su.ka |
| 9 | 請問觀光詢問處在哪裡？ | 観光案内所はどこですか？<br>ka.n.ko.o.a.n.na.i.jo.wa.do.ko.de.su.ka |
| 10 | 請問郵局在哪裡？ | 郵便局はどこですか？<br>yu.u.bi.n.kyo.ku.wa.do.ko.de.su.ka |
| 11 | 請問這附近有沒有ATM？ | この辺りにATMはありますか？<br>ko.no.a.ta.ri.ni.e.i.ti.i.e.mu.wa.a.ri.ma.su.ka |
| 12 | 請問觀光詢問處營業到幾點？ | 観光案内所は何時までですか？<br>ka.n.ko.o.a.n.na.i.jo.wa.na.n.ji.ma.de.de.su.ka |

**詢問交通方式**

| 1 | 請問搭計程車的地方在哪裡？ | タクシー乗り場はどこですか？<br>ta.ku.shi.i.no.ri.ba.wa.do.ko.de.su.ka |
|---|---|---|
| 2 | 請問可以在哪裡買到利木津巴士的車票呢？ | リムジンバスのチケットはどこで買えますか？<br>ri.mu.ji.n.ba.su.no.chi.ke.t.to.wa.do.ko.de.ka.e.ma.su.ka |
| 3 | 請問車站在哪裡呢？ | 駅はどこですか？<br>e.ki.wa.do.ko.de.su.ka |
| 4 | 從機場到市區，搭公車和電車哪一個會比較快呢？ | 空港から市内まで行くのに、バスと電車のどちらが早くつきますか？<br>ku.u.ko.o.ka.ra.shi.na.i.ma.de.i.ku.no.ni. ba.su.to.de.n.sha.no.do.chi.ra.ga.ha.ya.ku.tsu.ki.ma.su.ka |
| 5 | 請問從機場搭巴士到新宿大約需要多少時間？ | 空港から新宿までバスでどのぐらいかかりますか？<br>ku.u.ko.o.ka.ra.shi.n.ju.ku.ma.de.ba.su.de.do.no.gu.ra.i.ka.ka.ri.ma.su.ka |

## 會話⑥

 請問有免費的網路可以使用嗎？

無料インターネット接続することができますか？

mu.ryo.o.i.n.ta.a.ne.t.to.se.tsu.zo.ku.su.ru.ko.to.ga.de.ki.ma.su.ka

 有的，航廈內有免費的無線網路可供使用。

はい、ターミナル全域で、無線LANを無料でご利用いただけます。

ha.i.ta.a.mi.na.ru.ze.n.i.ki.de.mu.se.n.ra.n.o.mu.ryo.o.de.go.ri.yo.o.i.ta.da.ke.ma.su

## 外幣兌換

| | | |
|---|---|---|
| 1 | 我要換外幣。 | 両替をお願いします。<br>ryo.o.ga.e.o.o.ne.ga.i.shi.ma.su |
| 2 | 請告訴我匯率。 | 交換レートを教えてください。<br>ko.o.ka.n.re.e.to.o.o.shi.e.te.ku.da.sa.i |
| 3 | 請問手續費是多少？ | 手数料はいくらですか。<br>te.su.u.ryo.o.wa.i.ku.ra.de.su.ka |
| 4 | 請幫我將台幣兌換成日幣。 | 台湾ドルを日本円に両替してもらえますか？<br>ta.i.wa.n.do.ru.o.ni.ho.n.e.n.ni.ryo.o.ga.e.shi.te.mo.ra.e.ma.su.ka |
| 5 | 您想兌換成哪幾種幣別？ | どんな種類のお金にしますか？<br>do.n.na.shu.ru.i.no.o.ka.ne.ni.shi.ma.su.ka |
| 6 | 請將這一萬元的鈔票換成10張一千元。 | この一万円札を千円札１０枚に替えてください。<br>ko.no.i.chi.ma.n.e.n.sa.tsu.o.se.n.e.n.sa.tsu.ju.u.ma.i.ni.ka.e.te.ku.da.sa.i |
| 7 | 請給我3張一萬日幣及10張千元紙鈔。 | 一万円札３枚と千円札１０枚をお願いします。<br>i.chi.ma.n.e.n.sa.tsu.sa.n.ma.i.to.se.n.e.n.sa.tsu.ju.u.ma.i.o.o.ne.ga.i.shi.ma.su |

**會話⑦**

 麻煩請幫我換錢。

両替をお願いします。
ryo.o.ga.e.o.o.ne.ga.i.shi.ma.su

 是的，我知道了。

はい、かしこまりました。
ha.i. ka.shi.ko.ma.ri.ma.shi.ta

您想怎麼換呢？

どのように両替しますか？
do.no.yo.o.ni.ryo.o.ga.e.shi.ma.su.ka

 請全部都兌換成千元紙鈔。

全部千円札でお願いします。
ze.n.bu.se.n.e.n.sa.tsu.de.o.ne.ga.i.shi.ma.su

 好的，在這。請確認。

はい、こちらになります。お確かめくださ
い。
ha.i. ko.chi.ra.ni.na.ri.ma.su。o.ta.shi.ka.me.ku.da.sa.i

**會話⑧**

 好像算錯了。

計算が間違っているようなのですが。
ke.i.sa.n.ga.ma.chi.ga.t.te.i.ru.yo.o.na.no.de.su.ga

 有少嗎？

少ないですか？
su.ku.na.i.de.su.ka

 請再確認一次。

もう一度、確認してください。
mo.o.i.chi.do、ka.ku.ni.n.shi.te.ku.da.sa.i

 真的很抱歉。

大変失礼しました。
ta.i.he.n.shi.tsu.re.i.shi.ma.shi.ta

**會話⑨**

 請問收旅行支票嗎？

トラベラーズチェックは扱ってますか？
to.ra.be.ra.a.zu.che.k.ku.wa.a.tsu.ka.t.te.ma.su.ka

 是的，有收。

はい、扱っております。
ha.i. a.tsu.ka.t.te.o.ri.ma.su

✈ PART 二 交通篇

**出了機場要換日幣很困難？**

在日本，許多銀行並未接受直接由新台幣兌換日幣的服務。因此，如有兌換日幣的需求，請儘量在機場內兌換完畢，或是攜帶少許美金在身上以備不時之需。但最好還是於出發前在台灣的銀行兌換，匯率及手續費通常都比在日本當地換來得划算。

## 詢問交通方式

1　請問要怎麼到東京市區？

東京都内にはどうやって行ったらいいのですか？

to.o.kyo.o.to.na.i.ni.wa.do.o.ya.t.te.i.t.ta.ra.i.i.no.de.su.ka

## 指引方向

1　車站要往下走。

駅は地下にございます。

e.ki.wa.chi.ka.ni.go.za.i.ma.su

2　巴士的乘車處在那裡。

バスの乗り場はあちらです。

ba.su.no.no.ri.ba.wa.a.chi.ra.de.su

3　若是搭計程車，乘車處在那裡。

タクシーをご利用の場合は、あちらがタクシー乗り場となっております。

ta.ku.shi.i.o.go.ri.yo.o.no.ba.a.i.wa.a.chi.ra.ga.ta.ku.shi.i.no.ri.ba.to.na.t.te.o.ri.ma.su

4　乘車處在那裡。直走就到了。

乗り場はそちらです。まっすぐ行ったらあります。

no.ri.ba.wa.so.chi.ra.de.su。ma.s.su.gu.i.t.ta.ra.a.ri.ma.su

## 其他問題

1　請告訴我比較便宜的方法。

安く行ける方法を教えてください。

ya.su.ku.i.ke.ru.ho.o.ho.o.o.o.shi.e.te.ku.da.sa.i

2　我希望轉乘可以少一點。

乗換えを少なくしたいのですが。

no.ri.ka.e.o.su.ku.na.ku.shi.ta.i.no.de.su.ga

## 會話①

 請告訴我最快的方法。

一番早く行ける方法を教えてください。
i.chi.ba.n.ha.ya.ku.i.ke.ru.ho.o.ho.o.o.o.shi.e.te.ku.da.sa.i

 走這個路線就可以了。

この路線を利用するといいですよ。
ko.no.ro.se.n.ri.yo.o.su.ru.to.i.i.de.su.yo

 可以請你幫我描出路線嗎？

路線をペンでなぞってもらえませんか？
ro.se.n.o.pe.n.de.na.zo.t.te.mo.ra.e.ma.se.n.ka

 好。我用紅筆幫你作記號。

はい。赤いペンで印を付けておきます。
ha.i.。a.ka.i.pe.n.de.shi.ru.shi.o.tsu.ke.te.o.ki.ma.su

---

**回國，到機場進行報到手續**                          ♪ 012

| 1 | 請問日本航空的櫃台在哪裡？ | 日本航空のカウンターはどこですか？<br>ni.ho.n.ko.o.ku.u.no.ka.u.n.ta.a.wa.do.ko.de.su.ka |
| 2 | 該到哪裡辦理搭乘手續呢？ | どこで搭乗手続きをすればいいのですか。<br>do.ko.de.to.o.jo.o.te.tsu.zu.ki.o.su.re.ba.i.i.no.de.su.ka |

## 會話②

 請問幾點開始劃位？

チェックインは何時からですか？
che.k.ku.i.n.wa.na.n.ji.ka.ra.de.su.ka

 麻煩請出發時間前兩小時劃位。

出発時刻の2時間前にはチェックインをお願いします。
shu.p.pa.tsu.ji.ko.ku.no.ni.ji.ka.n.ma.e.ni.wa.che.k.ku.i.n.o.o.ne.ga.i.shi.ma.su

會話③

　我想劃位。

チェックインをお願いします。
che.k.ku.i.n.o.o.ne.ga.i.shi.ma.su

好的。請給我看您的護照及機票。

かしこまりました。パスポートと航空券をお見せください。
ka.shi.ko.ma.ri.ma.shi.ta。pa.su.po.o.to.to.ko.o.ku.u.ke.n.o.o.mi.se.ku.da.sa.i

　好的，請。

はい、どうぞ。
ha.i、do.o.zo

選擇座位

　請問您想要靠窗還是靠走道的座位呢？

席は窓側と通路側のどちらがご希望でしょうか？
se.ki.wa.ma.do.ga.wa.to.tsu.u.ro.ga.wa.no.do.chi.ra.ga.go.ki.bo.o.de.sho.o.ka

　我想要靠前面(後面)的座位。

前方(後方)の席がいいのですが。
ze.n.po.o(ko.o.ho.o).no.se.ki.ga.i.i.no.de.su.ga

請給我靠走道的座位。

通路側の席をお願いします。
tsu.u.ro.ga.wa.no.se.ki.o.o.ne.ga.i.shi.ma.su

麻煩請劃靠走道的位置。

通路側をお願いします。
tsu.u.ro.ga.wa.o.o.ne.ga.i.shi.ma.su

哪邊都可以。

どちらでもいいです。
do.chi.ra.de.mo.i.i.de.su

對座位的其他要求

　可以3人並排坐嗎？

3人並んで座れますか？
sa.n.ni.n.na.ra.n.de.su.wa.re.ma.su.ka

我們有6個人，請儘量排近一點的座位。

6人なのですが、なるべく近い席にしてください。
ro.ku.ni.n.na.no.de.su.ga、na.ru.be.ku.chi.ka.i.se.ki.ni.shi.te.ku.da.sa.i

請幫我劃在我朋友隔壁的位置。

友達と隣同士の席にしてください。
とも だち　となりどう し　せき
to.mo.da.chi.to.to.na.ri.do.o.shi.no.se.ki.ni.shi.te.ku.da.sa.i

 我知道了。

かしこまりました。
ka.shi.ko.ma.ri.ma.shi.ta

我知道了。

承知しました。
しょうち
sho.o.chi.shi.ma.shi.ta

我會儘量符合您的要求。

なるべくご希望にそえるようにいたします。
き ぼう
na.ru.be.ku.go.ki.bo.o.ni.so.e.ru.yo.o.ni.i.ta.shi.ma.su

**會話④**

請問要選擇靠走道還是靠窗的座位呢？

通路側ですか？それとも窓側にしますか？
つう ろ がわ　　　　　　　まど がわ
tsu.u.ro.ga.wa.de.su.ka? so.re.to.mo.ma.do.ga.wa.ni.shi.ma.su.ka

麻煩請劃靠窗的位置。

座席は窓側をお願いします。
ざ せき　　まど がわ　　　ねが
za.se.ki.wa.ma.do.ga.wa.o.o.ne.ga.i.shi.ma.su

很抱歉，靠窗的位置剛好都滿了。

申し訳ございません。あいにく窓側は満席です。
もう わけ　　　　　　　　　　　　　　まど がわ　　まん せき
mo.o.shi.wa.ke.go.za.i.ma.se.n。a.i.ni.ku.ma.do.ga.wa.wa.ma.n.se.ki.de.su

**確認登機門**

這是您的登機證。

こちらが搭乗券になります。
とうじょうけん
ko.chi.ra.ga.to.o.jo.o.ke.n.ni.na.ri.ma.su

請問登機門是幾號呢？

搭乗ゲートは何番ですか？
とうじょう　　　　　　　なん ばん
to.o.jo.o.ge.e.to.wa.na.n.ba.n.de.su.ka

和登機時間一起寫在登機證上。

搭乗券のここに搭乗時刻と一緒に書いてあります。
とうじょうけん　　　　　　とうじょう じ こく　　　いっしょ　　か
to.o.jo.o.ke.n.no.ko.ko.ni.to.o.jo.o.ji.ko.ku.to.i.s.sho.ni.ka.i.te.a.ri.ma.su

我知道了。

分かりました。
わ
wa.ka.ri.ma.shi.ta

✈ | PART 二 交通篇

請於登機時間前30分到登機門。

搭乗時刻（とうじょうじこく）の３０分前（さんじゅっぷんまえ）にはゲートにお越（こ）しください。

to.o.jo.o.ji.ko.ku.no.sa.n.ju.u.pu.n.ma.e.ni.wa.ge.e.to.ni.o.
ko.shi.ku.da.sa.i

### 托運行李

**1** 請問需要拖運的行李有幾件呢？

預（あず）けるお荷物（にもつ）はいくつですか？

a.zu.ke.ru.o.ni.mo.tsu.wa.i.ku.tsu.de.su.ka

**2** 請問行李箱內是否有易碎品或其他貴重物品？

割（わ）れ物（もの）や貴重品（きちょうひん）などはスーツケースの中（なか）に入（はい）っていますか？

wa.re.mo.no.ya.ki.cho.o.hi.n.na.do.wa.su.u.tsu.ke.e.su.no.
na.ka.ni.ha.i.t.te.i.ma.su.ka

**3** 請再次確認這個清單。行李箱裡是否有禁止攜帶的物品或是易燃物？

もう一度（いちど）こちらのリストをご確認（かくにん）ください。禁止（きんし）されたものや可燃性（かねんせい）のものはバックの中（なか）にありますか？

mo.o.i.chi.do.ko.chi.ra.no.ri.su.to.o.go.ka.ku.ni.n.ku.da.sa.
i.ki.n.shi.sa.re.ta.mo.no.ya.ka.ne.n.se.i.no.mo.no.wa.ba.k.
ku.no.na.ka.ni.a.ri.ma.su.ka

### 行李相關疑問

 請問這個可以帶到飛機上嗎？

これは機内（きない）に持（も）ち込（こ）めますか？

ko.re.wa.ki.na.i.ni.mo.chi.ko.me.ma.su.ka

請問這個大小的包包可以帶上飛機嗎？

この大（おお）きさのバッグは機内（きない）に持（も）ち込（こ）めますか？

ko.no.o.o.ki.sa.no.ba.g.gu.wa.ki.na.i.ni.mo.chi.ko.me.ma.
su.ka

 是的，沒問題。

はい、大丈夫（だいじょうぶ）ですよ。

ha.i.da.i.jo.o.bu.de.su.yo

 這個無法帶到飛機上。

これは持（も）ち込（こ）めません。

ko.re.wa.mo.chi.ko.me.ma.se.n

### 行李超重時

 您的行李已經超出規定的重量了。必須支付額外的費用。

荷物が規定重量を超えています。追加費用が発生します。

ni.mo.tsu.ga.ki.te.i.ju.u.ryo.o.o.ko.e.te.i.ma.su。tsu.i.ka.hi.yo.o.ga.ha.s.se.i.shi.ma.su

 請問額外的費用該如何支付？

追加費用はどのようにして支払えばいいしょうか？

tsu.i.ka.hi.yo.o.wa.do.no.yo.o.ni.shi.te.shi.ha.ra.e.ba.i.i.de.sho.o.ka

 您可以使用現金或是信用卡來支付。

現金とクレジットカードでの支払いが可能です。

ge.n.ki.n.to.ku.re.ji.t.to.ka.a.do.de.no.shi.ha.ra.i.ga.ka.no.o.de.su

 **PART 2 交通篇**

---

###  狀況① : 好像快趕不上飛機時⋯   ♪ 013

※準備搭機返國時，有時候會發生一些突發狀況，如果發現好像有點趕不上飛機，請趕緊撥電話到搭乘的航空公司櫃台或是機票上的電話號碼詢問。

### 打電話給航空公司

 不好意思。
我預定要搭乘JL99航班，請問已經開始登機了嗎？

すみません。JL99便に乗る予定ですが、搭乗時間は、すでに始まっていますか？

su.mi.ma.se.n。je.e.e.ru.kyu.u.ju.u.kyu.u.bi.n.ni.no.ru.yo.te.i.de.su.ga。to.o.jo.o.ji.ka.n.wa.su.de.ni.ha.ji.ma.t.te.i.ma.su.ka

 是的，已經開始了。

はい、すでに始まっています。

ha.i.su.de.ni.ha.ji.ma.t.te.i.ma.su

請問您現在在哪裡呢？

お客様は今どちらでしょうか？

o.kya.ku.sa.ma.wa.i.ma.do.chi.ra.de.sho.o.ka

 我還在前往機場的途中。

まだ空港に向かっている途中です。

ma.da.ku.u.ko.o.ni.mu.ka.t.te.i.ru.to.chu.u.de.su

請問還需要多久時間可以抵達機場？

あとどれぐらいで空港へ到着ですか？

a.to.do.re.gu.ra.i.de.ku.u.ko.o.e.to.o.cha.ku.de.su.ka

我想15分鐘內可以抵達。

あと１５分で到着できると思います。
a.to.ju.u.go.fu.n.de.to.o.cha.ku.de.ki.ru.to.o.mo.i.ma.su

 我無法向您保證，但請您抵達後到劃位櫃檯詢問看看。

保証できませんが、着いたら空港のチェックインカウンターに行ってみてください。
ho.sho.o.de.ki.ma.se.n.ga.tsu.i.ta.ra.ku.u.ko.o.no.che.k.ku.i.n.ka.u.n.ta.a.ni.i.t.te.mi.te.ku.da.sa.i

## 劃位櫃檯前

 不好意思，我們已經關櫃了。沒有在40分鐘前完成登機手續就無法登機。

カウンターはもうクローズです。４０分前までにチェックインしないと無理です。
ka.u.n.ta.a.wa.mo.o.ku.ro.o.zu.de.su.yo.n.ju.p.pu.n.ma.e.ma.de.ni.che.k.ku.i.n.shi.na.i.to.mu.ri.de.su

要到明天才有往台北的班機。

台北行きの便は明日までありません。
ta.i.pe.i.yu.ki.no.bi.n.wa.a.shi.ta.ma.de.a.ri.ma.se.n

我們已經爲您做好搭乘的準備，但是因爲已經沒有時間了，請您用跑的到登機門。

お客様がご搭乗できるように準備を進めていますが、時間がないので、搭乗ゲートまで走ってください。
o.kya.ku.sa.ma.ga.go.to.o.jo.o.de.ki.ru.yo.o.ni.ju.n.bi.o.su.su.me.te.i.ma.su.ga.ji.ka.n.ga.na.i.no.de.to.o.jo.o.ge.e.to.ma.de.ha.shi.t.te.ku.da.sa.i

### 狀況②：已經趕不上飛機時… ♪014

※準備搭機返國時，有時候會發生一些突發狀況，如果發現已經完全趕不上飛機，記得趕緊洽詢搭乘的航空公司櫃台，或是詢問機票上的電話號碼。

## 詢問劃位櫃檯

**1** 請問可以換到下一班班機嗎？

この次の便に変更していただくことはかのうでしょうか？
ko.no.tsu.gi.no.bi.n.ni.he.n.ko.o.shi.te.i.ta.da.ku.ko.to.wa.ka.no.o.de.sho.o.ka

**2** 之後的班機中，最便宜的是哪一班？

次のフライトの中で、一番安いのはどれですか？
tsu.gi.no.fu.ra.i.to.no.na.ka.de.i.chi.ba.n.ya.su.i.no.wa.do.re.de.su.ka

**劃位櫃檯前**

 不好意思。我記錯了時間，結果沒有搭上飛機。請問可以改搭別班飛機嗎？

すみません。時間を間違えて、飛行機に乗り遅れました。他の便に振替えることができますか？

su.mi.ma.se.n。ji.ka.n.o.ma.chi.ga.e.te.hi.ko.o.ki.ni.no.ri.o.ku.re.ma.shi.ta。ho.ka.no.bi.n.ni.fu.ri.ka.e.ru.ko.to.ga.de.ki.ma.su.ka

 由於您購買的是優惠票，沒有辦法更改。須要另外購買一張機票。

お客様がお持ちなのは格安チケットなので変更できません。別に航空券を買い直す必要があります。

o.kya.ku.sa.ma.ga.o.mo.chi.na.no.wa.ka.ku.ya.su.chi.ke.t.to.na.no.de.he.n.ko.o.de.ki.ma.se.n。be.tsu.ni.ko.o.ku.u.ke.n.o.ka.i.na.o.su.hi.tsu.yo.o.ga.a.ri.ma.su

下一班飛機還有空位，要不要換搭那一班？

次の便にまだ空席があるので、その便に振替えなさいますか？

tsu.gi.no.bi.n.ni.ma.da.ku.u.se.ki.ga.a.ru.no.de。so.no.bi.n.ni.fu.ri.ka.e.na.sa.i.ma.su.ka

可以幫您換到下一班飛機，但是需要酌收手續費。

次の便に変更することは出来ますが、手数料が必要となります。

tsu.gi.no.bi.n.ni.he.n.ko.o.su.ru.ko.to.wa.de.ki.ma.su.ga。te.su.u.ryo.o.ga.hi.tsu.yo.o.to.na.ri.ma.su

剛剛那一班是今天最後一班飛台北的班機。下一班是明天早上7點10分出發。

さっきの便は本日台北行きの最終便です。次の便は明日朝7時10分発です。

sa.k.ki.no.bi.n.wa.ho.n.ji.tsu.ta.i.pe.i.yu.ki.no.sa.i.shu.u.bi.n.de.su。tsu.gi.no.bi.n.wa.a.shi.ta.a.sa.shi.chi.ji.ju.p.pu.n.ha.tsu.de.su

✈ | PART二 交通篇

# 搭乘計程車

## 詢問路人

♪ 015

這裡是排隊搭乘計程車的最尾端嗎？
ここがタクシー乗り場の列の最後尾ですか。
ko.ko.ga.ta.ku.shi.i.no.ri.ba.no.re.tsu.no.sa.i.ko.o.bi.de.su.ka

是的。
はい、そうです。
ha.i.so.o.de.su

不，我沒有在排隊。
いいえ、私は並んでません。
i.i.e.wa.ta.shi.wa.na.ra.n.de.ma.se.n

我想站在那裡的那個人是隊伍的最尾端。
あそこに立っている人が列の最後だと思います。
a.so.ko.ni.ta.t.te.i.ru.hi.to.ga.re.tsu.no.sa.i.go.da.to.o.mo.i.ma.su

## 計程車搭乘處

請問乘坐計程車的地方在哪裡？
タクシー乗り場はどこですか。
ta.ku.shi.i.no.ri.ba.wa.do.ko.de.su.ka

在車站的北口。
駅の北口にありますよ。
e.ki.no.ki.ta.gu.chi.ni.a.ri.ma.su.yo

## 打電話叫計程車

喂，我想請您派車。
もしもし。配車をお願いしたいのですが。
mo.shi.mo.shi.ha.i.sha.o.o.ne.ga.i.shi.ta.i.no.de.su.ga

感謝您。請問您的姓名是？
ありがとうございます。お名前を伺ってもよろしいでしょうか。
a.ri.ga.to.o.go.za.i.ma.su.o.na.ma.e.o.u.ka.ga.t.te.mo.yo.ro.shi.i.de.sho.o.ka

我姓李。
李と申します。
ri.to.mo.o.shi.ma.su

## 指定派車地點

 請問要派去哪裡呢？

どちらに配車いたしましょうか？
do.chi.ra.ni.ha.i.sha.i.ta.shi.ma.sho.o.ka

 請到淺草的雷門前。

浅草の 雷 門前まで来てください。
a.sa.ku.sa.no.ka.mi.na.ri.mo.n.ma.e.ma.de.ki.te.ku.da.sa.i

 我知道了。大約10分鐘。

かしこまりました。10分ほどで伺います。
ka.shi.ko.ma.ri.ma.shi.ta.ju.u.pu.n.ho.do.de.u.ka.ga.i.ma.
su

麻煩您。

よろしくお願いします。
yo.ro.shi.ku.o.ne.ga.i.shi.ma.su

## 🐱 計程車的標示　　　　　　　　　　🎵 016

※ 沒有客人乘坐的計程車，在前擋玻璃會放置「空車(ku.u.sha)」的標誌。招車時邊注意往來車輛還在走道上舉手，表示乘車的意願。

| 有乘客 | 已被預約 | 付錢 | 回到車庫、無法乘坐 |
|---|---|---|---|
| 賃走 | 迎車 | 支払 | 回送 |
| chi.n.so.o | ge.i.sha | shi.ha.ra.i | ka.i.so.o |

## 上車時　　　　　　　　　　🎵 017

 不好意思。
我想把行李放進後車廂。

すみません。荷物をトランクに入れて欲しいのですが。
su.mi.ma.se.n.ni.mo.tsu.o.to.ra.n.ku.ni.i.re.te.ho.shi.i.no.
de.su.ga

我知道了

かしこまりました。
ka.shi.ko.ma.ri.ma.shi.ta

**計程車上車須知**

　　日本的計程車和台灣不同，不能在路上看到就隨招隨停，必須到計程車專用的停車、上車地點才可以載客。除了計程車招呼站之外，一般道路上也會有可以上車的區塊，通常會塗上跟馬路不一樣的顏色。

麻煩到東京鐵塔。

東京タワーまでお願いします。
to.o.kyo.o.ta.wa.a.ma.de.o.ne.ga.i.shi.ma.su

 好的。

かしこまりました。
ka.shi.ko.ma.ri.ma.shi.ta

## 詢問花費時間

 大約要花多久時間？

時間はどれくらいかかりますか？
ji.ka.n.wa.do.re.ku.ra.i.ka.ka.ri.ma.su.ka

 15分鐘左右就會到了哦！

１５分くらいで行けますよ
ju.u.go.fu.n.ku.ra.i.de.i.ke.ma.su.yo

 因為在塞車，所以可能會花30分鐘以上。

渋滞しているので、３０分以上かかるかもしれませんね。
ju.u.ta.i.shi.te.i.ru.no.de、sa.n.ju.p.pu.n.i.jo.o.ka.ru.ka.mo.shi.re.ma.se.n.ne

## 詢問車資

 大約要花多少錢呢？

いくらくらいかかりますか？
i.ku.ra.ku.ra.i.ka.ka.ri.ma.su.ka

 大約1200日圓。

１２００円くらいですね。
se.n.ni.hya.ku.e.n.ku.ra.i.de.su.ne

時間花得愈多，費用就會愈高哦。

時間がかかると、その分料金が高くなってしまいますよ。
ji.ka.n.ga.ka.ka.ru.to、so.no.bu.n.ryo.o.ki.n.ga.ta.ka.ku.na.t.te.shi.ma.i.ma.su.yo

## 用地圖指出目的地

麻煩請到一間叫魚辰的壽司店。

魚辰という、お寿司屋さんまでお願いします。
u.o.ta.tsu.to.i.u、o.su.shi.ya.sa.n.ma.de.o.ne.ga.i.shi.ma.su

我不太知道耶。請問有地圖嗎？

ちょっと分からないですね。地図はありますか？
cho.t.to.wa.ka.ra.na.i.de.su.ne。chi.zu.wa.a.ri.ma.su.ka

在這裡。

ここです。
ko.ko.de.su

雖然沒有地圖，但有抄地址。

地図はないですが、住所のメモがあります。
chi.zu.wa.na.i.de.su.ga、ju.u.sho.no.me.mo.ga.a.ri.ma.su

好，是這裡吧。我知道了。

はい、ここですね。分かりました。
ha.i、ko.ko.de.su.ne。wa.ka.ri.ma.shi.ta

column

### 日本計程車的車門會自己打開！？

在日本，計程車的駕駛座後方(左側)車門是由司機操作開關門，所以搭乘時請不要任意開關車門哦！

**和司機提出要求**

| 1 | 有點不太舒服，可以請您開窗戶嗎？ | 気分が悪いので、窓を開けてもらってもいいですか？<br>ki.bu.n.ga.wa.ru.i.no.de、ma.do.o.a.ke.te.mo.ra.tte.mo.i.i.de.su.ka |
| 2 | 還是很不舒服，可以請您停車嗎？ | 気分が良くならないので、止めてもらっていいですか？<br>ki.bu.n.ga.yo.ku.na.ra.na.i.no.de、to.me.te.mo.ra.tte.i.i.de.su.ka |

| 3 | 希望開快一點。 | なるべく急いでください。<br>na.ru.be.ku.i.so.i.de.ku.da.sa.i |
|---|---|---|
| 4 | 因為很容易暈車，<br>請不要急踩煞車。 | 酔いやすいので、急ブレーキをかけないでください。<br>yo.i.ya.su.i.no.de、kyu.u.bu.re.e.ki.o.ka.ke.na.i.de.ku.da.sa.i |

**會話①**

😺 冷氣有點冷。

冷房がきついのですが。
re.i.bo.o.ga.ki.tsu.i.no.de.su.ga

😼 很抱歉。要關掉嗎？

すみません。切りましょうか。
su.mi.ma.se.n。ki.ri.ma.sho.o.ka

😺 好，麻煩了。

はい、お願いします。
ha.i.o.ne.ga.i.shi.ma.su

😼 好的。您還好嗎？

はい。大丈夫ですか。
ha.i。da.i.jo.o.bu.de.su.ka

😺 還好。有比較好了。

大丈夫です。少し楽になりました。
da.i.jo.o.bu.de.su。su.ko.shi.ra.ku.ni.na.ri.ma.shi.ta

**向司機指示位置**

| 1 | 請到這個地址。 | この住所のところまで行ってください。<br>ko.no.ju.u.sho.no.to.ko.ro.ma.de.i.t.te.ku.da.sa.i |
|---|---|---|
| 2 | 請直走。 | まっすぐ行ってください。<br>ma.s.su.gu.i.t.te.ku.da.sa.i |
| 3 | 請在下一個紅綠燈右轉。 | 次の信号を右に曲がってください。<br>tsu.gi.no.shi.n.go.o.o.mi.gi.ni.ma.ga.t.te.ku.da.sa.i |
| 4 | 請在那個銀行的轉角處左轉。 | あの銀行の角を左に曲がってください。<br>a.no.gi.n.ko.o.no.ka.do.o.hi.da.ri.ni.ma.ga.t.te.ku.da.sa.i |

**會話②**

 請在那個公園的前面讓我下車。

あの公園の手前で降ろしてください。
a.no.ko.o.e.n.no.te.ma.e.de.o.ro.shi.te.ku.da.sa.i

我知道了。

かしこまりました。
ka.shi.ko.ma.ri.ma.shi.ta

 **抵達目的地**

 客人，到了。

お客さん、着きましたよ。
o.kya.ku.sa.n、tsu.ki.ma.shi.ta.yo

 多少錢？

いくらですか。
i.ku.ra.de.su.ka

3450日圓。

3450 円になります。
sa.n.ze.n.yo.n.hya.ku.go.ju.u.e.n.ni.na.ri.ma.su

 有點貴。
為什麼有增加費用呢？

少し高いですが、この割増料金はなんですか。
su.ko.shi.ta.ka.i.de.su.ga、ko.no.wa.ri.ma.shi.ryo.o.ki.n.wa.na.n.de.su.ka

 是叫車的費用。

迎車料金になります。
ge.i.sha.ryo.o.ki.n.ni.na.ri.ma.su

 原來如此。我知道了。
來，請收下。

そうですか。わかりました。はい、どうぞ。
so.o.de.su.ka。wa.ka.ri.ma.shi.ta。ha.i、do.o.zo

 謝謝您。這是找您的錢。

ありがとうございます。こちらがお釣りになります。
a.ri.ga.to.o.go.za.i.ma.su。ko.chi.ra.ga.o.tsu.ri.ni.na.ri.ma.su

 請給我收據。

レシートをください。
re.shi.i.to.o.ku.da.sa.i

 好的，請收下。

はい、どうぞ。
ha.i、do.o.zo

## 下車時

麻煩開一下後車廂。

トランクを開けてください。
to.ra.n.ku.o.a.ke.te.ku.da.sa.i

我知道了。有沒有遺忘的東西？

かしこまりました。お忘れ物はありませんか。
ka.shi.ko.ma.ri.ma.shi.ta。o.wa.su.re.mo.no.wa.a.ri.ma.se.n.ka

沒有。謝謝。

大丈夫です。ありがとうございました。
da.i.jo.o.bu.de.su。a.ri.ga.to.o.go.za.i.ma.shi.ta

請小心。

お気をつけください。
o.ki.o.tsu.ke.ku.da.sa.i

### 什麼是「迎車料金」？

計程車公司會要求乘客負擔計程車從總站發車至乘客指定地點間的運費。

若超過2公里會加收運費630日圓(各公司可能有所不同)。若乘客指定地點距離總站2公里以內，即使乘車後超過2公里也不會加收此項費用。

另外，搭乘計程車的時候，記得要向司機索取收據哦！如果不小心把東西忘在計程車上，可以聯絡收據上計程車公司的電話號碼。

 指示方向　　　　　　　　　　　　　　　　　　　♪018

| 方向<br>方向<br>ho.o.ko.o | 前面<br>前です<br>ma.e.de.su | 後面<br>後です<br>u.shi.ro.de.su | 請停車<br>止まってください<br>to.ma.t.te.ku.da.sa.i |
|---|---|---|---|

| 請左轉<br>左に曲がってください<br>hi.da.ri.ni.ma.ga.t.te.ku.da.sa.i | 請右轉<br>右に曲がってください<br>mi.gi.ni.ma.ga.t.te.ku.da.sa.i |
|---|---|
| 請直走<br>まっすぐ行ってください<br>ma.s.su.gu.i.t.te.ku.da.sa.i | 請轉彎<br>曲がってください<br>ma.ga.t.te.ku.da.sa.i |

**3** | **搭乗公車、巴士**

 **公車站**

🎵 **019**

 不好意思。請問巴士乘車處在哪裡？

すみません。バス乗り場はどこでしょうか。
su.mi.ma.se.n。ba.su.no.ri.ba.wa.do.ko.de.sho.o.ka

往前走一點的郵局前是最近的一站喔！

少し行った先の郵便局前が一番近いですよ。
su.ko.shi.i.t.ta.sa.ki.no.yu.u.bi.n.kyo.ku.ma.e.ga.i.chi.ba.n.
chi.ka.i.de.su.yo

**在剪票口前**

 不好意思。請問巴士的總站在哪裡？

すみません。バスターミナルはどこですか。
su.mi.ma.se.n。ba.su.ta.a.mi.na.ru.wa.do.ko.de.su.ka

出了剪票口，在西口那邊。

改札を出て西口にあります。
ka.i.sa.tsu.o.de.te.ni.shi.gu.chi.ni.a.ri.ma.su

**詢問路人**

 我想去東京巨蛋，請問該坐哪一班巴士呢？

東京ドームに行きたいのですが、どのバスに乗ればいいですか？
to.o.kyo.o.do.o.mu.ni.i.ki.ta.i.no.de.su.ga。do.no.ba.su.ni.no.
re.ba.i.i.de.su.ka

在這個巴士站等的話，就會有往東京巨蛋的巴士。

このバス停で待っていれば、東京ドーム行きのバスが来ますよ。
ko.no.ba.su.te.i.de.ma.t.te.i.re.ba。to.o.kyo.o.do.o.mu.yu.ki.
no.ba.su.ga.ki.ma.su.yo

不是這個巴士站，是在對面的3號乘車處。

このバス停じゃなくて、向こうの3番乗り場ですよ。
ko.no.ba.su.te.i.ja.na.ku.te。mu.ko.o.no.sa.n.ba.n.no.ri.ba.
de.su.yo

★ | PART 二 交通篇

這個總站沒有到東京巨蛋的巴士哦。

このターミナルからは東京ドーム行きのバスは出ませんよ。

ko.no.ta.a.mi.na.ru.ka.ra.wa.to.o.kyo.o.do.o.mu.yu.ki.no.ba.su.wa.de.ma.se.n.yo

## 詢問班次時間

 巴士遲遲不來，請問是每隔幾分鐘一班呢？

なかなかバスが来ませんが、何分間隔で走っているのですか。

na.ka.na.ka.ba.su.ga.ki.ma.se.n.ga、na.n.pu.n.ka.n.ka.ku.de.ha.shi.t.te.i.ru.no.de.su.ka

 通常都是大約15分鐘一班，還沒來呀。可能是塞車吧。

いつもはだいたい１５分間隔ですが、まだ来ませんね。渋滞しているのかもしれませんね。

i.tsu.mo.wa.da.i.ta.i.ju.u.go.fu.n.ka.n.ka.ku.de.su.ga、ma.da.ki.ma.se.n.ne。ju.u.ta.i.shi.te.i.ru.no.ka.mo.shi.re.ma.se.n.ne

## 乘車

 不好意思。請問往澀谷車站可以坐這班巴士嗎？

すみません。渋谷駅行きはこのバスでいいですか。

su.mi.ma.se.n。shi.bu.ya.e.ki.yu.ki.wa.ko.no.ba.su.de.i.i.de.su.ka

 是的。會到澀谷車站哦。

はい。渋谷駅に行きますよ。

ha.i。shi.bu.ya.e.ki.ni.i.ki.ma.su.yo

 車資是先付嗎？

運賃は先に払うのですか？

u.n.chi.n.wa.sa.ki.ni.ha.ra.u.no.de.su.ka

 先付。大人是200日圓。

先払いです。大人は200円です。

sa.ki.ba.ra.i.de.su。o.to.na.wa.ni.hya.ku.e.n.de.su

## 詢問司機

 請問到築地的話，會停幾站站呢？

築地までは、いくつバス停に停まりますか。
tsu.ki.ji.ma.de.wa.i.ku.tsu.ba.su.te.i.ni.to.ma.ri.ma.su.ka

 7站。到了要我通知您嗎？

７つです。着いたら教えましょうか。
na.na.tsu.de.su.tsu.i.ta.ra.o.shi.e.ma.sho.o.ka

 好的，麻煩你了。

はい、お願いします。
ha.i.o.ne.ga.i.shi.ma.su

## 向司機提出要求

 到了品川水族館的話，可以請您告訴我嗎？

しながわ水族館に着いたら教えてもらえますか。
shi.na.ga.wa.su.i.zo.ku.ka.n.ni.tsu.i.ta.ra.o.shi.e.te.mo.ra.e.ma.su.ka

 好的，我知道了。

はい、分かりました。
ha.i.wa.ka.ri.ma.shi.ta

🔔 **準備按鈴下車** ♪ 020

※若廣播到要下車的站名，請按下車鈴。車內若很擁擠，無法順利移動到
出口時，可以使用以下說法：

**不好意思，我要下車。請借過。**
**すみません、降ります。通してください。**
su.mi.ma.se.n.o.ri.ma.su.to.o.shi.te.ku.da.sa.i

🐱 **節省荷包的票券** ♪ 021

※ 日本的公車票會根據不同的需求提供優惠票券，在日本選擇搭公車的時候，可以看看自己適合哪一種
票券。

| 優惠票券 | 回數票 | 一日暢遊券 | 一日通 |
|---|---|---|---|
| **おトクなきっぷ** | **回数券** | **フリーきっぷ** | **一日乗車券** |
| o.to.ku.na.ki.p.pu | ka.i.su.u.ke.n | fu.ri.i.ki.p.pu | i.chi.ni.chi.jo.o.sha.ke.n |

※ フリーきっぷ：一天之內可無限次使用包含電車、巴士等交通工具。
※ 一日乘車券：可一日無限次搭乘巴士。

✈ | PART 1 | 交通篇

53

# 4　搭電車、新幹線

♪ 022

## 買票

不好意思。請問哪裡可以買到車票？

すみません。切符はどこで買えますか。
su.mi.ma.se.n。ki.p.pu.wa.do.ko.de.ka.e.ma.su.ka

那裡的售票機可以買到。

あそこにある券売機で買えます。
a.so.ko.ni.a.ru.ke.n.ba.i.ki.de.ka.e.ma.su

那邊的窗口可以買到。

向こうの窓口で買えます。
mu.ko.o.no.ma.do.gu.chi.de.ka.e.ma.su

## 售票機

請告訴我售票機的使用方法。

券売機の使い方を教えてください。
ke.n.ba.i.ki.no.tsu.ka.i.ka.ta.o.o.shi.e.te.ku.da.sa.i

在路線圖尋找欲前往的車站，然後將顯示的費用放到機器裡。選擇購買的人數及大人或小孩，再按壓金額鍵就可以買了。

路線図で行きたい駅を探して、そこに表示されている料金分の金額を入れます。買う人の人数と大人か子供かを選び、金額ボタンを押せば買えます。
ro.se.n.zu.de.i.ki.ta.i.e.ki.o.sa.ga.shi.te。so.ko.ni.hyo.o.ji.sa.re.te.i.ru.ryo.o.ki.n.bu.n.no.ki.n.ga.ku.o.i.re.ma.su。ka.u.hi.to.no.ni.n.zu.u.to.o.to.na.ka.ko.do.mo.ka.o.e.ra.bi、ki.n.ga.ku.bo.ta.n.o.o.se.ba.ka.e.ma.su

## 詢問車站路線

我想去新橋站，但我在路線圖上找不到。

新橋駅に行きたいのですが、路線図のどこにあるか探せません。
shi.n.ba.shi.e.ki.ni.i.ki.ta.i.no.de.su.ga、ro.se.n.zu.no.do.ko.ni.a.ru.ka.sa.ga.se.ma.se.n

您知道東京車站的位置嗎？

東京駅の位置が分かりますか。
to.o.kyo.o.e.ki.no.i.chi.ga.wa.ka.ri.ma.su.ka

是的，知道。

はい、分かります。
ha.i、wa.ka.ri.ma.su

54

是東京車站下面的第二站。

東京駅から下に二つ目の駅です。
to.o.kyo.o.e.ki.ka.ra.shi.ta.ni.fu.ta.tsu.me.no.e.ki.de.su

 啊啊，找到了。

ああ、見つかりました。
a.a.mi.tsu.ka.ri.ma.shi.ta

寫在車站名稱下面的金額是車資哦。

駅名の下に書いてある金額が運賃ですよ。
e.ki.me.i.no.shi.ta.ni.ka.i.te.a.ru.ki.n.ga.ku.ga.u.n.chi.n.de.su.yo

謝謝。

ありがとうございました。
a.ri.ga.to.o.go.za.i.ma.shi.ta

不客氣。

どういたしまして。
do.o.i.ta.shi.ma.shi.te

 購票上遇到狀況　　　　　　　　　♪ 023

※ 如果附近有站務人員在，按壓售票機上的「よびだし(yo.bi.da.shi)呼叫」鈕，就會有站務人員為您協助解決問題。

 會話①

 我按錯鍵了。

ボタンを間違えて押してしまいました。
bo.ta.n.o.ma.chi.ga.e.te.o.shi.te.shi.ma.i.ma.shi.ta

按壓「取消」鍵的話就可以重來。

「とりけし」ボタンを押せば、やり直せますよ。
「to.ri.ke.shi」.bo.ta.n.o.o.se.ba、ya.ri.na.o.se.ma.su.yo

 會話②

 我買錯票了。請問可以退費嗎？

間違えて切符を買ってしまいました。払い戻しはできますか？
ma.chi.ga.e.te.ki.p.pu.o.ka.t.te.shi.ma.i.ma.shi.ta。ha.ra.i.mo.do.shi.wa.de.ki.ma.su.ka

如果還沒過剪票口，可以退費哦。

改札を通る前なら、払い戻しができますよ。
ka.i.sa.tsu.o.to.o.ru.ma.e.na.ra、ha.ra.i.mo.do.shi.ga.de.ki.ma.su.yo

**按下「呼叫鈕」後，站務人員的登場方式…？**

日本的自動售票機操作容易，但是如果遇到問題，按下呼叫鈕後，站務人員會直接從售票機的後方打開窗口協助解決。至於為什麼會選擇以這樣的方式出現？據說除了讓乘客能迅速得到解決，同時也可以立即確認是否需要多退少補。

**在窗口購買**

♪ 024

 我想買到仙台的車票。

せんだいゆ きっぷ か
仙台行きの切符が買いたいのですが。
se.n.da.i.yu.ki.no.ki.p.pu.ga.ka.i.ta.i.no.de.su.ga

 當日券可以嗎？

とうじつけん
当日券でよろしいですか？
to.o.ji.tsu.ke.n.de.yo.ro.shi.i.de.su.ka

好的，麻煩今日出發的車票。

きょう しゅっぱつ きっぷ ねが
はい。今日出発の切符をお願いします。
ha.i.kyo.o.shu.p.pa.tsu.no.ki.p.pu.o.o.ne.ga.i.shi.ma.su

不。麻煩明天出發的車票。

あした しゅっぱつ きっぷ ねが
いいえ。明日出発する切符をお願いします。
i.i.e.a.shi.ta.shu.p.pa.tsu.su.ru.ki.p.pu.o.o.ne.ga.i.shi.ma.su

## 指定時間

 請問有指定時間嗎？

時間の指定はありますか？
ji.ka.n.no.shi.te.i.wa.a.ri.ma.su.ka

麻煩愈早的列車愈好。

なるべく早く乗れる列車をお願いします。
na.ru.be.ku.ha.ya.ku.no.re.ru.re.s.sha.o.o.ne.ga.i.shi.ma.su

麻煩約下午2點出發的列車。

午後2時くらいに発車する列車をお願いします。
go.go.ni.ji.ku.ra.i.ni.ha.s.sha.su.ru.re.s.sha.o.o.ne.ga.i.shi.ma.su

麻煩1小時後出發的列車。

1時間後に発車する列車をお願いします。
i.chi.ji.ka.n.go.ni.ha.s.sha.su.ru.re.s.sha.o.o.ne.ga.i.shi.ma.su

麻煩於下午4點到達的列車。

午後4時に到着する列車をお願いします。
go.go.yo.ji.ni.to.o.cha.ku.su.ru.re.s.sha.o.o.ne.ga.i.shi.ma.su

## 單程？來回？

 請問是單程嗎？還是來回呢？

片道になさいますか。往復になさいますか？
ka.ta.mi.chi.ni.na.sa.i.ma.su.ka.o.o.fu.ku.ni.na.sa.i.ma.su.ka

麻煩單程。

片道をお願いします。
ka.ta.mi.chi.o.o.ne.ga.i.shi.ma.su

## 選擇座位種類

 請問是要自由座位還是指定座位？

自由席と指定席、どちらになさいますか？
ji.yu.u.se.ki.to.shi.te.i.se.ki.do.chi.ra.ni.na.sa.i.ma.su.ka

麻煩指定座位。

指定席をお願いします。
shi.te.i.se.ki.o.o.ne.ga.i.shi.ma.su

## 座位

 請問是要靠窗還是靠走道呢？

窓側と通路側どちらになさいますか？
ma.do.ga.wa.to.tsu.u.ro.ga.wa.do.chi.ra.ni.na.sa.i.ma.su.ka

麻煩靠窗。

窓側をお願いします。
ma.do.ga.wa.o.o.ne.ga.i.shi.ma.su

## 其他要求

 請問有其他要求嗎？

何か他のご希望はございますか？
na.ni.ka.ho.ka.no.go.ki.bo.o.wa.go.za.i.ma.su.ka

希望可以是靠近廁所的車廂。

トイレに近い車両がいいです。
to.i.re.ni.chi.ka.i.sha.ryo.o.ga.i.i.de.su

4人分2人2人坐的座位較好。

4人が2人ずつ座れる席がいいです。
yo.ni.n.ga.fu.ta.ri.zu.tsu.su.wa.re.ru.se.ki.ga.i.i.de.su

我知道了。那麼，我來確認一下空位狀況。

かしこまりました。では、空席状況を確認いたします。
ka.shi.ko.ma.ri.ma.shi.ta.de.wa.ku.u.se.ki.jo.o.kyo.o.o.ka.ku.ni.n.i.ta.shi.ma.su

## 決定車票

 那麼，我要訂14點3分出發的山彥車票。

では、14時3分発のやまびこの切符をお取りしました。
de.wa.ju.u.yo.ji.sa.n.pu.n.ha.tsu.no.ya.ma.bi.ko.no.ki.p.pu.o.o.to.ri.shi.ma.shi.ta

謝謝。

ありがとうございます。
a.ri.ga.to.o.go.za.i.ma.su

**當座位無法符合要求時**

抱歉。很不湊巧下午2點左右往
仙台的列車都客滿了。

もうしわけございません。あいにく午後 2 時
前後の仙台行きは満席となっております。

mo.o.shi.wa.ke.go.za.i.ma.se.n.a.i.ni.ku.go.go.ni.ji.ze.n.go.
no.se.n.da.i.yu.ki.wa.ma.n.se.ki.to.na.t.te.o.ri.ma.su

請幫我查稍晚一點的列車。

もっと遅い時間の列車を調べてください。

mo.t.to.o.so.i.ji.ka.n.no.re.s.sha.o.shi.ra.be.te.ku.da.sa.i

那我等候補。

キャンセル待ちをします。

kya.n.se.ru.ma.chi.o.shi.ma.su

---

**問問題**

1　請問快速電車有停靠阿佐佐谷車
　站嗎？

阿佐ヶ谷駅には快速電車は停まりますか？

a.sa.ga.ya.e.ki.ni.wa.ka.i.so.ku.de.n.sha.wa.to.ma.ri.ma.su.
ka

2　請問下一班的各站停靠列車什麼
　時候會來呢？

次の各駅停車はいつ来ますか？

tsu.gi.no.ka.ku.e.ki.te.i.sha.wa.i.tsu.ki.ma.su.ka

3　請問吸煙區在哪裡呢？

喫煙場所はどこですか。

ki.tsu.e.n.ba.sho.wa.do.ko.de.su.ka

4　請問有時刻表嗎？

時刻表はありますか。

ji.ko.ku.hyo.o.wa.a.ri.ma.su.ka

5　請告訴我怎麼看時刻表。

時刻表の見方を教えてください。

ji.ko.ku.hyo.o.no.mi.ka.ta.o.o.shi.e.te.ku.da.sa.i

6　請問有車站前面的地圖嗎？

駅前の地図はありますか。

e.ki.ma.e.no.chi.zu.wa.a.ri.ma.su.ka

7　請問到自由之丘之間會停幾個站
　呢？

自由が丘までいくつ駅に停まりますか？

ji.yu.u.ga.o.ka.ma.de.i.ku.tsu.e.ki.ni.to.ma.ri.ma.su.ka

8　請問到橫濱最快的電車是從幾號
　月台發車呢？

横浜行きで一番速く着く電車は、何番ホーム
から出ますか？

yo.ko.ha.ma.yu.ki.de.i.chi.ba.n.ha.ya.ku.tsu.ku.de.n.sha.
wa..na.n.ba.n.ho.o.mu.ka.ra.de.ma.su.ka

| 9 | 請問幾點發車呢？ | 何時に発車しますか？<br>na.n.ji.ni.ha.s.sha.shi.ma.su.ka |
| 10 | 請問幾點到達呢？ | 何時に到着しますか？<br>na.n.ji.ni.to.o.cha.ku.shi.ma.su.ka |
| 11 | 請問途中有和急行電車停同一站的嗎？ | 急行電車の待ち合わせはありますか？<br>kyu.u.ko.o.de.n.sha.no.ma.chi.a.wa.se.wa.a.ri.ma.su.ka |
| 12 | 請問在哪個車站可以轉乘特急電車呢？ | どの駅で特急電車に乗り換えられますか？<br>do.no.e.ki.de.to.k.kyu.u.de.n.sha.ni.no.ri.ka.e.ra.re.ma.su.ka |

### 詢問乘車月台

請問這班列車，要在哪個月台搭車呢？
この列車は、どこのホームから乗ればいいですか。
ko.no.re.s.sha.wa。do.ko.no.ho.o.mu.ka.ra.no.re.ba.i.i.de.su.ka

9號月台。
9番ホームです。
kyu.u.ba.n.ho.o.mu.de.su

我知道了。謝謝。
わかりました。ありがとうございます。
wa.ka.ri.ma.shi.ta。a.ri.ga.to.o.go.za.i.ma.su

不客氣。請小心。
どういたしまして。お気をつけて。
do.o.i.ta.shi.ma.shi.te。o.ki.o.tsu.ke.te

### 詢問月台位置

請問往吉祥寺是在這個月台嗎？
吉祥寺行きはこのホームで合ってますか。
ki.chi.jo.o.ji.yu.ki.wa.ko.no.ho.o.mu.de.a.t.te.ma.su.ka

是的，是在這個月台。
はい、合ってますよ。
ha.i。a.t.te.ma.su.yo

是在對面的月台。
反対側のホームですよ。
ha.n.ta.i.ga.wa.no.ho.o.mu.de.su.yo

## 詢問下車車站

 我想去迪士尼樂園，請問要在哪一站下車呢？

ディズニーランドに行きたいのですが、どの駅で降りればいいですか。
di.zu.ni.i.ra.n.do.ni.i.ki.ta.i.no.de.su.ga..do.no.e.ki.de.o.ri.re.ba.i.i.de.su.ka

 京葉線的舞濱車站。

京葉線の舞浜駅です。
ke.i.yo.o.se.n.no.ma.i.ha.ma.e.ki.de.su

## 詢問換車

 請問需要換車嗎？

乗り換えは必要ですか？
no.ri.ka.e.wa.hi.tsu.yo.o.de.su.ka

 請在東京車站換車。

東京駅で乗り換えてください。
to.o.kyo.o.e.ki.de.no.ri.ka.e.te.ku.da.sa.i

## 詢問花費時間

請問到舞濱車站要花幾分鐘呢？

舞浜駅まで何分くらいかかりますか。
ma.i.ha.ma.e.ki.ma.de.na.n.pu.n.ku.ra.i.ka.ka.ri.ma.su.ka

約45分。

45分くらいです。
yo.n.ju.u.go.fu.n.ku.ra.i.de.su

## 尋找座位—自由座

 025

 不好意思。請問這個位置是空的嗎？

すみません。この席は空いていますか。
su.mi.ma.se.n。ko.no.se.ki.wa.a.i.te.i.ma.su.ka

 對，是空的。請坐。

はい、空いていますよ。どうぞ。
ha.i、a.i.te.i.ma.su.yo。do.o.zo

抱歉。有人。

ごめんなさい。人が来るんです。
go.me.n.na.sa.i。hi.to.ga.ku.ru.n.de.su

不好意思。這個是我的位置。

すみません。そこは私（わたし）の席（せき）なのですが。
su.mi.ma.se.n。so.ko.wa.wa.ta.shi.no.se.ki.na.no.de.su.ga

抱歉。我弄錯了。

ごめんなさい。間違（まちが）えました。
go.me.n.na.sa.i。ma.chi.ga.e.ma.shi.ta

在座位上

 請問我可以把座椅往後倒嗎？

座席（ざせき）を倒（たお）してもいいですか？
za.se.ki.o.ta.o.shi.te.mo.i.i.de.su.ka

可以。請。

いいですよ。どうぞ。
i.i.de.su.yo。do.o.zo

column

## 電車上的各種標示

　　在車站等車時，除了欣賞大明星的廣告看板外，還能做些什麼事呢？在月台上的告示板或牆柱上，時常可以發現此條路線的各個停靠站名，並且畫上了電車的圖樣、還會標示出車廂的編號。在告示裡，可以找到各個車廂附近重要地標的出口是幾號，而這個出口又是離哪一節車廂最近的資訊。此外，上頭也可以看出哪一節車廂附近設有電梯、手扶梯還是只有樓梯，甚至有月台或出口目前正有整修工程的資訊。

　　依照這樣的資訊，再對照地上所標示出各節車廂的數字編號來排隊上車，到站下車時，若是攜帶著大型行李，就比較不怕在下車人潮裡進退兩難；趕時間的時候，也能稍微節省尋找正確剪票口及出口的時間。

## 在新幹線上向服務人員提問

1 請問洗手間在哪裡？

トイレはどこですか。
to.i.re.wa.do.ko.de.su.ka

在3號車的後面。

３号車の後ろにあります。
san.go.o.sha.no.u.shi.ro.ni.a.ri.ma.su

2 請問停車時間是幾分鐘呢？

停車時間は何分ですか？
te.i.sha.ji.ka.n.wa.na.n.pu.n.de.su.ka

2分鐘。

２分間です。
ni.fu.n.ka.n.de.su

## 驗票

請讓我看一下您的車票。

切符を拝見します。
ki.p.pu.o.ha.i.ke.n.shi.ma.su

好的，請。

はい、どうぞ。
ha.i.do.o.zo

## 在新幹線、特急列車上買東西

請問需要便當、三明治、飲料嗎？

お弁当、サンドイッチ、お飲み物はいかがですか。
o.be.n.to.o.sa.n.do.i.c.chi.o.no.mi.mo.no.wa.i.ka.ga.de.su.ka

不好意思。請給我便當和茶。

すみません。お弁当とお茶をください。
su.mi.ma.se.n.o.be.n.to.o.to.o.cha.o.ku.da.sa.i

我知道了。那麼，總共900日圓。

かしこまりました。はい、合計で 900 円になります。
ka.shi.ko.ma.ri.ma.shi.ta.ha.i.go.o.ke.i.de.kyu.u.hya.ku.e.n.
ni.na.ri.ma.su

這是您的東西和找回的100日圓。

こちらがお品物と100円のお返しになります。
ko.chi.ra.ga.o.shi.na.mo.no.to.hya.ku.e.n.no.o.ka.e.shi.ni.
na.ri.ma.su

感謝您的購買。　　　　　　お買い上げありがとうございました。

o.ka.i.a.ge.a.ri.ga.to.o.go.za.i.ma.shi.ta

 謝謝。　　　　　　　　　　ありがとうございます。

a.ri.ga.to.o.go.za.i.ma.su

column

## 搭電車時遇到的突發狀況

是否曾經有過在東京搭乘山手線時，聽到廣播傳來「この電車は大崎止まりです」，或是到了池袋站時聽到「この駅止まりです」，接著全車的人都起身下車的經驗？腦海裡不禁浮現出，山手線不是環狀電車嗎，為什麼還會突然停靠在某一站的疑問呢？

其實，大崎站為山手線的主要車庫，當列車運行了幾趟準備回到車庫，像是早上尖峰時段過後及晚上接近末班車的時段，就會碰到上述的情況。另外，池袋站及品川站則是山手線的留置線，所以也會碰到電車突然停靠下來。一般來說，不小心搭上這些列車時，只要下車在同月台等候下一班來車，即可繼續前往目的地。

但要特別留意的是，在接近末班車的時段，若是一個不小心沒對接好，有可能會落得沒車搭的窘境，所以搭車前，最好還是留意一下月台上的電子佈告欄、以及電車上原本應該顯示「山手線」的標示，更換為「大崎」、「品川」或「池袋」等的車站名或是車廂內的廣播。

## 🐱 電車相關用語　　　　　　　　　　　　　　　♪ 026

※ 主要指首都圈的鐵道，開往東京車站的電車稱為「上行」，反之則為「下行」。由於山手線為環狀路線，所以有此稱呼。例如：從東京車站往上野車站方向去的電車為內環，從東京車站往品川車站方向去的電車為外環。

| 普通車、各站停靠列車、慢行車(※意思皆相同)<br>普通、各駅停車、鈍行<br>fu.tsu.u　ka.ku.e.ki.te.i.sha.　do.n.ko.o | 上行、下行<br>上り、下り<br>no.bo.ri　ku.da.ri | 內環、外環<br>内回り、外回り<br>u.chi.ma.wa.ri.　so.to.ma.wa.ri. |
|---|---|---|

急行、準急、特急、特快、通勤快速<br>急行、準急、特急、特別快速、通勤快速<br>kyu.u.ko.o.　ju.n.kyu.u.　to.k.kyu.u.　to.ku.be.tsu.ka.i.so.ku.　tsu.u.ki.n.ka.i.so.ku

| 營運狀況<br>営業状況<br>e.i.gyo.o.jo.o.kyo.o | 回送<br>回送<br>ka.i.so.o | 首班車<br>始発<br>shi.ha.tsu | 末班車<br>終電<br>shu.u.de.n |
|---|---|---|---|

| 車站內<br>**駅内**<br>e.ki.na.i | 票口<br>**改札**<br>ka.i.sa.tsu | 自動收票口<br>**自動改札**<br>ji.do.o.ka.i.sa.tsu | 人工收票口<br>**駅員のいる改札**<br>e.ki.i.n.no.i.ru.ka.i.sa.tsu |
|---|---|---|---|
| 站內全面禁菸<br>**駅構内終日禁煙**<br>e.ki.ko.o.na.i.shu.u.ji.tsu.ki.n.e.n | | 自動售票機<br>**自動券売機**<br>ji.do.o.ke.n.ba.i.ki | |

| 乘車<br>**乗車**<br>jo.o.sha | 中途下車<br>**途中下車**<br>to.chu.u.ge.sha | 換車<br>**乗り換え**<br>no.ri.ka.e | 坐過站<br>**乗り越し**<br>no.ri.ko.shi |
|---|---|---|---|

| 車內<br>**車内**<br>sha.na.i | 列車長<br>**車掌**<br>sha.sho.o | 列車駕駛<br>**運転士**<br>u.n.te.n.shi | 車廂內廣告<br>**中吊り広告**<br>na.ka.zu.ri.ko.o.ko.ku |
|---|---|---|---|
| 比較不冷的車廂<br>**弱冷房車**<br>ja.ku.re.i.bo.o.sha | 女性專用車廂<br>**女性専用車両**<br>jo.se.i.se.n.yo.o.sha.ryo.o | 博愛座<br>**優先席**<br>yu.u.se.n.se.ki | |

| 車票<br>**切符**<br>ki.p.pu | 單程票<br>**片道切符**<br>ka.ta.mi.chi.ki.p.pu | 來回票<br>**往復切符**<br>o.o.fu.ku.ki.p.pu | 回數票<br>**回数券**<br>ka.i.su.u.ke.n |
|---|---|---|---|
| 定期票<br>**定期券**<br>te.i.ki.ke.n | 周遊票<br>**フリーパス**<br>fu.ri.i.pa.su | 頭等艙車票<br>**グリーン券**<br>gu.ri.i.n.ke.n | 1日票<br>**1日乗車券**<br>i.chi.ni.chi.jo.o.sha.ke.n |
| Suica<br>**Suica(スイカ)**<br>su.i.ka | PASMO<br>**PASMO(パスモ)**<br>pa.su.mo | 結算<br>**清算**<br>se.i.sa.n | 加值<br>**チャージ**<br>cha.a.ji |

## 電車駛進月台的廣播

**1** 此班電車為特急。
この電車は特急です。
ko.no.de.n.sha.wa.to.k.kyu.u.de.su

**2** 下班電車停靠○○車站。
つぎの電車は○○駅に止まります。
tsu.gi.no.de.n.sha.wa.○○.e.ki.ni.to.ma.ri.ma.su

**3** 班次調度中。
ダイヤが乱れております。
da.i.ya.ga.mi.da.re.te.o.ri.ma.su

## 下車、出站、突發狀況

**1** 鞋子掉到軌道上了。
線路に靴を落としてしまいました。
se.n.ro.ni.ku.tsu.o.o.to.shi.te.shi.ma.i.ma.shi.ta

**2** 車票不見了。
切符をなくしてしまいました。
ki.p.pu.o.na.ku.shi.te.shi.ma.i.ma.shi.ta

**3** 把東西忘在電車上了。
電車に忘れ物をしてしまいました。
de.n.sha.ni.wa.su.re.mo.no.o.shi.te.shi.ma.i.ma.shi.ta

## 被擋在自動剪票口前

 請讓我看一下你的車票。
切符を見せてください。
ki.p.pu.o.mi.se.te.ku.da.sa.i

 好的。
はい。
ha.i

車資不夠哦。
料金が足りませんよ。
ryo.o.ki.n.ga.ta.ri.ma.se.n.yo

插錯卡片了哦。
違うカードを差し込んでいますよ。
chi.ga.u.ka.a.do.o.sa.shi.ko.n.de.i.ma.su.yo

車票折到了。
切符が折れ曲がっていますね。
ki.p.pu.ga.o.re.ma.ga.t.te.i.ma.su.ne

我想去都廳，請問要從哪一個出口出去呢？

都庁に行きたいのですが、どの出口から出ればいいのですか。
to.cho.o.ni.i.ki.ta.i.no.de.su.ga. do.no.de.gu.chi.ka.ra.de.re.ba.i.i.no.de.su.ka

 請由西口剪票口出去。

西口改札から出てください。
ni.shi.gu.chi.ka.i.sa.tsu.ka.ra.de.te.ku.da.sa.i

♪ 028

| 行駛狀況<br>運行状況<br>u.n.ko.o.jo.o.kyo.o | 人身事故<br>人身事故<br>ji.n.shi.n.ji.ko | 號誌故障<br>信号故障<br>shi.n.go.o.ko.sho.o | 停駛<br>運転見合わせ<br>u.n.te.n.mi.a.wa.se |
|---|---|---|---|
| 延遲<br>遅延<br>chi.e.n | 車輛維修<br>車両点検<br>sha.ryo.o.te.n.ke.n | 時間調整<br>時間調整<br>ji.ka.n.cho.o.se.i | 全線不通<br>全線不通<br>ze.n.se.n.fu.tsu.u |
| 折返駕駛<br>折り返し運転<br>o.ri.ka.e.shi.u.n.te.n | 重新啟動<br>運転再開<br>u.n.te.n.sa.i.ka.i | 此班電車(先發)<br>こんどの電車(先発)<br>ko.n.do.no.de.n.sha (se.n.pa.tsu) | |
| 下班電車(下一班發車)<br>つぎの電車(次発)<br>tsu.gi.no.de.n.sha (ji.ha.tsu) | | | |

# 日本旅遊必備的電車轉乘APP！

　　電車是日本最方便最普及的大眾交通工具，想要前往任何一個地方，只要搭電車再走一段路幾乎都可以輕鬆抵達。

　　然而方便歸方便，日本的電車可是令人又愛又恨！

　　密密麻麻的地鐵路線圖令人眼花撩亂之外，因為電車分別由好幾家公司經營，購票處的地圖通常不會詳細寫出其他家公司的路線，常常沒做好功課就會在車站迷路，甚至連當地人都很容易走錯！浪費時間也浪費體力。

　　隨著智慧型手機的普及，現在人人出國都租WIFI或是買漫遊，以便可以隨時查資料、打卡、跟親友連絡等等，比以往方便許多。有這麼方便的東西當然要好好利用！再也不用拿著地鐵圖在人擠人的車站月台走走停停、繞來繞去啦！

　　「乘換NAVI(乘換ナビ)」這個APP只要輸入起點站到達站，馬上幫你搜尋各種路線！分成最便宜的、轉乘次數最少的、最快的等等不同路線，讓你可以依照自己的需求來選擇要走哪一條路線。同時附上電車時刻、轉乘電車的顏色、乘車月台，讓你一目瞭然！只要跟著APP上的步驟走就對了！

　　不只是東京，日本全國走到哪都可以查，可說是觀光客不可或缺的好幫手，甚至連日本當地人都很依賴這個APP呢！出發去日本之前要記得下載來用看啊！

PART 2

# 住宿篇

### 各種訂房問題

♪ 029

| | | |
|---|---|---|
| 1 | 請問一晚多少錢？ | 1泊いくらですか？<br>i.p.pa.ku.i.ku.ra.de.su.ka |
| 2 | 請問有更便宜的房間嗎？ | もっと安い部屋はありませんか？<br>mo.t.to.ya.su.i.he.ya.wa.a.ri.ma.se.n.ka |
| 3 | 請問有更大的房間嗎？ | もっと広い部屋はありませんか？<br>mo.t.to.hi.ro.i.he.ya.wa.a.ri.ma.se.n.ka |
| 4 | 請問入住時間是幾點開始呢？ | チェックインは何時からですか？<br>che.k.ku.i.n.wa.na.n.ji.ka.ra.de.su.ka |
| 5 | 請問幾點可以入住？ | 何時にチェックインできますか？<br>na.n.ji.ni.che.k.ku.i.n.de.ki.ma.su.ka |
| 6 | 請問可以提早入住嗎？ | 早めにチェックインできますか？<br>ha.ya.me.ni.che.k.ku.i.n.de.ki.ma.su.ka |
| 7 | 請問有接送嗎？ | 送迎はありますか？<br>so.o.ge.i.wa.a.ri.ma.su.ka |
| 8 | 請問是和室還是西式房間？ | 和室ですか、洋室ですか？<br>wa.shi.tsu.de.su.ka、yo.o.shi.tsu.de.su.ka |
| 9 | 請問是鋪棉被還是有床？ | 布団ですか、ベッドですか？<br>fu.to.n.de.su.ka、be.d.do.de.su.ka |
| 10 | 請問有浴衣嗎？ | 浴衣はありますか？<br>yu.ka.ta.wa.a.ri.ma.su.ka |
| 11 | 請問是在房間內用餐嗎？ | 食事は部屋でとるのてすか？<br>sho.ku.ji.wa.he.ya.de.to.ru.no.de.su.ka |
| 12 | 請問是在食堂用餐嗎？ | 食堂で食べるのてすか？<br>sho.ku.do.o.de.ta.be.ru.no.de.su.ka |
| 13 | 請問從房間看得到海嗎？ | 部屋から海は見えますか？<br>he.ya.ka.ra.u.mi.wa.mi.e.ma.su.ka |

## 臨時預約

不好意思。我沒有預約，請問還有空房嗎？

すみません。予約していないのですが、部屋は空いてますか？

su.mi.ma.se.n。yo.ya.ku.shi.te.i.na.i.no.de.su.ga。he.ya.wa.a.i.te.ma.su.ka

請問有幾位呢？

何名さまでしょうか？

na.n.me.i.sa.ma.de.sho.o.ka

有5位。

5名です。

go.me.i.de.su

先幫您確認一下，請稍等。

確認いたしますので、少々お待ちください。

ka.ku.ni.n.i.ta.shi.ma.su.no.de。sho.o.sho.o.o.ma.chi.ku.da.sa.i

分成2位及3位，可以嗎？

2名様と3名様に分かれてしまいますが、よろしいでしょうか？

ni.me.i.sa.ma.to.sa.n.me.i.sa.ma.ni.wa.ka.re.te.shi.ma.i.ma.su.ga。yo.ro.shi.i.de.sho.o.ka

好的，沒關係。

はい、構いません。

ha.i。ka.ma.i.ma.se.n

那麼關於3人房的床，第3張是臨時追加床，可以嗎？

3名様のお部屋のベッドですが、3つ目はエクストラベッドになってしまいますが、よろしいでしょうか？

sa.n.me.i.sa.ma.no.o.he.ya.no.be.d.do.de.su.ga。mi.t.tsu.me.wa.e.ku.su.to.ra.be.d.do.ni.na.t.te.shi.ma.i.ma.su.ga。yo.ro.shi.i.de.sho.o.ka

好的，沒關係。請問1晚多少錢呢？

はい、それでいいです。1泊いくらですか？

ha.i。so.re.de.i.i.de.su。i.p.pa.ku.i.ku.ra.de.su.ka

6000日圓。

6000円になります。

ro.ku.se.n.e.n.ni.na.ri.ma.su

請問有更便宜的房間嗎？

もっと安い部屋はありませんか？

mo.t.to.ya.su.i.he.ya.wa.a.ri.ma.se.n.ka

**遇到飯店客滿**

 很抱歉。都客滿了。

申し訳ございません。満室でございます。
mo.o.shi.wa.ke.go.za.i.ma.se.n。ma.n.shi.tsu.de.go.za.i.ma.
su

 是嗎?那可以請您介紹比這個更便宜的飯店嗎?

そうですか。あの、ここより安いホテルを紹介してもらえませんか?
so.o.de.su.ka。a.no。ko.ko.yo.ri.ya.su.i.ho.te.ru.o.sho.o.ka.
i.shi.te.mo.ra.e.ma.se.n.ka

 那麼,我去拿這附近的飯店一覽表給您。

では、この周辺のホテルの一覧をお持ちいたします。
de.wa。ko.no.shu.u.he.n.no.ho.te.ru.no.i.chi.ra.n.o.o.mo.
chi.i.ta.shi.ma.su

# 2 辦理入房手續

## 辦理入房

🎵 030

我有預約，我姓張。麻煩我要辦理入房手續。

予約している張です。チェックインをお願いします。
yo.ya.ku.shi.te.i.ru.cho.o.de.su。che.k.ku.i.n.o.o.ne.ga.i.shi.ma.su

好的，我知道了。請給我看預約確認單和護照。

はい、かしこまりました。予約確認書とパスポートをお見せいただけますか。
ha.i、ka.shi.ko.ma.ri.ma.shi.ta。yo.ya.ku.ka.ku.ni.n.sho.to.pa.su.po.o.to.o.o.mi.se.i.ta.da.ke.ma.su.ka

好的，請。

はい、どうぞ。
ha.i、do.o.zo

謝謝您。可以請您填寫這份住宿卡嗎？

ありがとうございます。この宿泊カードにご記入 願えますか？
a.ri.ga.to.o.go.za.i.ma.su。ko.no.shu.ku.ha.ku.ka.a.do.ni.go.ki.nyu.u.ne.ga.e.ma.su.ka

好的。

はい。
ha.i

謝謝您。那麼，您的房號是213。這個是房間鑰匙。

ありがとうございます。では、お客様のお部屋は213号室になります。こちらがお部屋の鍵になります。
a.ri.ga.to.o.go.za.i.ma.su。de.wa、o.kya.ku.sa.ma.no.o.he.ya.wa.ni.i.chi.sa.n.go.o.shi.tsu.ni.na.ri.ma.su。ko.chi.ra.ga.o.he.ya.no.ka.gi.ni.na.ri.ma.su

我知道了。

分かりました。
wa.ka.ri.ma.shi.ta

行李將送到您的房間。

お荷物をお部屋までお持ちいたします。
o.ni.mo.tsu.o.o.he.ya.ma.de.o.mo.chi.i.ta.shi.ma.su

麻煩了。

よろしくお願いします。
yo.ro.shi.ku.o.ne.ga.i.shi.ma.su

PART 2 | 住宿篇

73

## 房間沒有預約成功

 很抱歉，好像沒有接到客人的預約。

申し訳ございません。お客様のご予約を
承っていないようなのですが。

mo.o.shi.wa.ke.go.za.i.ma.se.n。o.kya.ku.sa.ma.no.go.yo.
ya.ku.o.u.ke.ta.ma.wa.t.te.i.na.i.yo.o.na.no.de.su.ga

 不可能。我確實有預約。

そんなはずありません。確かに予約しまし
た。

so.n.na.ha.zu.a.ri.ma.se.n。ta.shi.ka.ni.yo.ya.ku.shi.ma.shi.
ta

這是預約確認單。

これが予約確認書です。

ko.re.ga.yo.ya.ku.ka.ku.ni.n.sho.de.su

在電話上跟我聯絡的是叫○○的
先生／小姐。

お電話で応対してくれたのは、○○さんという人
でした。

de.n.wa.de.o.o.ta.i.shi.te.ku.re.ta.no.wa。○○.sa.n.to.i.u.hi.
to.de.shi.ta

透過△△旅行社預約的。

△△旅行代理店を通して予約をしました。

△△.ryo.ko.o.da.i.ri.te.n.o.to.o.shi.te.yo.ya.ku.o.shi.ma.shi.
ta

 我再去確認一次。

もう一度、確認してまいります。

mo.o.i.chi.do、ka.ku.ni.n.shi.te.ma.i.ri.ma.su

非常抱歉。因為我們疏忽，沒有
接到您的預約。

大変失礼いたしました。こちらの手違いで、
ご予約が取れていなかったようです

ta.i.he.n.shi.tsu.re.i.i.ta.shi.ma.shi.ta。ko.chi.ra.no.te.chi.
ga.i.de.go.yo.ya.ku.ga.to.re.te.i.na.ka.t.ta.yo.o.de.su

 請問今天沒辦法入住嗎？

今日は泊まれないのですか。

kyo.o.wa.to.ma.re.na.i.no.de.su.ka

 不，現在正在準備房間。真的非常抱歉。

いえ、ただ今、お部屋を準備いたします。ま
ことに申し訳ございませんでした。

i.e、ta.da.i.ma、o.he.ya.o.ju.n.bi.i.ta.shi.ma.su。ma.ko.to.ni.
mo.o.shi.wa.ke.go.za.i.ma.se.n.de.shi.ta

🎵 031

| | | |
|---|---|---|
| 1 | 不好意思臨時有事，請幫我取消預約。 | すみません、急用が入ったので、予約のキャンセルをさせてください。<br>su.mi.ma.se.n、kyu.u.yo.u.ga.ha.i.t.ta.no.de、yo.ya.ku.no.<br>kya.n.se.ru.o.sa.se.te.ku.da.sa.i |
| 2 | 請問會收取消的費用嗎？ | キャンセルチャージはかかりますか？<br>kya.n.se.ru.cha.a.ji.wa.ka.ka.ri.ma.su.ka |
| 3 | 7天前取消是不收取任何費用的，請放心。 | 7日前までは無料ですので大丈夫です。<br>na.no.ka.ma.e.ma.de.wa.mu.ryo.o.de.su.no.de.da.i.jo.o.bu.<br>de.su |
| 4 | 針對取消住房，將收取住宿費的20%費用。 | キャンセルについては、ご宿泊料金の20%を申し受けます。<br>kya.n.se.ru.ni.tsu.i.te.wa、go.shu.ku.ha.ku.ryo.o.ki.n.no.ni.<br>ju.u.pa.a.se.n.to.o.mo.o.shi.u.ke.ma.su |
| 5 | 不好意思，是否可以將預約的日期更改到○○日呢？ | すみません、予約の日にちを○○日に変更することは可能でしょうか？<br>su.mi.ma.se.n、yo.ya.ku.no.hi.ni.chi.o.○○.ni.chi.ni.he.n.ko.<br>o.su.ru.ko.to.wa.ka.no.o.de.sho.o.ka |
| 6 | 因爲電車延遲，check-in的時間可能會延遲。 | 電車が遅れたので、チェックインが遅くなります。<br>de.n.sha.ga.o.ku.re.ta.no.de、che.k.ku.i.n.ga.o.so.ku.na.ri.<br>ma.su |
| 7 | 我有預約今晚的房間，但因爲飛機延遲，不好意思，可能要到晚上8點才有辦法抵達。 | 今夜の予約を取っているんですが、飛行機の到着が遅れています。すみませんが、チェックインが夜8時になりそうです。<br>ko.n.ya.no.yo.ya.ku.o.to.t.te.i.ru.n.de.su.ga、hi.ko.o.ki.no.to.<br>o.cha.ku.ga.o.ku.re.te.i.ma.su、su.mi.ma.se.n.ga、che.k.ku.<br>i.n.ga.yo.ru.ha.chi.ji.ni.na.ri.so.o.de.su |
| 8 | 不好意思，我會晚到但請不要取消我的預約。 | すみません。到着が遅れますが予約を取り消さないでください。<br>su.mi.ma.se.n、to.o.cha.ku.ga.o.ku.re.ma.su.ga.yo.ya.ku.wo.<br>to.ri.ke.sa.na.i.de.ku.da.sa.i |

75

| 大廳 | 行李員 | 櫃檯 | 房務 |
|---|---|---|---|
| ロビー | ボーイ | フロント | ハウスキーパー |
| ro.bi.i | bo.o.i | fu.ro.n.to | ha.u.su.ki.i.pa.a |

| 寄物處 | 電梯 | 客服 | 經理 |
|---|---|---|---|
| クローク | エレベーター | カスタマー | マネージャー |
| ku.ro.o.ku | e.re.be.e.ta.a | ka.su.ta.ma.a | ma.ne.e.ja.a |

| 入住手續 | 退房手續 | 延長退房 |
|---|---|---|
| チェックイン | チェックアウト | レイトチェックアウト |
| che.k.ku.i.n | che.k.ku.a.u.to | re.i.to.che.k.ku.a.u.to |

| 房間鑰匙 | 早餐券 |
|---|---|
| ルームキー・鍵 | 朝食券 |
| ru.u.mu.ki.i・ka.gi | cho.o.sho.ku.ke.n |

ご朝食券
BREAKFAST COUPON
HOTEL

HOTEL
241
ROOM KEY

いらしゃいませ.

フロント

## 房間風格

西式房間
洋室 ようしつ
yo.o.shi.tsu

日式房間
和室 わしつ
wa.shi.tsu

日西合併房間
和洋室 わようしつ
wa.yo.o.shi.tsu

## 房型

單人房
シングル
shi.n.gu.ru

雙人房(一張床)
ダブル
da.bu.ru

雙人房(兩張單人床)
ツイン
tsu.i.n

總統套房/蜜月套房
スイート
su.i.i.to

## 飯店相關設施

微波爐
電子レンジ でんし
de.n.shi.re.n.ji

自動販賣機
自動販売機 じどうはんばいき
ji.do.o.ha.n.ba.i.ki

製冰機
製氷機 せいひょうき
se.i.hyo.o.ki

吸菸
喫煙 きつえん
ki.tsu.e.n

禁菸
禁煙 きんえん
ki.n.e.n

日西自助吧
和洋食ビュッフェ わようしょく
wa.yo.o.sho.ku.byu.f.fe

| 浴室 | 淋浴間 | 冷暖房 | 電視 |
|---|---|---|---|
| バストイレ | シャワー | 冷暖房 | テレビ |
| ba.su.to.i.re | sha.wa.a | re.i.da.n.bo.o | te.re.bi |

| 冰箱 | 有線網路 | 無線網路 | 溫泉 |
|---|---|---|---|
| 冷蔵庫 | 有線LAN | Wi-Fi | 温泉 |
| re.i.zo.o.ko | yu.u.se.n.ra.n | wa.i.fa.i | o.n.se.n |

| 室內溫泉 | 手巾 | 沐浴乳 | 吹風機 |
|---|---|---|---|
| 内湯 | ハンドタオル | ボディソープ | ドライヤー |
| u.chi.yu | ha.n.do.ta.o.ru | bo.di.so.o.pu | do.ra.i.ya.a |

| 免治馬桶 | 牙刷・牙膏 | 肥皂 | 羽絨棉被 |
|---|---|---|---|
| 温水洗浄トイレ | 歯ブラシ・歯磨き粉 | 石けん | 羽毛布団 |
| o.n.su.i.se.n.jo.o.to.i.re | ha.bu.ra.shi・ha.mi.ga.ki.ko | se.k.ke.n | u.mo.o.bu.to.n |

| 梳子 | 浴巾 | 浴衣 | 刮鬍刀 |
|---|---|---|---|
| くし・ブラシ | バスタオル | 浴衣 | 髭剃り |
| ku.shi・bu.ra.shi | ba.su.ta.o.ru | yu.ka.ta | hi.ge.so.ri |

| 洗髮精 | 睡衣 | 潤濕精 | 浴袍 |
|---|---|---|---|
| シャンプー | パジャマ | リンス | バスローブ |
| sha.n.pu.u | pa.ja.ma | ri.n.su | ba.su.ro.o.bu |

| 棉花棒 | 吸菸・禁菸房 | 加濕空氣清淨機 | |
|---|---|---|---|
| 綿棒 | 喫煙・禁煙ルーム | 加湿空気清浄器 | |
| me.n.bo.o | ki.tsu.e.n・ki.n.e.n.ru.u.mu | ka.shi.tsu.ku.u.ki.se.i.jo.o.ki | |

 column

### 住飯店做環保

為了響應環保，現在很多飯店跟民宿都不會主動提供牙刷牙膏，日本的部分飯店也是一樣，會把牙刷、牙膏、刮鬍刀等等消耗品放在櫃檯處供住客索取，有些膠囊旅館甚至要另外付費購買。所以到日本旅遊的時候，不妨順手帶上牙刷牙膏，省錢又環保！

**其他服務**

| | | |
|---|---|---|
| 衣物送洗服務<br>クリーニングサービス<br>ku.ri.i.ni.n.gu.sa.a.bi.su | 自助洗衣<br>コインランドリー<br>ko.i.n.ra.n.do.ri.i | 健身房<br>ジム<br>ji.mu |
| SPA／按摩<br>スパ／マッサージ<br>su.pa／ma.s.sa.a.ji | | |

 **優惠活動**

| | | | |
|---|---|---|---|
| 續住優惠方案<br>連泊プラン<br>re.n.pa.ku.pu.ra.n | 早鳥優惠方案<br>直前予約プラン<br>cho.ku.ze.n.yo.ya.ku.pu.ra.n | 特殊優惠方案<br>訳ありプラン<br>wa.ke.a.ri.pu.ra.n | 限時優惠方案<br>限定プラン<br>ge.n.te.i.pu.ra.n |
| 女性優惠方案<br>レディースプラン<br>re.di.i.su.pu.ra.n | 附早餐優惠方案<br>朝食付きプラン<br>cho.o.sho.ku.tsu.ki.pu.ra.n | 線上結帳優惠價<br>オンライン決済でお得<br>o.n.ra.i.n.ke.s.sa.i.de.o.to.ku | 情侶優惠方案<br>カップルプラン<br>ka.p.pu.ru.pu.ra.n |

※ 如果能接受理由，就可以以優惠的價格入住。

**付款方式**

| | | |
|---|---|---|
| 現場結帳<br>現地決済<br>ge.n.chi.ke.s.sa.i | 提前刷卡結帳<br>事前カード決済<br>ji.ze.n.ka.a.do.ke.s.sa.i | 線上刷卡結帳<br>オンラインカード決済<br>o.n.ra.i.n.ka.a.do.ke.s.sa.i |

| 一個月前 | 一天前 | 當天 | 訂金 |
|---|---|---|---|
| 一ヶ月前 | 1日前 | 当日 | 予約金 |
| i.k.ka.ge.tsu.ma.e | i.chi.ni.chi.ma.e | to.o.ji.tsu | yo.ya.ku.ki.n |

| 未聯絡取消 | ※ 訂房時記得要留意取消規定，雖然各家飯店的規定都不太一樣，不過通常 |
|---|---|
| 無連絡キャンセル | 是愈晚取消，支付的違約金就愈高。 |
| mu.re.n.ra.ku.kya.n.se.ru | |

## 網路訂房更快速更方便！

　　日本的線上訂房服務，發展得相當完善，利用網路來預訂房間，不僅方便快速，有時還能累接計點數，可用以扣抵日後再次訂房時的費用。較為大家所廣泛使用的，像是樂天或是JALAN，目前也都已推出中文介面的服務，不用擔心看不懂。

　　而網路訂房的好處，還包括了不定期所推出的各種優惠活動，像是點數10倍贈送、免費機場接送服務、女性顧客、壽星、學生、年長者等特定族群的套裝優惠等等。若是心中已有屬意的飯店，可以直接搜尋各大線上訂房網站找尋最適合自己的方案，有時甚至連飯店的官網也會有一些專屬特惠方案，預訂時可別忘了多方參考。

　　除了上述的方便性外，日本的線上訂房服務多數採用不收取訂金的制度，除了可以省去了海外匯款時所承擔的手續費外，即便是沒有信用卡的旅客，也能順利訂房。在訂房時，通常各個飯店旅館都會標示關於取消預約的規定，入住的幾天前取消預約是不收取費用，幾天到幾天內將收取多少比例費用等。若是預訂後臨時有事無法入住，別忘了再次上網取消預約紀錄，通常都只是幾個簡單的步驟而已，千萬別濫用了這方便旅客的美意。

日本訂房網站

| じゃらん | 一休 | 楽天トラベル |
|---|---|---|
| ja.ra.n | i.k.kyu.u | ra.ku.te.n.to.ra.be.ru |

其他國際訂房網站

| アゴダ | ホテルズ | トリップアドバイザー |
|---|---|---|
| a.go.da | ho.te.ru.zu | to.ri.p.pu.a.do.ba.i.za.a |

# 問題、狀況

## 飯店相關問題

🎵 033

| 1 | 請問緊急出口在哪裡？ | 非常口はどこですか？<br>hi.jo.o.gu.chi.wa.do.ko.de.su.ka |
|---|---|---|
| 2 | 請問晚餐幾點開始？ | 夕食は何時からですか？<br>yu.u.sho.ku.wa.na.n.ji.ka.ra.de.su.ka |
| 3 | 請問食堂在幾樓？ | 食堂は何階ですか？<br>sho.ku.do.o.wa.na.n.ka.i.de.su.ka |
| 4 | 請問幾點可以開始泡溫泉？ | 温泉は何時から入れますか？<br>o.n.se.n.wa.na.n.ji.ka.ra.ha.i.re.ma.su.ka |
| 5 | 請問可以用網路嗎？ | インターネットは使えますか？<br>i.n.ta.a.ne.t.to.wa.tsu.ka.e.ma.su.ka |
| 6 | 請問電燈的開關在哪裡？ | 電気のスイッチはどこですか？<br>de.n.ki.no.su.i.c.chi.wa.do.ko.de.su.ka |
| 7 | 我不知道怎麼用。 | 使い方が分かりません。<br>tsu.ka.i.ka.ta.ga.wa.ka.ri.ma.se.n |
| 8 | 我不知道電話該怎麼使用。 | 電話のかけ方が分かりません。<br>de.n.wa.no.ka.ke.ka.ta.ga.wa.ka.ri.ma.se.n |
| 9 | 請問有門禁嗎？<br>※有的旅館有門禁。 | 門限はありますか？<br>mo.n.ge.n.wa.a.ri.ma.su.ka |
| 10 | 請問有我的信嗎？ | 私に手紙が来ていませんか？<br>wa.ta.shi.ni.te.ga.mi.ga.ki.te.i.ma.se.n.ka |
| 11 | 請問有洗衣的服務嗎？ | ランドリーサービスはやっていますか？<br>ra.n.do.ri.i.sa.a.bi.su.wa.ya.t.te.i.ma.su.ka |
| 12 | 地下一樓有投幣式洗衣間。 | 地下一階にコインランドリーコーナーがございます。<br>chi.ka.i.k.ka.i.ni.ko.i.n.ra.n.do.ri.i.ko.o.na.a.ga.go.za.i.ma.su |

| 13 | 請問房間裡可以使用WI-FI嗎？ | お部屋でWI-FIは使えますか？ |
| | | o.he.ya.de.wa.i.fa.i.wa.tsu.ka.e.ma.su.ka |
| 14 | 非常抱歉。WI-FI只有在大廳才能使用。 | 申し訳ございません。WI-FIはロビーしか使えません。 |
| | | mo.o.shi.wa.ke.go.za.i.ma.se.n。wa.i.fa.i.wa.ro.bi.i.shi.ka.tsu.ka.e.ma.se.n |
| 15 | 一樓及地下一樓的餐廳有供應早餐。用餐時段為早上8點到10點。 | 朝食は一階と地下一階のレストランでお取り頂けます。朝8時から10時までとなります。 |
| | | cho.o.sho.ku.wa.i.k.ka.i.to.chi.ka.i.k.ka.i.no.re.su.to.ra.n.de.o.to.ri.i.ta.da.ke.ma.su。a.sa.ha.chi.ji.ka.ra.ju.u.ji.ma.de.to.na.ri.ma.su |
| 16 | 請問外出時需要寄放鑰匙嗎？ | 外出する時に、鍵を預けた方がいいですか？ |
| | | ga.i.shu.tsu.su.ru.to.ki.ni。ka.gi.o.a.zu.ke.ta.ho.o.ga.i.i.de.su.ka |
| 17 | 外出時請將鑰匙寄放在櫃台。 | 外出する際は、フロントに鍵をお預けください。 |
| | | ga.i.shu.tsu.su.ru.sa.i.wa。fu.ro.n.to.ni.ka.gi.o.o.a.zu.ke.ku.da.sa.i |
| 18 | 您可以帶在身上沒有關係。 | お客様ご自身で管理していただいても構いません。 |
| | | o.kya.ku.sa.ma.go.ji.shi.n.de.ka.n.ri.shi.te.i.ta.da.i.te.mo.ka.ma.i.ma.se.n |
| 19 | 請問退房後可以寄放行李嗎？ | チェックアウトの後に、荷物を預かって頂けませんか？ |
| | | che.k.ku.a.u.to.no.a.to.ni。ni.mo.tsu.o.a.zu.ka.t.te.i.ta.da.ke.ma.se.n.ka |

各種突發狀況

| 1 | 房間裡有菸味，可以幫我換一個房間嗎？ | 部屋がタバコの匂いがするので、部屋を替えていただけませんか？ |
| | | he.ya.ga.ta.ba.ko.no.ni.o.i.ga.su.ru.no.de。he.ya.o.ka.e.te.i.ta.da.ke.ma.se.n.ka |

| 2 | 蓮蓬頭好像壞掉了。熱水沒有出來。 | シャワーの調子が悪いようです。お湯が出ません。<br>sha.wa.a.no.cho.o.shi.ga.wa.ru.i.yo.o.de.su。o.yu.ga.de.ma.se.n |
|---|---|---|
| 3 | 門(窗戶)打不開。關不起來。 | ドア（窓）が開きません。閉まりません。<br>do.a(ma.do).ga.hi.ra.ki.ma.se.n。shi.ma.ri.ma.se.n |
| 4 | 鑰匙打不開。關不起來。 | 鍵が開きません。閉まりません。<br>ka.gi.ga.a.ki.ma.se.n。shi.ma.ri.ma.se.n |
| 5 | 馬桶的水不通。馬桶堵住了。 | トイレの水が流れません。トイレが詰まっています。<br>to.i.re.no.mi.zu.ga.na.ga.re.ma.se.n。to.i.re.ga.tsu.ma.t.te.i.ma.su |
| 6 | 水龍頭的出水狀況不太好。 | 水道の出が悪いです。<br>su.i.do.o.no.de.ga.wa.ru.i.de.su |
| 7 | 排水溝塞住了。 | 排水溝が詰まっています。<br>ha.i.su.i.ko.o.ga.tsu.ma.t.te.i.ma.su |
| 8 | 沒有毛巾。 | タオルがありません。<br>ta.o.ru.ga.a.ri.ma.se.n |
| 9 | 冷氣打不開。冷氣不冷。 | エアコンが付きません。エアコンの効きが悪いです。<br>e.a.ko.n.ga.tsu.ki.ma.se.n。e.a.ko.n.no.ki.ki.ga.wa.ru.i.de.su |
| 10 | 燈打不開。 | 電気がつきません。<br>de.n.ki.ga.tsu.ki.ma.se.n |
| 11 | 吹風機壞了。 | ドライヤーが壊れています。<br>do.ra.i.ya.a.ga.ko.wa.re.te.i.ma.su |
| 12 | 保險箱打不開。 | 金庫が開きません。<br>ki.n.ko.ga.a.ki.ma.se.n |
| 13 | 隔壁房間很吵,請幫我換房間。 | 隣の部屋がうるさいので部屋を替えてください。<br>to.na.ri.no.he.ya.ga.u.ru.sa.i.no.de.he.ya.o.ka.e.te.ku.da.sa.i |

| 14 | 太冷了。太熱了。 | 寒すぎます。暑すぎます。<br>sa.mu.su.gi.ma.su。a.tsu.su.gi.ma.su |
|---|---|---|
| 15 | 毛巾髒了。 | タオルが汚れています。<br>ta.o.ru.ga.yo.go.re.te.i.ma.su |
| 16 | 電話不通。 | 電話が繋がりません。<br>de.n.wa.ga.tsu.na.ga.ri.ma.se.n |
| 17 | 鐘停了。 | 時計が止まっています。<br>to.ke.i.ga.to.ma.tte.i.ma.su |
| 18 | 好的,我知道了。 | はい、かしこまりました。<br>ha.i.ka.shi.ko.ma.ri.ma.shi.ta |
| 19 | 我馬上過去。 | すぐに伺います。<br>su.gu.ni.u.ka.ga.i.ma.su |
| 20 | 請稍候一下。 | 少々お待ちください。<br>sho.o.sho.o.o.ma.chi.ku.da.sa.i |
| 21 | 我請負責人來。 | 担当の者を呼んでまいります。<br>ta.n.to.o.no.mo.no.o.yo.n.de.ma.i.ri.ma.su |
| 22 | 馬上修理。 | すぐに修理いたします。<br>su.gu.ni.shu.u.ri.i.ta.shi.ma.su |
| 23 | 馬上拿去。 | すぐにお持ちいたします。<br>su.gu.ni.o.mo.chi.i.ta.shi.ma.su |
| 24 | 馬上換新的給您。 | すぐに新しいものとお取替えいたします。<br>su.gu.ni.a.ta.ra.shi.i.mo.no.to.o.to.ri.ka.e.i.ta.shi.ma.su |
| 25 | 不好意思。我把鑰匙弄丟了。 | すみません。鍵をなくしてしまいました。<br>su.mi.ma.se.n。ka.gi.o.na.ku.shi.te.shi.ma.i.ma.shi.ta |
| 26 | 我把鑰匙留在房間,就把門關起來了。 | 鍵を部屋に置いたまま、ドアを閉めてしまいました。<br>ka.gi.o.he.ya.ni.o.i.ta.ma.ma、do.a.o.shi.me.te.shi.ma.i.ma.shi.ta |

| 1 | 不好意思。我有東西忘在房間裡了。 | すみません。部屋に忘れ物をしてしまいました。<br>su.mi.ma.se.n。he.ya.ni.wa.su.re.mo.no.o.shi.te.shi.ma.i.ma.shi.ta |
|---|---|---|
| 2 | 我的名字是○○○，房間號碼223號。我想請問有沒有人看到我的充電器？ | 私の名前は○○○です。ルームナンバーは223号室でした。どなたか私の充電器を見なかったか、お伺いしたいのですが。<br>wa.ta.shi.no.na.ma.e.wa.○○○.de.su。ru.u.mu.na.n.ba.a.wa.ni.ni.sa.n.go.o.shi.tsu.de.shi.ta。do.na.ta.ka.wa.ta.shi.no.ju.u.de.n.ki.o.mi.na.ka.t.ta.ka、o.u.ka.ga.i.shi.ta.i.no.de.su.ga |

## 會話①

| 不好意思。我忘記房間號碼了。 | すみません。部屋の番号を忘れてしまいました。<br>su.mi.ma.se.n。he.ya.no.ba.n.go.o.o.wa.su.re.te.shi.ma.i.ma.shi.ta |
|---|---|
| 請問客人的姓名是？ | お客様のお名前は？<br>o.kya.ku.sa.ma.no.o.na.ma.e.wa |
| 我姓孫。 | 孫です。<br>so.n.de.su |
| 為了確認，可以麻煩您將護照給我嗎？ | 確認のため、パスポートをお願いできますか。<br>ka.ku.ni.n.no.ta.me、pa.su.po.o.to.o.o.ne.ga.i.de.ki.ma.su.ka |
| 好，在這裡。 | はい、これです。<br>ha.i、ko.re.de.su |
| 客人您的房間號碼為801號房。 | お客様のお部屋番号は801号室になります。<br>o.kya.ku.sa.ma.no.o.he.ya.ba.n.go.o.wa.ha.chi.ze.ro.i.chi.go.o.shi.tsu.ni.na.ri.ma.su |
| 謝謝。 | ありがとうございました。<br>a.ri.ga.to.o.go.za.i.ma.shi.ta |

## 向服務人員提出要求

🔊 034

| | | |
|---|---|---|
| 1 | 請告訴我這附近比較推薦的餐廳。 | この近くのおすすめのレストランを教えてください。<br>ko.no.chi.ka.ku.no.o.su.su.me.no.re.su.to.ra.n.o.o.shi.e.te.ku.da.sa.i |
| 2 | 請給我有寫這間飯店地址的卡片。 | このホテルの住所が書いてあるカードをください。<br>ko.no.ho.te.ru.no.ju.u.sho.ga.ka.i.te.a.ru.ka.a.do.o.ku.da.sa.i |
| 3 | 請問可以寄放貴重物品嗎? | 貴重品を預かってもらえますか。<br>ki.cho.o.hi.n.o.a.zu.ka.t.te.mo.ra.e.ma.su.ka |
| 4 | 我想領取寄放的貴重物品。 | 預けた貴重品を受け取りたいのですが。<br>a.zu.ke.ta.ki.cho.o.hi.n.o.u.ke.to.ri.ta.i.no.de.su.ga |
| 5 | 請給我這附近的地圖。 | この周辺の地図をください。<br>ko.no.shu.u.he.n.no.chi.zu.o.ku.da.sa.i |
| 6 | 請告訴我這附近有名的地方。 | この周辺の名所を教えてください。<br>ko.no.shu.u.he.n.no.me.i.sho.o.o.shi.e.te.ku.da.sa.i |
| 7 | 我想將這個行李寄到台北。 | この荷物を台北に送りたいのですが。<br>ko.no.ni.mo.tsu.o.ta.i.pe.i.ni.o.ku.ri.ta.i.no.de.su.ga |
| 8 | 我想打國際電話。 | 国際電話をかけたいのですが。<br>ko.ku.sa.i.de.n.wa.o.ka.ke.ta.i.no.de.su.ga |
| 9 | 請幫我叫計程車。 | タクシーを呼んでください。<br>ta.ku.shi.i.o.yo.n.de.ku.da.sa.i |
| 10 | 我想再多一條毛毯。 | 毛布をもう1枚持ってきて欲しいのですが。<br>mo.o.fu.o.mo.o.i.chi.ma.i.mo.t.te.ki.te.ho.shi.i.no.de.su.ga |
| 11 | 麻煩馬上。 | すぐにお願いします。<br>su.gu.ni.o.ne.ga.i.shi.ma.su |

| 12 | 麻煩請儘早。 | できるだけ早くお願いします。<br>de.ki.ru.da.ke.ha.ya.ku.o.ne.ga.i.shi.ma.su |
|----|----------|------|
| 13 | 等一下麻煩您了。 | あとでお願いします。<br>a.to.de.o.ne.ga.i.shi.ma.su |
| 14 | 隨時都可以。 | いつでもいいです。<br>i.tsu.de.mo.i.i.de.su |
| 15 | 明天房間不用打掃沒關係。 | 明日は部屋の掃除をしなくてもいいです。<br>a.shi.ta.wa.he.ya.no.so.o.ji.o.shi.na.ku.te.mo.i.i.de.su |
| 16 | 明天早上到10點之前請不要叫我<br>起床。 | 明日は朝10時まで起こさないでください。<br>a.shi.ta.wa.a.sa.ju.u.ji.ma.de.o.ko.sa.na.i.de.ku.da.sa.i |

## 服務人員的各種回應

| 1 | 好的，我知道了。 | はい、かしこまりました。<br>ha.i. ka.shi.ko.ma.ri.ma.shi.ta |
|----|----------|------|
| 2 | 這邊請。 | どうぞ、こちらになります。<br>do.o.zo. ko.chi.ra.ni.na.ri.ma.su |
| 3 | 請稍候。 | 少々お待ちください。<br>sho.o.sho.o.o.ma.chi.ku.da.sa.i |
| 4 | 很抱歉。沒辦法。 | 申し訳ございません。いたしかねます。<br>mo.o.shi.wa.ke.go.za.i.ma.se.n. i.ta.shi.ka.ne.ma.su |

## 會話①

麻煩明天早上7點半Morning-<br>call。

明日の朝7時半にモーニングコールをお願い<br>します。<br>a.shi.ta.no.a.sa.shi.chi.ji.ha.n.ni.mo.o.ni.n.gu.ko.o.ru.o.o.ne.<br>ga.i.shi.ma.su

我知道了。

かしこまりました。<br>ka.shi.ko.ma.ri.ma.shi.ta

会話②

 我希望能將餐點送到房間內。

食事を部屋まで運んで欲しいのですが。
sho.ku.ji.o.he.ya.ma.de.ha.ko.n.de.ho.shi.i.no.de.su.ga

很抱歉。請在食堂用餐。

申し訳ございません。お食事は食堂でお願い
します。
mo.o.shi.wa.ke.go.za.i.ma.se.n。o.sho.ku.ji.wa.sho.ku.do.
o.de.o.ne.ga.i.shi.ma.su

会話③

 請問可以延長退房的時間嗎？

チェックアウトの時間を延長することは可能
でしょうか？
che.k.ku.a.u.to.no.ji.ka.n.o.e.n.cho.o.su.ru.ko.to.wa.ka.no.
o.de.sho.o.ka

我想再多住2晚。

もう2泊、延長したいのですが。
mo.o.ni.ha.ku、e.n.cho.o.shi.ta.i.no.de.su.ga

我想提早1天退房。

1日早くチェックアウトをしたいのですが。
i.chi.ni.chi.ha.ya.ku.che.k.ku.a.u.to.o.shi.ta.i.no.de.su.ga

我知道了。

かしこまりました。
ka.shi.ko.ma.ri.ma.shi.ta

| | |
|---|---|
| **5** | # 日式旅館 |

 **用餐**

🎵 035

客人。
お客様。
o.kya.ku.sa.ma

是的。
はい。
ha.i

幫您送晚餐來了。
お夕飯をお持ちいたしました。
o.yu.u.ha.n.o.o.mo.chi.i.ta.shi.ma.shi.ta

請進。麻煩您了。
どうぞ。お願いします。
do.o.zo.o.ne.ga.i.shi.ma.su

打擾了。
失礼いたします。
shi.tsu.re.i.i.ta.shi.ma.su

請讓我為您說明餐點。
お料理の説明をさせていただきます。
o.ryo.o.ri.no.se.tsu.me.i.o.sa.se.te.i.ta.da.ki.ma.su

這是本旅館的招牌料理。
当旅館の名物料理でございます。
to.o.ryo.ka.n.no.me.i.bu.tsu.ryo.o.ri.de.go.za.i.ma.su

因為很燙，請小心。
熱いので気をつけてくださいね。
a.tsu.i.no.de.ki.o.tsu.ke.te.ku.da.sa.i.ne

請趁熱享用。
温かいうちにお召し上がりください。
a.ta.ta.ka.i.u.chi.ni.o.me.shi.a.ga.ri.ku.da.sa.i

 **詢問**

請問這是什麼？
これは何ですか。
ko.re.wa.na.n.de.su.ka

請問這個要怎麼吃？
これはどうやって食べるのですか。
ko.re.wa.do.o.ya.t.te.ta.be.ru.no.de.su.ka

**會話①**

請問要再添一碗飯嗎？
ご飯のおかわりはいかがですか。
go.ha.n.no.o.ka.wa.ri.wa.i.ka.ga.de.su.ka

麻煩再一碗。
おかわりをお願いします。
o.ka.wa.ri.o.o.ne.ga.i.shi.ma.su

已經飽了。
もう十分です。
mo.o.ju.u.bu.n.de.su

**會話②**

請問這個(碗盤等)可以收了嗎？
お下げしてよろしいですか。
o.sa.ge.shi.te.yo.ro.shi.i.de.su.ka

好的。麻煩了。
はい。お願いします。
ha.i.o.ne.ga.i.shi.ma.su

很好吃。多謝款待。
おいしかったです。ごちそうさまでした。
o.i.shi.ka.t.ta.de.su.go.chi.so.o.sa.ma.de.shi.ta

**晚上休息時**

我來幫您鋪棉被。
お布団を敷きにまいりました。
o.fu.to.n.o.shi.ki.ni.ma.i.ri.ma.shi.ta

麻煩您了。
お願いします。
o.ne.ga.i.shi.ma.su

沒關係我們自己鋪。
自分たちで敷くのでいいです。
ji.bu.n.ta.chi.de.shi.ku.no.de.i.i.de.su

# 6　準備退房

**會話①**

🎵 036

麻煩我要退房。

チェックアウトをお願いします。
che.k.ku.a.u.to.o.o.ne.ga.i.shi.ma.su

我知道了。

かしこまりました。
ka.shi.ko.ma.ri.ma.shi.ta

**會話②**

請問這個請款金額有沒有錯呢？

この請求金額は間違っていませんか。
ko.no.se.i.kyu.u.ki.n.ga.ku.wa.ma.chi.ga.t.te.i.ma.se.n.ka

非常抱歉。是我們的疏忽。

大変申し訳ございません。こちらの手違いで
ございました。
ta.i.he.n.mo.o.shi.wa.ke.go.za.i.ma.se.n。ko.chi.ra.no.te.chi.
ga.i.de.go.za.i.ma.shi.ta

請問這個項目是什麼？

この項目はなんですか。
ko.no.ko.o.mo.ku.wa.na.n.de.su.ka

這個是客人在購買○○時所追加
的費用。

こちらはお客様が○○をご注文された時の追
加料金でございます。
ko.chi.ra.wa.o.kya.ku.sa.ma.ga.○○.o.go.chu.u.mo.n.sa.
re.ta.to.ki.no.tsu.i.ka.ryo.o.ki.n.de.go.za.i.ma.su

這樣啊。我以為○○是免費的。

そうですか。○○はサービスだと思っていた
のですが。
so.o.de.su.ka。○○.wa.sa.a.bi.su.da.to.o.mo.t.te.i.ta.no.de.
su.ga

很抱歉，我們的說明不夠周詳。

私どものご説明が足りなかったようで、申
し訳ありませんでした。
wa.ta.shi.do.mo.no.go.se.tsu.me.i.ga.ta.ri.na.ka.t.ta.yo.o.
de、mo.o.shi.wa.ke.a.ri.ma.se.n.de.shi.ta

PART 2 | 住宿篇

| 7 | 在旅館泡溫泉 |  |
|---|---|---|

### 詢問功效

♪ 037

 請問這裡的溫泉有什麼功效呢？

こちらの温泉は何に効くのですか。
ko.chi.ra.no.o.n.se.n.wa.na.ni.ni.ki.ku.no.de.su.ka

對關節痛或肌肉痠痛有效。

関節痛や筋肉痛に効きます。
ka.n.se.tsu.tsu.u.ya.ki.n.ni.ku.tsu.u.ni.ki.ki.ma.su

對皮膚好，剛泡完很保濕哦。

お肌によく、湯上りはしっとりしますよ。
o.ha.da.ni.yo.ku、yu.a.ga.ri.wa.shi.t.to.ri.shi.ma.su.yo

對神經痛有效。

神経痛に効きますよ。
shi.n.ke.i.tsu.u.ni.ki.ki.ma.su.yo

會降血壓哦。

血圧を下げますよ。
ke.tsu.a.tsu.o.sa.ge.ma.su.yo

對驅寒有效哦。

冷えに効きますよ。
hi.e.ni.ki.ki.ma.su.yo

 請問這個溫泉可以喝嗎？

この温泉は飲めますか。
ko.no.o.n.se.n.wa.no.me.ma.su.ka

 是的，可以喝。對腸胃好。

はい、飲めます。胃腸にいいですよ。
ha.i、no.me.ma.su。i.cho.o.ni.i.i.de.su.yo

不，不適合飲用。

いいえ、飲用には適していません。
i.i.e.i.n.yo.o.ni.wa.te.ki.shi.te.i.ma.se.n

### 其他的問題

 請問露天湯池現在可以泡嗎？

露天風呂は今の時間、入れますか。
ro.te.n.bu.ro.wa.i.ma.no.ji.ka.n、ha.i.re.ma.su.ka

 是的，可以。

はい、入れます。
ha.i、ha.i.re.ma.su

很抱歉。晚上的11點到隔天早上的6點是關閉的。

申し訳ございません。夜 11 時から翌朝の6時までは閉めております。

mo.o.shi.wa.ke.go.za.i.ma.se.n。yo.ru.ju.u.i.chi.ji.ka.ra.yo.ku.a.sa.no.ro.ku.ji.ma.de.wa.shi.me.te.o.ri.ma.su

 請問男湯和女湯有分開嗎？

男湯と女湯は分かれていますか。

o.to.ko.yu.to.o.n.na.yu.wa.wa.ka.re.te.i.ma.su.ka

 是的。是按照時間來分。請確認入口處的牌子。

はい。時間ごとに入れ替え制になっております。入り口の札をご確認ください。

ha.i。ji.ka.n.go.to.ni.i.re.ka.e.se.i.ni.na.t.te.o.ri.ma.su。i.ri.gu.chi.no.fu.da.o.go.ka.ku.ni.n.ku.da.sa.i

PART 2 住宿篇

## 泡溫泉時該注意的地方

**1** 請將貴重品放入這裡的置物櫃。

貴重品はこちらのロッカーに入れてください。

ki.cho.o.hi.n.wa.ko.chi.ra.no.ro.k.ka.a.ni.i.re.te.ku.da.sa.i

**2** 鞋子請脫在這裡。

履物はここで脱いでください。

ha.ki.mo.no.wa.ko.ko.de.nu.i.de.ku.da.sa.i

**3** 由於地板 (石頭) 很容易滑倒，請小心。

床（岩）が滑りやすくなっていますので、気をつけてくださいね。

yu.ka(i.wa).ga.su.be.ri.ya.su.ku.na.t.te.i.ma.su.no.de。ki.o.tsu.ke.te.ku.da.sa.i.ne

**4** 請先確認過熱水的溫度後再進入。

お湯の温度を確かめてから入ってくださいね。

o.yu.no.o.n.do.o.ta.shi.ka.me.te.ka.ra.ha.i.t.te.ku.da.sa.i.ne

**5** 進入溫泉裡之前，請先在身上淋點水。

入る前にかけ湯をしてください。

ha.i.ru.ma.e.ni.ka.ke.yu.o.shi.te.ku.da.sa.i

**6** 請先將身體稍作清潔後再進去。

体の汚れを軽く落としてから入ってください。

ka.ra.da.no.yo.go.re.o.ka.ru.ku.o.to.shi.te.ka.ra.ha.i.t.te.ku.da.sa.i

| 7 | 請勿將頭髮或毛巾浸泡在水中。 | 湯の中に髪やタオルが浸からないようにしてください。 |
| | | yu.no.na.ka.ni.ka.mi.ya.ta.o.ru.ga.tsu.ka.ra.na.i.yo.o.ni.shi.te.ku.da.sa.i |
| 8 | 請勿在溫泉裡游泳。 | 温泉では泳がないでください。 |
| | | o.n.se.n.de.wa.o.yo.ga.na.i.de.ku.da.sa.i |
| 9 | 雖然對皮膚病有效，但請避免長時間浸泡。 | 皮膚病に効きますが、長い時間の入浴は避けてください。 |
| | | hi.fu.byo.o.ni.ki.ki.ma.su.ga. na.ga.i.ji.ka.n.no.nyu.u.yo.ku.wa.sa.ke.te.ku.da.sa.i |

# 在飯店使用游泳池、健身房

## 游泳池

|   |   |   |
|---|---|---|
| 1 | 進游泳池前請先卸妝。 | プールにお入りになるときは、メイクは落としてください。<br>pu.u.ru.ni.o.ha.i.ri.ni.na.ru.to.ki.wa、me.i.ku.wa.o.to.shi.te.ku.da.sa.i |
| 2 | 請將飾品取下。 | アクセサリーは外してください。<br>a.ku.se.sa.ri.i.wa.ha.zu.shi.te.ku.da.sa.i |
| 3 | 禁止跳水。 | 飛び込みは禁止です。<br>to.bi.ko.mi.wa.ki.n.shi.de.su |
| 4 | 飲酒者請勿進入。 | 酒気帯びの方は入らないでください。<br>shu.ki.o.bi.no.ka.ta.wa.ha.i.ra.na.i.de.ku.da.sa.i |

## 更衣室

請問更衣室在哪裡呢？
更衣室はどこですか。
ko.o.i.shi.tsu.wa.do.ko.de.su.ka

前面走到底右轉，前面的是男用更衣室，裡面一點則是女用更衣室。
突き当たりを右に曲がって手前が男性用、奥が女性用となっております。
tsu.ki.a.ta.ri.o.mi.gi.ni.ma.ga.t.te.te.ma.e.ga.da.n.se.i.yo.o、o.ku.ga.jo.se.i.yo.o.to.na.t.te.o.ri.ma.su

## 健身房

請告訴我如何使用這台機器。
このマシンの使い方を教えてください。
ko.no.ma.shi.n.no.tsu.ka.i.ka.ta.o.o.shi.e.te.ku.da.sa.i

好的。請按下啟動按鈕。再來，選擇您想要的速度。
はい。このスタートボタンを押します。次に走るスピードを選びます。
ha.i。ko.no.su.ta.a.to.bo.ta.n.o.o.shi.ma.su。tsu.gi.ni.ha.shi.ru.su.pi.i.do.o.e.ra.bi.ma.su

最近，有點缺乏運動。

最近、運動不足なのですが。

sa.i.ki.n、u.n.do.o.bu.so.ku.na.no.de.su.ga

 那麼，先從這個刻度開始吧！還可以一邊跑步一邊調整速度哦！

では、最初の目盛りはこのくらいにしておきましょうか。走りながらでも、スピードは変えられますよ。

de.wa、sa.i.sho.no.me.mo.ri.wa.ko.no.ku.ra.i.ni.shi.te.o.ki.ma.sho.o.ka。ha.shi.ri.na.ga.ra.de.mo、su.pi.i.do.wa.ka.e.ra.re.ma.su.yo

 請問一下，現在在教室裡正在進行什麼課程？

すみません。今スタジオでやっているのは何ですか。

su.mi.ma.se.n。i.ma.su.ta.ji.o.de.ya.t.te.i.ru.no.wa.na.n.de.su.ka

 現在正在進行的是中級的瑜珈課程。

ヨガの中級クラスてす。

yo.ga.no.chu.u.kyu.u.ku.ra.su.de.su

 現在還能參加嗎？

今から参加てきますか。

i.ma.ka.ra.sa.n.ka.de.ki.ma.su.ka

 還有15分鐘就要結束了。之後還有初級課程，要不要參加看看呢？

あと15分で終了してしまいます。その後の初級クラスに参加されてみてはどうですか。

a.to.ju.u.go.fu.n.de.shu.u.ryo.o.shi.te.shi.ma.i.ma.su。so.no.a.to.no.sho.kyu.u.ku.ra.su.ni.sa.n.ka.sa.re.te.mi.te.wa.do.o.de.su.ka

 好。

そうします。

so.o.shi.ma.su

# 9 在飯店體驗SPA

**SPA**

♪ 039

首先詢問一下您的狀況。請問有什麼比較在意的地方呢？

まず、カウンセリングを行います。何か気になるところはございますか。

ma.zu、ka.u.n.se.ri.n.gu.o.o.ko.na.i.ma.su。na.ni.ka.ki.ni.na.ru.to.ko.ro.wa.go.za.i.ma.su.ka

最近有點發胖，肚子是我最在意的地方。

最近、少し太って…お腹周りが気になります。

sa.i.ki.n、su.ko.shi.fu.to.t.te…o.na.ka.ma.wa.ri.ga.ki.ni.na.ri.ma.su

曬了太陽後，出現的雀斑、毛孔問題是我在意的地方。

日焼けをして、シミやソバカスが気になります。

hi.ya.ke.o.shi.te、shi.mi.ya.so.ba.ka.su.ga.ki.ni.na.ri.ma.su

在進行之前，先為您測量體重與尺寸。是否可以將您衣服脫下呢？

施術前に体重とサイズを測らせていただきます。お召し物を脱いでいただけますか。

se.ju.tsu.ma.e.ni.ta.i.ju.u.to.sa.i.zu.o.ha.ka.ra.se.te.i.ta.da.ki.ma.su。o.me.shi.mo.no.o.nu.i.de.i.ta.da.ke.ma.su.ka

脫下衣服後，請換上我們為您準備的浴袍。

お召し物を脱いで、こちらのガウン（バスローブ）にお着替えください。

o.me.shi.mo.no.o.nu.i.de、ko.chi.ra.no.ga.u.n(ba.su.ro.o.bu)、ni.o.ki.ga.e.ku.da.sa.i

**按摩**

按摩的力道可以嗎？

マッサージの強さは大丈夫ですか。

ma.s.sa.a.ji.no.tsu.yo.sa.wa.da.i.jo.o.bu.de.su.ka

嗯。很舒服。

はい。気持ちいいです。

ha.i。ki.mo.chi.i.i.de.su

PART 2 | 住宿篇

97

有一點痛，請小力一點。

ちょっと痛いので、もう少し弱くお願いします。
cho.t.to.i.ta.i.no.de、mo.o.su.ko.shi.yo.wa.ku.o.ne.ga.i.shi.ma.su

 力道似乎不太夠、請再稍微用力一些。

物足りないので、もう少し強く押してください。
mo.no.ta.ri.na.i.no.de、mo.o.su.ko.shi.tsu.yo.ku.o.shi.te.ku.da.sa.i

 爲了讓精華液完全滲透進皮膚，請稍等五分鐘。

成分を浸透させますので、5分ほど、このままでお待ちください。
se.i.bu.n.o.shi.n.to.o.sa.se.ma.su.no.de、go.fu.n.ho.do、ko.no.ma.ma.de.o.ma.chi.ku.da.sa.i

---

 **美容相關用語** 🎵 040

| 做臉 | 美容 | 換膚 | 除毛 |
|------|------|------|------|
| フェイシャル | 美顔 | ピーリング | 脱毛 |
| fe.i.sha.ru | bi.ga.n | pi.i.ri.n.gu | da.tsu.mo.o |

| 瘦身 | 骨盤矯正 | 豐胸按摩 | |
|------|----------|----------|---|
| 瘦身 | 骨盤矯正 | バストアップマッサージ | |
| so.o.shi.n | ko.tsu.ba.n.kyo.o.se.i | ba.su.to.a.p.pu.ma.s.sa.a.ji | |

| 舒壓 | 脚底按摩 | 脚底穴道按摩 | 頭部按摩 |
|------|----------|--------------|----------|
| リラクセーション | リフレクソロジー | 足つぼマッサージ | ヘッドマッサージ |
| ri.ra.ku.ze.e.sho.n | ri.fu.re.ku.so.ro.ji.i | a.shi.tsu.bo.ma.s.sa.a.ji | he.d.do.ma.s.sa.a.ji |

| 指部按摩 | 淋巴按摩 | 芳香療法 | 婚前全身美容 |
|----------|----------|----------|--------------|
| ネイル | リンパマッサージ | アロマテラピー | ブライダルエステ |
| ne.i.ru | ri.n.pa.ma.s.sa.a.ji | a.ro.ma.te.ra.pi.i | bu.ra.i.da.ru.e.su.te |

PART 3

觀光篇

**詢問**

🎵 041

| | | |
|---|---|---|
| 1 | 不好意思。請問可以拿周邊地圖嗎？ | すみません。周辺の地図をもらえますか。<br>su.mi.ma.se.n。shu.u.he.n.no.chi.zu.o.mo.ra.e.ma.su.ka |
| 2 | 請告訴我值得去的地方。 | 見どころを教えてください。<br>mi.do.ko.ro.o.o.shi.e.te.ku.da.sa.i |
| 3 | 請問有什麼有趣的地方嗎？ | どこか面白いところはありますか？<br>do.ko.ka.o.mo.shi.ro.i.to.ko.ro.wa.a.ri.ma.su.ka |
| 4 | 請問有推薦的地點嗎？ | お勧めの場所はありますか？<br>o.su.su.me.no.ba.sho.wa.a.ri.ma.su.ka |
| 5 | 這附近有一間著名的神社。 | 近くに有名な神社があります。<br>chi.ka.ku.ni.yu.u.me.i.na.ji.n.ja.ga.a.ri.ma.su |
| 6 | 對面那條路上有很多有名的店家。 | 向こうの通りに、有名店がたくさんあります。<br>mu.ko.o.no.to.o.ri.ni、yu.u.me.i.te.n.ga.ta.ku.sa.n.a.ri.ma.su |
| 7 | 有一座很大的公園。 | 大きな公園があります。<br>o.o.ki.na.ko.o.e.n.ga.a.ri.ma.su |
| 8 | 有一座歷史悠久的遊樂園。 | 歴史がある遊園地があります。<br>re.ki.shi.ga.a.ru.yu.u.e.n.chi.ga.a.ri.ma.su |
| 9 | 要不要早點起床，到早市去看看呢？ | 早起きして、朝市に行ってみてはどうですか？<br>ha.ya.o.ki.shi.te、a.sa.i.chi.ni.i.t.te.mi.te.wa.do.o.de.su.ka |
| 10 | 六本木之丘裡有瞭望台。 | 六本木ヒルズには展望台があります。<br>ro.p.po.n.gi.hi.ru.zu.ni.wa.te.n.bo.o.da.i.ga.a.ri.ma.su |

## 會話①

 請問可以拿觀光導覽手冊嗎？

<sub>かんこうあんない</sub>
観光案内のパンフレットをもらえますか？
ka.n.ko.o.a.n.na.i.no.pa.n.fu.re.t.to.o.mo.ra.e.ma.su.ka

 好的。請。

はい。どうぞ。
ha.i。do.o.zo

## 會話②

 請問這附近，有可以寄放行李的地方嗎？

この辺に、荷物を預かってくれるところはありますか？
ko.no.he.n.ni、ni.mo.tsu.o.a.zu.ka.t.te.ku.re.ru.to.ko.ro.wa.a.ri.ma.su.ka

 大部分的車站都有投幣式的寄物櫃喔。

ほとんどの駅に、コインロッカーがありますよ。
ho.to.n.do.no.e.ki.ni、ko.i.n.ro.k.ka.a.ga.a.ri.ma.su.yo

## 會話③

 請問開放時間 (關閉時間) 是幾點呢？

<sub>かいかんじかん</sub>　<sub>へいかんじかん</sub>
開館時間 (閉館時間) は何時ですか？
ka.i.ka.n.ji.ka.n (he.i.ka.n.ji.ka.n).wa.na.n.ji.de.su.ka

請問休館日是什麼時候呢？

<sub>きゅうかんび</sub>
休館日はいつですか？
kyu.u.ka.n.bi.wa.i.tsu.de.su.ka

PART 3 | 觀光篇

101

### 索取簡介

♪ 042

請給我旅遊簡介。
ツアーのパンフレットをください。
tsu.a.a.no.pa.n.fu.re.t.to.o.ku.da.sa.i

請問需要哪種旅遊行程呢？
どんなツアーをご希望ですか？
do.n.na.tsu.a.a.o.go.ki.bo.o.de.su.ka

我想報名當天來回的觀光行程。
日帰りのツアーに申し込みたいのですが。
hi.ga.e.ri.no.tsu.a.a.ni.mo.o.shi.ko.mi.ta.i.no.de.su.ga

這本簡介裡有寫詳細的內容，請拿去看。
こちらのパンフレットに詳しい内容が載っていますので、どうぞお持ちください。
ko.chi.ra.no.pa.n.fu.re.t.to.ni.ku.wa.shi.i.na.i.yo.o.ga.no.t.te.i.ma.su.no.de、do.o.zo.o.mo.chi.ku.da.sa.i

### 詢問行程內容

不好意思。我想詢問有關這個行程的事。
すみません。このツアーのことて聞きたいのですが。
su.mi.ma.se.n。ko.no.tsu.a.a.no.ko.to.de.ki.ki.ta.i.no.de.su.ga

好的。請問是什麼事呢？
はい。どういったことでしょうか。
ha.i。do.o.i.t.ta.ko.to.de.sho.o.ka

請問是觀光哪些地點呢？
どこらへんを観光するのですか。
do.ko.ra.he.n.o.ka.n.ko.o.su.ru.no.de.su.ka

主要為遊覽下町周邊景點。
下町を中心に観光します。
shi.ta.ma.chi.o.chu.u.shi.n.ni.ka.n.ko.o.shi.ma.su

會繞過東京鐵塔和皇居。
東京タワーと皇居を回ります。
to.o.kyo.o.ta.wa.a.to.ko.o.kyo.o.ma.wa.ri.ma.su

會搭配觀賞舞台表演。
舞台観賞とセットになっています。
bu.ta.i.ka.n.sho.o.to.se.t.to.ni.na.t.te.i.ma.su

## 詢問時間①

 請問大約要花多少時間呢？

何時間くらいかかりますか？
na.n.ji.ka.n.ku.ra.i.ka.ka.ri.ma.su.ka

 大約3小時。

3時間ほどです。
sa.n.ji.ka.n.ho.do.de.su

半天左右。

半日ぐらいです。
ha.n.ni.chi.gu.ra.i.de.su

是住一晚的行程。

1泊コースとなります。
i.p.pa.ku.ko.o.su.to.na.ri.ma.su

## 詢問時間②

 請問大概幾點會回來呢？

何時くらいに戻って来られますか？
na.n.ji.ku.ra.i.ni.mo.do.t.te.ko.ra.re.ma.su.ka

 預定是下午6點30分，若遇上塞車等狀況，預定時間可能會有所變更。

予定では 18 時 30 分ですが、渋滞などにより、予定時刻は前後することがあります。
yo.te.i.de.wa.ju.u.ha.chi.ji.sa.n.ju.p.pu.n.de.su.ga.ju.u.ta.i.na.do.ni.yo.ri、yo.te.i.ji.ko.ku.wa.ze.n.go.su.ru.ko.to.ga.a.ri.ma.su

## 詢問集合地點

 請問集合地點在哪裡呢？

集合場所はどこですか？
shu.u.go.o.ba.sho.wa.do.ko.de.su.ka

 在新宿車站的東口。

新宿駅の東口です。
shi.n.ju.ku.e.ki.no.hi.ga.shi.gu.chi.de.su

在東京車站的丸之內南口有觀光巴士的乘車處。

東京駅の丸の内南口に観光バス乗り場があります。
to.o.kyo.o.e.ki.no.ma.ru.no.u.chi.mi.na.mi.gu.chi.ni.ka.n.ko.o.ba.su.no.ri.ba.ga.a.ri.ma.su

### 詢問解散地點

 請問解散的地點在哪裡？

解散場所はどこですか？
ka.i.sa.n.ba.sho.wa.do.ko.de.su.ka

 和集合地點一樣。

集合場所と同じです。
shu.u.go.o.ba.sho.to.o.na.ji.de.su

在池袋車站。

池袋駅です。
i.ke.bu.ku.ro.e.ki.de.su

就地解散。

現地解散です。
ge.n.chi.ka.i.sa.n.de.su

### 詢問餐點

 請問這個行程有附餐點嗎？

このコースは食事付きですか？
ko.no.ko.o.su.wa.sho.ku.ji.tsu.ki.de.su.ka

 有的。有附餐點。

はい。お食事付きです。
ha.i.o.sho.ku.ji.tsu.ki.de.su

在飯店用自助餐。

ホテルでバイキング形式となります。
ho.te.ru.de.ba.i.ki.n.gu.ke.i.shi.ki.to.na.ri.ma.su

有附中餐和晚餐。

お昼と夕食が付きます。
o.hi.ru.to.yu.u.sho.ku.ga.tsu.ki.ma.su

### 詢問隨行導遊

 請問有中文的導覽員嗎？

中国語のガイドは付きますか？
chu.u.go.ku.go.no.ga.i.do.wa.tsu.ki.ma.su.ka

 很抱歉。是日文的導覽員。

申し訳ございません。日本語のガイドになります。
mo.o.shi.wa.ke.go.za.i.ma.se.n.ni.ho.n.go.no.ga.i.do.ni.na.ri.ma.su

可使用中文語音導覽。

中国語の自動音声ガイドがご利用できます。
chu.u.go.ku.go.no.ji.do.o.o.n.se.i.ga.i.do.ga.go.ri.yo.o.de.ki.ma.su

## 其他疑問①

 請問可以中途參加嗎？

途中から参加できますか？
to.chu.u.ka.ra.sa.n.ka.de.ki.ma.su.ka

 可以。下午2點左右，在這個地點等候的話，就可以中途參加行程。

はい。午後2時くらいに、この地点でお待ちいただければ、途中から参加可能です。
ha.i。go.go.ni.ji.ku.ra.i.ni、ko.no.chi.te.n.de.o.ma.chi.i.ta.da.ke.re.ba、to.chu.u.ka.ra.sa.n.ka.ka.no.o.de.su

抱歉。無法中途參加。

申し訳ございません。途中からの参加はできません。
mo.o.shi.wa.ke.go.za.i.ma.se.n。to.chu.u.ka.ra.no.sa.n.ka.wa.de.ki.ma.se.n

## 其他疑問②

 請問可以在旅遊途中先離開嗎？

ツアーの途中で帰ってもいいですか？
tsu.a.a.no.to.chu.u.de.ka.e.t.te.mo.i.i.de.su.ka

 是的，沒關係。但是，仍須支付全額的旅遊費用。

はい、構いません。ですが、ツアー料金は全額お支払いいただいております。
ha.i、ka.ma.i.ma.se.n。de.su.ga、tsu.a.a.ryo.o.ki.n.wa.ze.n.ga.ku.o.shi.ha.ra.i.i.ta.da.i.te.o.ri.ma.su

## 其他疑問③

 請問下雨的話會取消嗎？

雨の時は中止ですか？
a.me.no.to.ki.wa.chu.u.shi.de.su.ka

不會，下雨天也會成行。

いいえ、雨天決行です。
i.i.e、u.te.n.ke.k.ko.o.de.su

天氣狀況不好時，有可能取消。若取消，將會另行通知。

悪天候の場合は中止の可能性があります。その場合はご連絡します。
a.ku.te.n.ko.o.no.ba.a.i.wa.chu.u.shi.no.ka.no.o.se.i.ga.a.ri.ma.su。so.no.ba.a.i.wa.go.re.n.ra.ku.shi.ma.su

### 詢問

🎵 043

| | | |
|---|---|---|
| 1 | 請問入口在哪裡呢？ | 入り口はどこですか？<br>i.ri.gu.chi.wa.do.ko.de.su.ka |
| 2 | 請問入場費是多少錢呢？ | 入場料はいくらですか？<br>nyu.u.jo.o.ryo.o.wa.i.ku.ra.de.su.ka |
| 3 | 請問開放到幾點呢？ | 何時まで開いていますか？<br>na.n.ji.ma.de.a.i.te.i.ma.su.ka |
| 4 | 請問有中文的簡介嗎？ | 中国語のパンフレットはありますか？<br>chu.u.go.ku.go.no.pa.n.fu.re.t.to.wa.a.ri.ma.su.ka |
| 5 | 請問有中文的語音導覽嗎？ | 中国語の音声ガイドはありますか？<br>chu.u.go.ku.go.no.o.n.se.i.ga.i.do.wa.a.ri.ma.su.ka |
| 6 | 請問按照哪一個路線走比較好呢？ | どういう順路で回ればいいですか？<br>do.o.i.u.ju.n.ro.de.ma.wa.re.ba.i.i.de.su.ka |
| 7 | 請問出口在哪裡呢？ | 出口はどこですか？<br>de.gu.chi.wa.do.ko.de.su.ka |
| 8 | 請問哪裡可以清楚看到風景呢？ | 景色が良く見えるところはどこですか？<br>ke.shi.ki.ga.yo.ku.mi.e.ru.to.ko.ro.wa.do.ko.de.su.ka |

### 各種告示

| | | |
|---|---|---|
| 1 | 這裡禁止進入。 | ここは立ち入り禁止です。<br>ko.ko.wa.ta.chi.i.ri.ki.n.shi.de.su |
| 2 | 這裡禁止穿鞋。請脫鞋。 | ここは土足禁止です。靴を脱いでください。<br>ko.ko.wa.do.so.ku.ki.n.shi.de.su。ku.tsu.o.nu.i.de.ku.da.sa.i |
| 3 | 請按照箭頭的方向行走。 | 矢印の順に回ってください。<br>ya.ji.ru.shi.no.ju.n.ni.ma.wa.t.te.ku.da.sa.i |
| 4 | 不能再次入場。 | 再入場はできません。<br>sa.i.nyu.u.jo.o.wa.de.ki.ma.se.n |

| 5 | 請勿用手觸摸。 | お手を触れないでください。<br>o.te.o.fu.re.na.i.de.ku.da.sa.i |
|---|---|---|
| 6 | 請不要進到柵欄裡面。 | 柵より中に入らないでください。<br>sa.ku.yo.ri.na.ka.ni.ha.i.ra.na.i.de.ku.da.sa.i |
| 7 | 請勿進入草地。 | 芝生に入らないでください。<br>shi.ba.fu.ni.ha.i.ra.na.i.de.ku.da.sa.i |

column 🐱

### 在日本買郵票

　　許多人出國玩的時候習慣寄明信片給自己和朋友，除了分享這趟旅程之外也可以留做紀念，但是「郵票」往往是令人頭痛的一點。

　　買明信片的時候可以在結帳櫃台順便問問看，有時候也會賣郵票，碰了閉門羹也不用擔心，只要到便利商店的櫃台就可以買到了，寄到海外的明信片要貼70日幣的郵票。

　　如果這兩個方法都沒有成功也沒關係！飯店或是民宿的櫃檯大多有代寄明信片的服務，只要把明信片交給櫃檯再付錢即可。

# 4

# 拍照

## 詢問

🎵 044

| | | |
|---|---|---|
| 1 | 請問這裡可以拍照嗎？ | ここで写真を撮ってもいいですか？<br>ko.ko.de.sha.shi.n.o.to.t.te.mo.i.i.de.su.ka |
| 2 | 請問可以錄影嗎？ | ビデオで撮ってもいいですか？<br>bi.de.o.de.to.t.te.mo.i.i.de.su.ka |
| 3 | 可以跟你一起拍照嗎？ | 一緒に写真を撮ってもいいですか？<br>i.s.sho.ni.sha.shi.n.o.to.t.te.mo.i.i.de.su.ka |

## 各種告示

| | | |
|---|---|---|
| 1 | 這裡禁止拍照。 | ここは撮影禁止です。<br>ko.ko.wa.sa.tsu.e.i.ki.n.shi.de.su |
| 2 | 請勿使用閃光燈。 | フラッシュは、たかないでください。<br>fu.ra.s.shu.wa.ta.ka.na.i.de.ku.da.sa.i |
| 3 | 請勿使用腳架。 | 三脚は使わないでください。<br>sa.n.kya.ku.wa.tsu.ka.wa.na.i.de.ku.da.sa.i |

## 會話①

 請問可以幫我們拍照嗎？

写真を撮ってもらえますか？
sha.shi.n.o.to.t.te.mo.ra.e.ma.su.ka

 好啊。

いいですよ。
i.i.de.su.yo

 按這裡就好了。

ここを押すだけですので。
ko.ko.o.o.su.da.ke.de.su.no.de

 好，我知道了。

はい、分かりました。
ha.i.wa.ka.ri.ma.shi.ta

## 會話②

請將後面的建築物也拍進去。
後ろの建物も入れてください。
u.shi.ro.no.ta.te.mo.no.mo.i.re.te.ku.da.sa.i

請把這銅像也一起拍進去。
この銅像も一緒に入れてください。
ko.no.do.o.zo.o.mo.i.s.sho.ni.i.re.te.ku.da.sa.i

可以請往右靠一點嗎？
もう少し右に寄ってもらえますか？
mo.o.su.ko.shi.mi.gi.ni.yo.t.te.mo.ra.e.ma.su.ka

請往後退一點。
もう少し後ろに下がってください。
mo.o.su.ko.shi.u.shi.ro.ni.sa.ga.t.te.ku.da.sa.i

請問全部的人都有入鏡嗎？
全員入っていますか？
ze.n.i.n.ha.i.t.te.i.ma.su.ka

是的，有。
ええ、入っていますよ。
e.e.ha.i.t.te.i.ma.su.yo

嗯，有點勉強。
うーん、ギリギリですね。
u.u.n.gi.ri.gi.ri.de.su.ne

不要排成一排，排成前後兩排比較好。
一列じゃなくて、前後に二列になった方がいいですよ。
i.chi.re.tsu.ja.na.ku.te.ze.n.go.ni.ni.re.tsu.ni.na.t.ta.ho.o.ga.i.i.de.su.yo

前面的人請蹲下。
前の人はしゃがんでください。
ma.e.no.hi.to.wa.sha.ga.n.de.ku.da.sa.i

後面的人，站在台子上比較好哦。
後ろの人は、台に上がった方がいいですね。
u.shi.ro.no.hi.to.wa.da.i.ni.a.ga.t.ta.ho.o.ga.i.i.de.su.ne

好了。那要照了。來，笑一個!
はい。じゃあ、撮ります。はい、チーズ!
ha.i.ja.a.to.ri.ma.su.ha.i.chi.i.zu

會話③

 這樣可以嗎？

こんな感じでいいですか。
ko.n.na.ka.n.ji.de.i.i.de.su.ka

 可以，非常謝謝您。

はい、どうもありがとうございました。
ha.i.do.o.mo.a.ri.ga.to.o.go.za.i.ma.shi.ta

 不客氣。請小心。

どういたしまして。お気をつけて。
do.o.i.ta.shi.ma.shi.te.o.ki.o.tsu.ke.te

 column

### 為什麼拍照的時候要說「はい、チーズ」？

「チーズ」在日文是「起司」的意思，但是爲什麼拍照的時候要說「起司」呢？據說在 1963年因爲電視上的一則起司廣告，逐漸普遍開來。廣告裡，攝影師請模特兒說「起司」後，順利拍出笑起來相當自然的表情，由於當時正逢起司需求量大增，個人相機開始普遍，因此「說起司展微笑」的口號在日本廣爲流傳。下次有機會拍照的時候，試著說說看「チーズ」吧！

# 5

# 神社

## 詢問參拜方式①

♪ 045

 請告訴我參拜的方式。

参拝の仕方を教えてください。

sa.n.pa.i.no.shi.ka.ta.o.o.shi.e.te.ku.da.sa.i

 首先，通過鳥居。直達神殿的通道稱為「參道」。請不要走在參道的中央。

まず、鳥居をくぐります。神殿までの道を「参道」といいます。参道の真ん中は歩かないでください。

ma.zu、to.ri.i.o.ku.gu.ri.ma.su。shi.n.de.n.ma.de.no.mi.chi.o.「sa.n.do.o.」to.i.i.ma.su。sa.n.do.o.no.ma.n.na.ka.wa.a.ru.ka.na.i.de.ku.da.sa.i

 為什麼呢？

どうしてですか？

do.o.shi.te.de.su.ka

 因為中央是神明通過的地方。人請走兩邊。

真ん中は神様が通るところだからです。人は端を歩いてください。

ma.n.na.ka.wa.ka.mi.sa.ma.ga.to.o.ru.to.ko.ro.da.ka.ra.de.su。hi.to.wa.ha.shi.o.a.ru.i.te.ku.da.sa.i

請在這裡洗手、漱口。

ここで、手を洗って、口をゆすいでください。

ko.ko.de、te.o.a.ra.t.te、ku.chi.o.yu.su.i.de.ku.da.sa.i

 請問要怎麼洗比較好呢？

どうやって洗えばいいのですか？

do.o.ya.t.te.a.ra.e.ba.i.i.no.de.su.ka

用這個杓子將水舀起來洗手。再舀一次水，然後用手接水起來漱口。

この柄杓で水をすくって手をあらいます。もう一度、柄杓に水を取って手の平で水を受けて、それで口をゆすいでください。

ko.no.hi.sha.ku.de.mi.zu.o.su.ku.t.te.te.o.a.ra.i.ma.su。mo.o.i.chi.do、hi.sha.ku.ni.mi.zu.o.to.t.te.te.no.hi.ra.de.mi.zu.o.u.ke.te、so.re.de.ku.chi.o.yu.su.i.de.ku.da.sa.i

水好冰喔。

水がすごく冷たいですね。

mi.zu.ga.su.go.ku.tsu.me.ta.i.de.su.ne

PART 3 | 觀光篇

111

洗好了嗎?那麼到神殿去吧。

洗<ruby>あ<rt></rt></ruby>えましたか?では神殿<ruby>しんでん<rt></rt></ruby>に行<ruby>い<rt></rt></ruby>きましょう。

a.ra.e.ma.shi.ta.ka?de.wa.shi.n.de.n.ni.i.ki.ma.sho.o

## 詢問參拜方式②

 請將香油錢放進錢箱裡。

賽銭箱<ruby>さいせんばこ<rt></rt></ruby>に、お賽銭<ruby>さいせん<rt></rt></ruby>を入<ruby>い<rt></rt></ruby>れてください。

sa.i.se.n.ba.ko.ni、o.sa.i.se.n.o.i.re.te.ku.da.sa.i

 請問放多少比較好呢?

いくら入<ruby>い<rt></rt></ruby>れればいいですか。

i.ku.ra.i.re.re.ba.i.i.de.su.ka

 沒有特別規定。是按個人的「心意」。

特<ruby>とく<rt></rt></ruby>に決<ruby>き<rt></rt></ruby>まっていません。自分<ruby>じぶん<rt></rt></ruby>の「気持<ruby>きも<rt></rt></ruby>ち」です。

to.ku.ni.ki.ma.t.te.i.ma.se.n。ji.bu.n.no.「ki.mo.chi」.de.su

 要祈求什麼好呢?

何<ruby>なに<rt></rt></ruby>をお願<ruby>ねが<rt></rt></ruby>いしようかな。

na.ni.o.o.ne.ga.i.shi.yo.o.ka.na

 還沒喔。要大力搖晃這個繩子,讓鐘聲響起。

まだですよ。この紐<ruby>ひも<rt></rt></ruby>を大<ruby>おお<rt></rt></ruby>きく揺<ruby>ゆ<rt></rt></ruby>さぶって、鐘<ruby>かね<rt></rt></ruby>を鳴<ruby>な<rt></rt></ruby>らしてください。

ma.da.de.su.yo。ko.no.hi.mo.o.o.o.ki.ku.yu.sa.bu.t.te、ka.ne.o.na.ra.shi.te.ku.da.sa.i

 好。

はい。

ha.i

 再來…這個神社是「二拜二拍手」。鞠躬二次後,拍手二次。

次<ruby>つぎ<rt></rt></ruby>に…この神社<ruby>じんじゃ<rt></rt></ruby>は「二礼二拍手<ruby>にれいにはくしゅ<rt></rt></ruby>」ですね。お辞儀<ruby>じぎ<rt></rt></ruby>を二回<ruby>にかい<rt></rt></ruby>した後<ruby>あと<rt></rt></ruby>、拍手<ruby>はくしゅ<rt></rt></ruby>を二回<ruby>にかい<rt></rt></ruby>します。

tsu.gi.ni…ko.no.ji.n.ja.wa.「ni.re.i.ni.ha.ku.shu」.de.su.ne。o.ji.gi.o.ni.ka.i.shi.ta.a.to、ha.ku.shu.o.ni.ka.i.shi.ma.su

 好。

はい。

ha.i

 依神社的不同,次數也會不同哦。

神社<ruby>じんじゃ<rt></rt></ruby>によって、回数<ruby>かいすう<rt></rt></ruby>が違<ruby>ちが<rt></rt></ruby>う場合<ruby>ばあい<rt></rt></ruby>もあるんですよ。

ji.n.ja.ni.yo.t.te、ka.i.su.u.ga.chi.ga.u.ba.a.i.mo.a.ru.n.de.su.yo

（希望這次旅行能有很多很棒的
回憶）

（この旅で素敵な思い出がたくさん作れます
ように）

（ko.no.ta.bi.de.su.te.ki.na.o.mo.i.de.ga.ta.ku.sa.n.tsu.ku.re.
ma.su.yo.o.ni）

祈求完畢後，再鞠躬一次。

願い事が済んだら、またお辞儀をします。

ne.ga.i.go.to.ga.su.n.da.ra、ma.ta.o.ji.gi.o.shi.ma.su

好。B さん祈求了什麼事呢？

はい。B さんは何をお願いしたんですか。

ha.i。B.sa.n.wa.na.ni.o.o.ne.ga.i.shi.ta.n.de.su.ka

秘密。

それは秘密です。

so.re.wa.hi.mi.tsu.de.su

會話①

神殿裡是什麼樣子呢？

神殿の中はどうなっているのかな？

shi.n.de.n.no.na.ka.wa.do.o.na.t.te.i.ru.no.ka.na

啊！請不要從這裡進去。

あ、ここから中に入らないでください。

a、ko.ko.ka.ra.na.ka.ni.ha.i.ra.na.i.de.ku.da.sa.i

抱歉。

すみません。

su.mi.ma.se.n

不可以擅自攀爬樓梯哦。

勝手に階段を昇ってはいけませんよ。

ka.t.te.ni.ka.i.da.n.o.no.bo.t.te.wa.i.ke.ma.se.n.yo

可是，神殿裡好像有人。

でも、神殿の中に誰かいるみたいですよ。

de.mo、shi.n.de.n.no.na.ka.ni.da.re.ka.i.ru.mi.ta.i.de.su.yo

那一定是在祭奉什麼吧。

あれはきっと、お払いをしてもらっているの
でしょう。

a.re.wa.ki.t.to、o.ha.ra.i.o.shi.te.mo.ra.t.te.i.ru.no.de.sho.o

我想抽籤。
おみくじを引いてみたいのですが。
o.mi.ku.ji.o.hi.i.te.mi.ta.i.no.de.su.ga

可以在那裡買。
あそこで買えますよ。
a.so.ko.de.ka.e.ma.su.yo

不好意思。請給我籤。
すみません。おみくじをください。
su.mi.ma.se.n。o.mi.ku.ji.o.ku.da.sa.i

請繳交100日圓。
100円をお納めください。
hya.ku.e.n.o.o.o.sa.me.ku.da.sa.i

好。
はい。
ha.i

## 會話②

請搖這裡的籤筒。並說出從這個洞掉出來的數字。
こちらの筒を振ってください。
穴から出てきた数字をおっしゃってください。
ko.chi.ra.no.tsu.tsu.o.fu.t.te.ku.da.sa.i。a.na.ka.ra.de.te.ki.ta.su.u.ji.o.o.s.sha.t.te.ku.da.sa.i

15號。
15番です。
ju.u.go.ba.n.de.su

好。請收。
はい。こちらをどうぞ。
ha.i。ko.chi.ra.o.do.o.zo

謝謝。啊!寫著「中吉」。
ありがとうございます。あ、「中吉」って書いてありますよ。
a.ri.ga.to.o.go.za.i.ma.su。a、「chu.u.ki.chi」.t.te.ka.i.te.a.ri.ma.su.yo

還不錯呢。
なかなか、いいじゃありませんか。
na.ka.na.ka。i.i.ja.a.ri.ma.se.n.ka

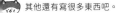

其他還有寫很多東西吧。

他にも色々書いてあるでしょう。
ho.ka.ni.mo.i.ro.i.ro.ka.i.te.a.ru.de.sho.o

有工作、旅行、姻緣…。

仕事、旅行、縁談…。
shi.go.to、ryo.ko.o、e.n.da.n…

跟吉或凶比起來，在各個項目裡寫的字反而比較重要哦。

吉とか凶とかよりも、それぞれの項目に書いてある言葉の方が大切なんですよ。
ki.chi.to.ka.kyo.o.to.ka.yo.ri.mo.so.re.zo.re.no.ko.o.mo.ku.ni.ka.i.te.a.ru.ko.to.ba.no.ho.o.ga.ta.i.se.tsu.na.n.de.su.yo

這樣啊。我會仔細地讀。

そうですか。きちんと読んでおきます。
so.o.de.su.ka。ki.chi.n.to.yo.n.de.o.ki.ma.su

那個人把籤綁在樹枝上耶。

あの人は、おみくじを木の枝に結んていますね。
a.no.hi.to.wa、o.mi.ku.ji.o.ki.no.e.da.ni.mu.su.n.de.i.ma.su.ne

如果把凶的籤綁在樹枝上，可以轉換成吉，類似像咒文之類的東西。可是有人抽到大吉也會綁。這是習俗。

凶のおみくじを結ぶと、吉に転じるという、おまじないのようなものです。でも、大吉でも結ぶ人もいます。そういう風習なのです。
kyo.o.no.o.mi.ku.ji.o.mu.su.bu.to、ki.chi.ni.te.n.ji.ru.to.i.u、o.ma.ji.na.i.no.yo.o.na.mo.no.de.su。de.mo、da.i.ki.chi.de.mo.mu.su.bu.hi.to.mo.i.ma.su。so.o.i.u.fu.u.shu.u.na.no.de.su

我是中吉，要怎麼做比較好呢？

私は中吉だから、どうすればいいですか。
wa.ta.shi.wa.chu.u.ki.chi.da.ka.ra、do.o.su.re.ba.i.i.de.su.ka

因為結果是好的，所以好好地拿回去也可以哦。

良い結果だったら、大事に持ち帰ってもいいんですよ。
yo.i.ke.k.ka.da.t.ta.ra、da.i.ji.ni.mo.chi.ka.e.t.te.mo.i.i.n.de.su.yo

這樣啊。那我就拿回去作紀念。

そうですか。じゃあ、記念に持ち帰ることにします。
so.o.de.su.ka。ja.a、ki.ne.n.ni.mo.chi.ka.e.ru.ko.to.ni.shi.ma.su

|PART 3| 觀光篇

※ 一般來說，好的順序是大吉、中吉、小吉、吉、半吉、末吉、凶、大凶是最不好的。

115

那個人好像在小小的板子上寫什麼呢。

あの人は、小さな板に何か書いていますね。
a.no.hi.to.wa、chi.i.sa.na.i.ta.ni.na.ni.ka.i.te.i.ma.su.ne

那是在繪馬上寫心願哦。Aさん也要寫寫看嗎？

あれは、絵馬に願い事を書いているのですよ。Aさんも書いてみますか。
a.re.wa.e.ma.ni.ne.ga.i.go.to.o.ka.i.te.i.ru.no.de.su.yo、A.sa.n.mo.ka.i.te.mi.ma.su.ka

 好。我也想寫寫看。

はい。やってみたいです。
ha.i、ya.t.te.mi.ta.i.de.su

 那麼，買繪馬吧。

じゃあ、絵馬を買いましょう。
ja.a、e.ma.o.ka.i.ma.sho.o

### 在繪馬上寫下心願

 不是有畫圖的那面，是在背面寫上名字和心願。

絵の描いてある方てはなく、裏側に名前と願い事を書きます。
e.no.ka.i.te.a.ru.ho.o.de.wa.na.ku、u.ra.ga.wa.ni.na.ma.e.to.ne.ga.i.go.to.o.ka.ki.ma.su

 嗯。希望順利畢業。順利就業。家人健康長壽。網球球技變好。能交到男朋友。

ええと。無事に卒業できますように。就職が決まりますように。家族が健康で長生きできますように。テニスが上手になりますように。恋人ができますように。
e.e.to、bu.ji.ni.so.tsu.gyo.o.de.ki.ma.su.yo.o.ni、shu.u.sho.ku.ga.ki.ma.ri.ma.su.yo.o.ni、ka.zo.ku.ga.ke.n.ko.o.de.na.ga.i.ki.de.ki.ma.su.yo.o.ni、te.ni.su.ga.jo.o.zu.ni.na.ri.ma.su.yo.o.ni、ko.i.bi.to.ga.de.ki.ma.su.yo.o.ni

 這麼多，寫不完吧。

そんなにたくさん、書ききれないでしょう。
so.n.na.ni.ta.ku.sa.n、ka.ki.ki.re.na.i.de.sho.o

## 買護身符

不好意思。請給我姻緣御守。

すみません。縁結びのお守りをください。
su.mi.ma.se.n。e.n.mu.su.bi.no.o.ma.mo.ri.o.ku.da.sa.i

請繳交600日圓。

600円をお納めください。
ro.p.pya.ku.e.n.o.o.sa.me.ku.da.sa.i

Bさん想要保佑什麼呢？

Bさんは、何のお守りにするんですか。
B.sa.n.wa、na.n.no.o.ma.mo.ri.ni.su.ru.n.de.su.ka

因為剛買車，所以我想保佑交通安全。

車を買ったばかりなので、交通安全のお守りにします。
ku.ru.ma.o.ka.t.ta.ba.ka.ri.na.no.de、ko.o.tsu.u.a.n.ze.n.no.o.ma.mo.ri.ni.shi.ma.su

---

### 🐱 籤詩相關用語　♪ 046

| 大吉<br>大吉<br>da.i.ki.chi | 中吉<br>中吉<br>chu.u.ki.chi | 小吉<br>小吉<br>sho.o.ki.chi | 吉<br>吉<br>ki.chi |
|---|---|---|---|
| 半吉<br>半吉<br>ha.n.ki.chi | 末吉<br>末吉<br>su.e.ki.chi | 凶<br>凶<br>kyo.o | 大凶<br>大凶<br>da.i.kyo.o |

| 除厄<br>厄除け<br>ya.ku.yo.ke | 解厄<br>厄払い<br>ya.ku.ba.ra.i | 開運<br>開運<br>ka.i.u.n | 招福<br>招福<br>sho.o.fu.ku |
|---|---|---|---|
| 心想事成<br>心願成就<br>shi.n.ga.n.jo.o.ju | 祈求健康<br>健康祈願<br>ke.n.ko.o.ki.ga.n | 病痛全癒<br>病気平癒<br>byo.o.ki.he.i.yu | 祈求合格<br>合格祈願<br>go.o.ka.ku.ki.ga.n |
| 學業進步<br>学業成就<br>ga.ku.gyo.o.jo.o.ju | 生意興隆<br>商売繁盛<br>sho.o.ba.i.ha.n.jo.o | 客人川流不息<br>千客万来<br>se.n.kya.ku.ba.n.ra.i | 財運<br>金運<br>ki.n.u.n |

117

| 財運 | 功名 | 成就 | 升官 |
|---|---|---|---|
| 財運 | 出世 | 成功 | 昇格 |
| za.i.u.n | shu.s.se | se.i.ko.o | sho.o.ka.ku |

| 升官 | 必勝 | 居住／家人安全 | 交通安全 |
|---|---|---|---|
| 昇進 | 必勝 | 家内安全 | 交通安全 |
| sho.o.shi.n | hi.s.sho.o | ka.na.i.a.n.ze.n | ko.o.tsu.u.a.n.ze.n |

| 戀愛成功 | 結緣 | 祈求兒孫 | 祈求安產 |
|---|---|---|---|
| 恋愛成就 | 縁結び | 子宝祈願 | 安産祈願 |
| re.n.a.i.jo.o.ju | e.n.mu.su.bi | ko.da.ka.ra.ki.ga.n | a.n.za.i.ki.ga.n |

| 五穀豐饒 | 祈求魚獲豐盛 |
|---|---|
| 五穀豊穣 | 大漁祈願 |
| go.ko.ku.ho.o.jo.o | ta.i.ryo.o.ki.ga.n |

| 願望 | 等待的人 | 遺失物 | 旅行 |
|---|---|---|---|
| 願望 | 待ち人 | 失せ物 | 旅行 |
| ga.n.bo.o | ma.chi.bi.to | u.se.mo.no | ryo.ko.o |

| 工作 | 學業 | 評價 | 戀愛 |
|---|---|---|---|
| 仕事 | 学業 | 相場 | 恋愛 |
| shi.go.to | ga.ku.gyo.o | so.o.ba | re.n.a.i |

| 糾紛 | 打賭 | 健康 | 婚事 |
|---|---|---|---|
| 争い | 賭け事 | 健康 | 縁談（結婚） |
| a.ra.so.i | ka.ke.go.to | ke.n.ko.o | e.n.da.n (ke.k.ko.n) |

| 生產 |
|---|
| お産 |
| o.sa.n |

# 6

# 寺院

## 參觀寺院

🎵 047

好大間的寺廟呢。

大きなお寺ですね。
o.o.ki.na.o.te.ra.de.su.ne

嗯，因為這裡很有名，所以來參拜的人很多。

ええ、ここは有名ですから訪れる人も多いです。
e.e、ko.ko.wa.yu.u.me.i.de.su.ka.ra.o.to.zu.re.ru.hi.to.mo.
o.o.i.de.su

那些人在做什麼呢？

あの人たちは何をしているのですか。
a.no.hi.to.ta.chi.wa.na.ni.o.shi.te.i.ru.no.de.su.ka

他們把香的煙撥到自己身上。

お線香の煙を体にかけているのです。
o.se.n.ko.o.no.ke.mu.ri.o.ka.ra.da.ni.ka.ke.te.i.ru.no.de.su

為什麼要這樣呢？

なぜ、そんなことをするのですか？
na.ze、so.n.na.ko.to.o.su.ru.no.de.su.ka

頭腦可以變好，或是身體比較不好的地方可以獲得醫治等，類似法術的東西。

頭が良くなるとか、体の悪いところが治るとか、おまじないのようなものです。
a.ta.ma.ga.yo.ku.na.ru.to.ka、ka.ra.da.no.wa.ru.i.to.ko.ro.
ga.na.o.ru.to.ka、o.ma.ji.na.i.no.yo.o.na.mo.no.de.su

那，我全部都要撥到。

じゃあ、私は全部かけます。
ja.a、wa.ta.shi.wa.ze.n.bu.ka.ke.ma.su

## 參拜

在寺廟參拜時，不能像神社一樣地拍手哦。

お寺で参拝するときは、神社のように拍手をしてはいけませんよ。
o.te.ra.de.sa.n.pa.i.su.ru.to.ki.wa、ji.n.ja.no.yo.o.ni.ha.ku.
shu.o.shi.te.wa.i.ke.ma.se.n.yo

那要怎麼做比較好呢？

どうすればいいんですか。
do.o.su.re.ba.i.i.n.de.su.ka

安靜地合掌誦經。

静かに合掌して、お経を唱えます。
shi.zu.ka.ni.ga.s.sho.o.shi.te、o.kyo.o.o.to.na.e.ma.su

# 7 遊樂園、主題樂園

## 遊樂園內

🎵 048

我們來坐雲霄飛車吧。

ジェットコースターに乗りましょう。
je.t.to.ko.o.su.ta.a.ni.no.ri.ma.sho.o

我…不是很擅長這種比較刺激的遊樂設施。

私は…絶叫系は苦手なんです。
wa.ta.shi.wa... ze.k.kyo.o.ke.i.wa.ni.ga.te.na.n.de.su

沒關係啦。你看國小生年紀的小朋友也在排隊。

大丈夫ですよ。ほら、小学生くらいの子どもも並んでいますよ。
da.i.jo.o.bu.de.su.yo。ho.ra、sho.o.ga.ku.se.i.ku.ra.i.no.ko.do.mo.mo.na.ra.n.de.i.ma.su.yo

嗯。但是,好像要等很久。

うーん。でも、すごく待つみたいですよ。
u.u.n。de.mo。su.go.ku.ma.tsu.mi.ta.i.de.su.yo

真的耶。等候時間寫著40分鐘耶。

本当だ。待ち時間 40 分って書いてありますね。
ho.n.to.o.da。ma.chi.ji.ka.n.yo.n.ju.p.pu.n.t.te.ka.i.te.a.ri.ma.su.ne

等那麼久,好浪費時間喔。我們去玩其他遊樂設施吧。

そんなに待つなんて、時間がもったいないですよ。
他のアトラクションに乗りましょう。
so.n.na.ni.ma.tsu.na.n.te、ji.ka.n.ga.mo.t.ta.i.na.i.de.su.yo。ho.ka.no.a.to.ra.ku.sho.n.ni.no.ri.ma.sho.o

好比說?

例えば?
ta.to.e.ba

旋轉木馬或是摩天輪之類的。

メリーゴーランドとか観覧車とか。
me.ri.i.go.o.ra.n.do.to.ka.ka.n.ra.n.sha.to.ka

好啊,雖然不能滿足我。如果雲霄飛車的人變少了,我們再去排吧。

私には物足りないけど、いいですよ。ジェットコースターの列が短くなったら、並びましょうね。
wa.ta.shi.ni.wa.mo.no.ta.ri.na.i.ke.do、i.i.de.su.yo。je.t.to.ko.o.su.ta.a.no.re.tsu.ga.mi.ji.ka.ku.na.t.ta.ra、na.ra.bi.ma.sho.o.ne

結果還是要坐呀…。

やっぱり乗るんですか…。

ya.p.pa.ri.no.ru.n.de.su.ka…

## 搭雲霄飛車

1. 請確實繫上腰部的安全帶。

腰のシートベルトをしっかりと締めてください。

ko.shi.no.shi.i.to.be.ru.to.o.shi.k.ka.ri.to.shi.me.te.ku.da.sa.i

2. 請確實固定好安全護欄。

安全バーをしっかりと固定してください。

a.n.ze.n.ba.a.o.shi.k.ka.ri.to.ko.te.i.shi.te.ku.da.sa.i

3. 請確實抓牢前方的扶手。

前の手すりにしっかりとおつかまりください。

ma.e.no.te.su.ri.ni.shi.k.ka.ri.to.o.tsu.ka.ma.ri.ku.da.sa.i

## 走下雲霄飛車時

1. 在雲霄飛車確實停止之前，請不要從座位站起。

コースターが停止するまで、席から立ち上がらないでください。

ko.o.su.ta.a.ga.te.i.shi.su.ru.ma.de、se.ki.ka.ra.ta.chi.a.ga.ra.na.i.de.ku.da.sa.i

2. 下來時請小心腳步。

足元に気をつけて降りてください。

a.shi.mo.to.ni.ki.o.tsu.ke.te.o.ri.te.ku.da.sa.i

## 雲霄飛車出口處

照片洗好了。如何？

お写真が出来ております。いかがですか？

o.sha.shi.n.ga.de.ki.te.o.ri.ma.su。i.ka.ga.de.su.ka

啊！什麼時候被拍的。

あ！いつの間に撮られたんだろう。

a! i.tsu.no.ma.ni.to.ra.re.ta.n.da.ro.o

最後急速下降時拍的。把我們可
怕的臉都拍下來了。

最後に急降下した時に撮られたんですね。私
たちすごい顔をして写っていますよ。
sa.i.go.ni.kyu.u.ko.o.ka.shi.ta.to.ki.ni.to.ra.re.ta.n.de.su.ne.o
wa.ta.shi.ta.chi.su.go.i.ka.o.o.shi.te.u.tsu.t.te.i.ma.su.yo

 怎麼樣?要買嗎?

どうする?買いますか?
do.o.su.ru?ka.i.ma.su.ka

 1000日圓呀。有點貴耶。但
是,就當作是第一次坐雲霄飛車
的紀念,買吧。

1000円かぁ。ちょっと高いてすね。でも、
初めてジェットコースターに乗った記念に買
います。
se.n.e.n.ka.a◦cho.t.to.ta.ka.i.de.su.ne◦de.mo◦ha.ji.me.te.
je.t.to.ko.o.su.ta.a.ni.no.t.ta.ki.ne.n.ni.ka.i.ma.su

 咦?是第一次啊!

え?初めてだったの!
e?ha.ji.me.te.da.t.ta.no

遊樂園設施相關用語　　　　　　　　　　　　　　　♪ 049

| 雲霄飛車 | 雲霄飛車 | 旋轉木馬 | 咖啡杯 |
|---|---|---|---|
| ジェットコースター | ローラーコースター | メリーゴーランド | コーヒーカップ |
| je.t.to.ko.o.su.ta.a | ro.o.ra.a.ko.o.su.ta.a | me.ri.i.go.o.ra.n.do | ko.o.hi.i.ka.p.pu |
| 空中腳踏車 | 小火車 | 遊覽船 | 摩天輪 |
| スカイサイクル | 豆汽車 | 遊覽船 | 観覧車 |
| su.ka.i.sa.i.ku.ru | ma.me.ki.sha | yu.u.ra.n.se.n | ka.n.ra.n.sha |
| 鬼屋 | 滑水道 | 空中腳踏車 | 小型賽車 |
| お化け屋敷 | ウォーターライド | サイクルモノレール | ゴーカート |
| o.ba.ke.ya.shi.ki | wo.o.ta.a.ra.i.do | sa.i.ku.ru.mo.no.re.e.ru | go.o.ka.a.to |
| 海盜船 | 自由落體 | 狂飆飛碟 | 電動車 |
| バイキング | フリーフォール | 回転ブランコ | バッテリーカー |
| ba.i.ki.n.gu | fu.ri.i.fo.o.ru | ka.i.te.n.bu.ra.n.ko | ba.t.te.ri.i.ka.a |
| 卡通人物舞台表演 | | 戰隊英雄表演 | 迷路孩童中心 |
| ステージでのキャラクターショー | | 戦隊ヒーローショー | 迷子センター |
| su.te.e.ji.de.no.kya.ra.ku.ta.a.sho.o | | se.n.ta.i.hi.i.ro.o.sho.o | ma.i.go.se.n.ta.a |

## 園區內的告示與廣播

♪ 050

1. 請不要餵食。

とうぶつ えさ あた
動物に餌を与えないでください。
do.o.bu.tsu.ni.e.sa.o.a.ta.e.na.i.de.ku.da.sa.i

2. 請勿碰觸柵欄。

さく さわ
柵に触らないでください。
sa.ku.ni.sa.wa.ra.na.i.de.ku.da.sa.i

3. 禁止使用閃光燈拍照。

さつえい きんし
フラッシュ撮影は禁止です。
fu.ra.s.shu.sa.tsu.e.i.wa.ki.n.shi.de.su

4. 請勿大聲喧嘩。

おお こえ だ
大きな声を出さないでください。
o.o.ki.na.ko.e.o.da.sa.na.i.de.ku.da.sa.i

5. 觸摸動物時，手請先消毒。

どうぶつ さわ て しょうどく
動物に触るときは、手を消毒してください。
do.o.bu.tsu.ni.sa.wa.ru.to.ki.wa、te.o.sho.o.do.ku.shi.te.ku.
da.sa.i

6. 觸摸動物後請洗手。

どうぶつ さわ あと て あら
動物に触った後は、手を洗ってください。
do.o.bu.tsu.ni.sa.wa.t.ta.a.to.wa、te.o.a.ra.t.te.ku.da.sa.i

7. 餵食大象的時間是10點。

ぞう えさ じ
象の餌やりは10時です。
zo.o.no.e.sa.ya.ri.wa.ju.u.ji.de.su

8. 12點於中央廣場將進行企鵝散步的活動。

じゅうにじ ちゅうおうひろば おこな
12時より中央広場でペンギンのお散歩を行
います。
ju.u.ni.ji.yo.ri.chu.u.o.o.hi.ro.ba.de.pe.n.gi.n.no.o.sa.n.po.
o.o.ko.na.i.ma.su

9. 在可愛動物園裡，可以觸摸或餵食兔子及綿羊。

どうぶつえん さわ
ふれあい動物園では、ウサギやヒツジに触っ
えさ
たり、餌をやったりできます。
fu.re.a.i.do.o.bu.tsu.e.n.de.wa、u.sa.gi.ya.hi.tsu.ji.ni.sa.wa.
t.ta.ri、e.sa.o.ya.t.ta.ri.de.ki.ma.su

1

來賓也可以參加海獅表演。想丟球給海獅露露的來賓請到前面來。

アシカショーにはお客様も参加できます。アシカのルルちゃんにボールを投げてくれるお客様は前に出てきてください。

a.shi.ka.sho.o.ni.wa.o.kya.ku.sa.ma.mo.sa.n.ka.de.ki.ma.su。
a.shi.ka.no.ru.ru.cha.n.ni.bo.o.ru.o.na.ge.te.ku.re.ru.o.kya.
ku.sa.ma.wa.ma.e.ni.de.te.ki.te.ku.da.sa.i

2

海豚表演時，坐在前排的來賓可能會被水潑到。

イルカショーでは、前列に座っているお客様に水がかかる場合があります。

i.ru.ka.sho.o.de.wa、ze.n.re.tsu.ni.su.wa.t.te.i.ru.o.kya.ku.sa.
ma.ni.mi.zu.ga.ka.ka.ru.ba.a.i.ga.a.ri.ma.su

124

# 博物館、美術館

## 詢問

| | | |
|---|---|---|
| 1 | 請問有中文的導覽手冊嗎？ | 中国語のパンフレットはありますか？<br>chu.u.go.ku.go.no.pa.n.fu.re.t.to.wa.a.ri.ma.su.ka |
| 2 | 請問有中文的語音導覽嗎？ | 中国語の音声ガイドはありますか？<br>chu.u.go.ku.go.no.o.n.se.i.ga.i.do.wa.a.ri.ma.su.ka |
| 3 | 請問開館時間 (閉館時間) 是幾點呢？ | 開館時間 (閉館時間) は何時ですか？<br>ka.i.ka.n.ji.ka.n(he.i.ka.n.ji.ka.n).wa.na.n.ji.de.su.ka |
| 4 | 請問休館日是什麼時候呢？ | 休館日はいつですか？<br>kyu.u.ka.n.bi.wa.i.tsu.de.su.ka |
| 5 | 請問用這張票也可以看特別展嗎？ | このチケットで、特別展も見られますか？<br>ko.no.chi.ke.t.to.de、to.ku.be.tsu.te.n.mo.mi.ra.re.ma.su.ka |
| 6 | 請問怎麼到別館去呢？ | 別館にはどうやって行くのですか？<br>be.k.ka.n.ni.wa.do.o.ya.t.te.i.ku.no.de.su.ka |
| 7 | 請問可以再次入館嗎？ | 再入館は出来ますか？<br>sa.i.nyu.u.ka.n.wa.de.ki.ma.su.ka |

## 館內告示

| | | |
|---|---|---|
| 1 | 有入場限制。請排隊。 | 入場制限をしております。列にお並びください。<br>nyu.u.jo.o.se.i.ge.n.o.shi.te.o.ri.ma.su。re.tsu.ni.o.na.ra.bi.ku.da.sa.i |
| 2 | 請勿用手觸摸。 | お手を触れないでください。<br>o.te.o.fu.re.na.i.de.ku.da.sa.i |
| 3 | 禁止拍照。 | 写真撮影は禁止です。<br>sha.shi.n.sa.tsu.e.i.wa.ki.n.shi.de.su |
| 4 | 請勿進入繩子內側。 | ロープの内側に入らないでください。<br>ro.o.pu.no.u.chi.ga.wa.ni.ha.i.ra.na.i.de.ku.da.sa.i |

| 5 | 請勿坐在台階上。 | 台<sup>だい</sup>に腰<sup>こし</sup>を掛<sup>か</sup>けないでください。 |
| | | da.i.ni.ko.shi.o.ka.ke.na.i.de.ku.da.sa.i |
| 6 | 請脫鞋。 | 履物<sup>はきもの</sup>を脱<sup>ぬ</sup>いでください。 |
| | | ha.ki.mo.no.o.nu.i.de.ku.da.sa.i |
| 7 | 館內請保持安靜。 | 館内<sup>かんない</sup>はお静<sup>しず</sup>かに願<sup>ねが</sup>います。 |
| | | ka.n.na.i.wa.o.shi.zu.ka.ni.ne.ga.i.ma.su |

**美術館・博物館相關單字**

| 企劃展 | 展覽 | 常設展 | 活動 |
|---|---|---|---|
| 企画展 | 展覧会 | 常設展 | イベント |
| ki.ka.ku.te.n | te.n.ra.n.ka.i | jo.o.se.tsu.te.n | i.be.n.to |

| 講談 | | 巡迴展 | |
|---|---|---|---|
| 講演会 ／ シンポジウム | | 巡回展 | |
| ko.o.e.n.ka.i ／ shi.n.po.ji.u.mu | | ju.n.ka.i.te.n | |

**日本知名的兩大國際藝術祭**

瀬戸内国際芸術祭
se.to.u.chi.ko.ku.sa.i.ge.i.ju.tsu.sa.i

3年舉辦一次，以瀬戸內海上的島嶼作為展場，邀請世界各國藝術家共同參與，舉辦國際性的當代藝術祭。

大地の芸術祭
da.i.chi.no.ge.i.ju.tsu.sa.i

3年舉辦一次，在新潟縣越後妻有地區（十日町市、津南町）舉辦的世界性最大規模的國際藝術祭。

### column

## 超划算的東京美術館博物館通票

　　在東京有著為數眾多的美術館及博物館，是在旅遊時不可錯過的一環。但所有的門票買起來，也是一筆不小的金額。如果對藝文活動特別有興趣或是有打算在東京待上一段時間的人，不妨可以考慮購買一本「ぐるっとパスGrutto Pass」。

　　這是一本每年都會推出，囊括東京都內101處(時有增減)美術館、博物館及動物園等景點的門票或門票折價券的便利門票手冊。使用期限為從最初開始使用日算起的兩個月內，每本售價2500日圓。可以直接向都內101處景點售票口購買。

Grutto Pass

**ぐるっとパス**
gu.ru.t.to.pa.su
● http://www.rekibun.or.jp/grutto/
● 2500日圓

| 10 | 電影院 |
|---|---|

### 詢問窗口

♪ 052

請問要在哪裡買票呢？

どちらでチケットを買うことができますか？
do.chi.ra.de.chi.ke.t.to.o.ka.u.ko.to.ga.de.ki.ma.su.ka

請到那邊的櫃檯購買。

あちらのカウンターでお願いします。
a.chi.ra.no.ka.u.n.ta.a.de.o.ne.ga.i.shi.ma.su

### 買票

歡迎光臨。請問要看哪一部電影呢？

いらっしゃいませ。どの映画になさいますか？
i.ra.s.sha.i.ma.se。do.no.e.i.ga.ni.na.sa.i.ma.su.ka

請問要看哪一場的呢？

何時の回になさいますか？
na.n.ji.no.ka.i.ni.na.sa.i.ma.su.ka

請問下一場幾點開始？

次の時間は何時になりますか？
tsu.gi.no.ji.ka.n.wa.na.n.ji.ni.na.ri.ma.su.ka

下午1點。

午後1時です。
go.go.i.chi.ji.de.su

那就那場，請給我2張全票。

それでは、その時間で大人2枚お願いします。
so.re.de.wa。so.no.ji.ka.n.de.o.to.na.ni.ma.i.o.ne.ga.i.shi.ma.su

好的，謝謝您。下午1點，2張，位置是在M列的2號和4號。

はい、ありがとうございます。午後1時、2枚で、お席はM列の2と4になります。
ha.i.a.ri.ga.to.o.go.za.i.ma.su。go.go.i.chi.ji.ni.ma.i.de.o.se.ki.wa.e.mu.re.tsu.no.ni.to.yo.n.ni.na.ri.ma.su

## 電影票售完時

不好意思，那一場已經售完了。

すみません。その回は売り切れとなりました。
su.mi.ma.se.n&sub;so.no.ka.i.wa.u.ri.ki.re.to.na.ri.ma.shi.ta

下一場是什麼時候？

次の上映は何時ですか？
tsu.gi.no.jo.o.e.i.wa.na.n.ji.de.su.ka

15:30那一場的話還有空位。

次の15時 30 分の回でしたら、また席が残
っています。
tsu.gi.no.ju.u.go.ji.sa.n.ju.p.pu.n.no.ka.i.de.shi.ta.ra、ma.ta.
se.ki.ga.no.ko.t.te.i.ma.su

那就改買那一場的吧。

じゃあ、それにします。
ja.a、so.re.ni.shi.ma.su

請給我2張全票。

大人2枚ください。
o.to.na.ni.ma.i.ku.da.sa.i

## 挑選座位

我們電影院是採劃位制。請問想
要哪裡的座位呢？

こちらの映画館は指定席制となっておりま
す。ご希望の席はありますか？
ko.chi.ra.no.e.i.ga.ka.n.wa.shi.te.i.se.ki.se.i.to.na.t.te.o.ri.
ma.su&go.ki.bo.o.no.se.ki.wa.a.ri.ma.su.ka

前面比較好。

前の方がいいです。
ma.e.no.ho.o.ga.i.i.de.su

後面比較好。

後ろの方がいいです。
u.shi.ro.no.ho.o.ga.i.i.de.su

1樓座位比較好。

1階席がいいです。
i.k.ka.i.se.ki.ga.i.i.de.su

2樓座位比較好。

2階席がいいです。
ni.ka.i.se.ki.ga.i.i.de.su

靠走道比較好。

通路側がいいです。
tsu.u.ro.ga.wa.ga.i.i.de.su

中間附近比較好。

中央付近がいいです。
chu.u.o.o.fu.ki.n.ga.i.i.de.su

有4人一起的座位比較好。

4人並んで座れるところがいいです。
yo.ni.n.na.ra.n.de.su.wa.re.ru.to.ko.ro.ga.i.i.de.su

 是自由入座，請自己選擇喜歡的座位。

自由席となっております。お好きな席にお座りください。
ji.yu.u.se.ki.to.na.t.te.o.ri.ma.su。o.su.ki.na.se.ki.ni.o.su.wa.ri.ku.da.sa.i

## 關於電影的二三事 ♫ 053

| 特惠票價 | 其中常見的有像是「ファーストデイ(first day)」或「サービスデイー(service day)」指的是於每月1號推出的特惠票價，「レディースデイ(ladies day)」是針對女性所推出的特惠票價，不少戲院都選在星期三這天推出。「夫婦50」是50歲以上夫妻兩人同行的優惠票。「シニア(senior)」是60歲以上觀眾的特惠票。 |
|---|---|
| 割引サービス wa.ri.bi.ki.sa.a.bi.su | |

| 預售票 | 於電影上映前，先行販售的票，票券上會印有劇照，比起一般販售的票，更具收藏價值，且不時還會推出搭配贈品的預售套票等活動。通常只販售到上映的前一天，可以在電影院裡的專賣店或是街上的票券店購得。 |
|---|---|
| 前売券 ma.e.u.ri.ke.n | |

| 首映會 | 劇中演員及導演在電影播放完畢後登場向影迷打招呼。通常會於售票系統、電影或戲院的官網上進行抽籤販售。 |
|---|---|
| 初日舞台挨拶 sho.ni.chi.bu.ta.i.a.i.sa.tsu | |

| 字幕・配音 | 日本片會分為有字幕(限定戲院、限定場次)及沒有字幕兩種。外國影片則多數都會配上日文字幕，並且有原音及日文配音可供選擇。 |
|---|---|
| 字幕・吹き替え ji.ma.ku・fu.ki.ka.e | |

| 場刊・週邊商品 | 可於戲院裡的商店購得。 |
|---|---|
| プログラム・グッズ pu.ro.gu.ra.mu・gu.z.zu | |

指專門播放
非首輪影片的戲院
**名画座**
me.i.ga.za

除了一般常見的，播放已下檔影片的二輪電影院外，還有像是專門播
放某特定主題影片的戲院，例如專門播放像昭和時代這樣以某個年代
為主題。通常以日幣1千圓左右的價格，可以連著觀賞兩部影片，而
最終場因為只能觀看一部的關係，票價會再便宜一些。

---

現正熱映・即將上映
**上映中・公開予定**
jo.o.e.i.chu.u・ko.o.ka.i.yo.te.i

爆米花・吉拿棒
**ポップコーン・チュロス**
po.p.pu.ko.o.n・chu.ro.su

影展
**映画祭**
e.i.ga.sa.i

**詢問**

♪ 054

| | | |
|---|---|---|
| 1 | 請問有站票嗎？ | 立見席はありますか？<br>ta.chi.mi.se.ki.wa.a.ri.ma.su.ka |
| 2 | 請問還有當日票嗎？ | 当日券はまだ残っていますか？<br>to.o.ji.tsu.ke.n.wa.ma.da.no.ko.t.te.i.ma.su.ka |
| 3 | 請問哪一天的公演還有票呢？ | 何日の公演なら、チケットが取れますか？<br>na.n.ni.chi.no.ko.o.e.n.na.ra、chi.ke.t.to.ga.to.re.ma.su.ka |
| 4 | 請問最便宜的座位是多少錢？ | 一番安い席はいくらですか？<br>i.chi.ba.n.ya.su.i.se.ki.wa.i.ku.ra.de.su.ka |
| 5 | 請問開場是幾點？ | 開場時間は何時ですか？<br>ka.i.jo.o.ji.ka.n.wa.na.n.ji.de.su.ka |
| 6 | 請問開園是幾點？ | 開園時間は何時ですか？<br>ka.i.e.n.ji.ka.n.wa.na.n.ji.de.su.ka |
| 7 | 請問有規定服裝嗎？ | ドレスコードはありますか？<br>do.re.su.ko.o.do.wa.a.ri.ma.su.ka |
| 8 | 請給我節目表。 | プログラムをください。<br>pu.ro.gu.ra.mu.o.ku.da.sa.i |
| 9 | 請問可以幫我寄放行李嗎？ | 荷物を預かってもらえませんか？<br>ni.mo.tsu.o.a.zu.ka.t.te.mo.ra.e.ma.se.n.ka |
| 10 | 請問休息時間有幾分鐘？ | 休憩時間は何分間ですか？<br>kyu.u.ke.i.ji.ka.n.wa.na.n.pu.n.ka.n.de.su.ka |

會話①

 請問要怎麼買票呢？

チケットはどうやって手に入れるのですか？
chi.ke.t.to.wa.do.o.ya.t.te.ni.i.re.ru.no.de.su.ka

請電話預約或網路預約。

電話で予約するか、インターネットで予約して ください。
de.n.wa.de.yo.ya.ku.su.ru.ka、i.n.ta.a.ne.t.to.de.yo.ya.ku.shi.
te.ku.da.sa.i

請於當日在劇場的窗口購買。

当日に劇場の窓口でお買い求めください。
to.o.ji.tsu.ni.ge.ki.jo.o.no.ma.do.gu.chi.de.o.ka.i.mo.to.me.
ku.da.sa.i

您想買的日期的公演票已經售完了。

ご希望の日の公演は完売しました。
go.ki.bo.o.no.hi.no.ko.o.e.n.wa.ka.n.ba.i.shi.ma.shi.ta

預約購票尚未開始。

チケットの予約販売は、まだ開始していません。
chi.ke.t.to.no.yo.ya.ku.ha.n.ba.i.wa、ma.da.ka.i.shi.shi.te.i.
ma.se.n

會話②

請問這個座位在哪裡？

この席はどこですか？
ko.no.se.ki.wa.do.ko.de.su.ka

我為您帶位。請跟著我走。

ご案内いたします。後について来てください。
go.a.n.na.i.i.ta.shi.ma.su。a.to.ni.tsu.i.te.ki.te.ku.da.sa.i

# 12 祭典、煙火大會

## 參加祭典

🔊 055

**請問我也可以參加祭典嗎？**

私もお祭りに参加してもいいですか？
wa.ta.shi.mo.o.ma.tsu.ri.ni.sa.n.ka.shi.te.mo.i.i.de.su.ka

**嗯，請。加入隊伍一同跳舞吧。**

ええ、どうぞ。列に入って、一緒に踊りましょう。
e.e、do.o.zo。re.tsu.ni.ha.i.t.te、i.s.sho.ni.o.do.ri.ma.sho.o

**對不起。只有當地的人才能參加。**

ごめんなさい。地元の人しか参加できません。
go.me.n.na.sa.i。ji.mo.to.no.hi.to.shi.ka.sa.n.ka.de.ki.ma.se.n

**請問抬神轎的人在說什麼呢？**

おみこしを担いでいる人たちは何と言っているんですか？
o.mi.ko.shi.o.ka.tsu.i.de.i.ru.hi.to.ta.chi.wa.na.n.to.i.t.te.i.ru.n.de.su.ka

**在說「哇咻、哇咻」。**
**大家一起出聲，調整腳步。**

「わっしょい、わっしょい」といっています。みんなで声を揃えて、足並みを合わせているんですよ。
「wa.s.sho.i、wa.s.sho.i」.to.i.t.te.i.ma.su。mi.n.na.de.ko.e.o.so.ro.e.te、a.shi.na.mi.o.a.wa.se.te.i.ru.n.de.su.yo

## 觀賞煙火

**請問煙火大會幾點開始呢？**

花火大会は何時から始まりますか？
ha.na.bi.ta.i.ka.i.wa.na.n.ji.ka.ra.ha.ji.ma.ri.ma.su.ka

**晚上7點半開始。但是，好位置很快就會被佔走，所以早點去佔位置吧。**

夜の7時半からです。でも、いい場所はすぐに取られてしまいますから、早めに行って場所取りをしましょう。
yo.ru.no.shi.chi.ji.ha.n.ka.ra.de.su。de.mo、i.i.ba.sho.wa.su.gu.ni.to.ra.re.te.shi.ma.i.ma.su.ka.ra、ha.ya.me.ni.i.t.te.ba.sho.to.ri.o.shi.ma.sho.o

| 神轎 | 神轎 | 拜神的好日子 | 販賣與祭祀物品相關的店 |
|---|---|---|---|
| 神輿<br>mi.ko.shi | 山車<br>da.shi | 緣日<br>e.n.ni.chi | 露店<br>ro.te.n |

| 移動攤販 | 盂蘭盆時跳的舞 | (提)燈籠 | 浴衣 |
|---|---|---|---|
| 屋台<br>ya.ta.i | 盆踊り<br>bo.n.o.do.ri | 提灯<br>cho.o.chi.n | 浴衣<br>yu.ka.ta |

| 武士穿的上衣，寬袖及腰或膝的上衣 | 頭巾、額帶 | 祭典上助陣的樂器 |
|---|---|---|
| 半被<br>ha.p.pi | 鉢巻き<br>ha.chi.ma.ki | 祭囃子<br>ma.tsu.ri.ba.ya.shi |

| 吊水球 | 撈金魚 | 投圈圈 | 射擊 |
|---|---|---|---|
| ヨーヨー釣り<br>yo.o.yo.o.tsu.ri | 金魚すくい<br>ki.n.gyo.su.ku.i | 輪投げ<br>wa.na.ge | 射的<br>sha.te.ki |

| 抽籤 | 面具 | 扇子 | 薄荷管狀糖 |
|---|---|---|---|
| くじ引き<br>ku.ji.bi.ki | お面<br>o.me.n | うちわ<br>u.chi.wa | ハッカパイプ<br>ha.k.ka.pa.i.pu |

| 圓形花狀煙火 | 瀑布煙火 | 連續放多種煙火 | 仙女棒 |
|---|---|---|---|
| 打ち上げ花火<br>u.chi.a.ge.ha.na.bi | ナイアガラ<br>na.i.a.ga.ra | スターマイン<br>su.ta.a.ma.i.n | 線香花火<br>se.n.ko.o.ha.na.bi |

| 沖天炮 | 陀螺炮 |
|---|---|
| ロケット花火<br>ro.ke.t.to.ha.na.bi | ねずみ花火<br>ne.zu.mi.ha.na.bi |

# ゆるキャラ！日本各地人氣吉祥物！

　　日本是一個非常熱衷於設計吉祥物的國家，很多縣市、企業、觀光景點、遊樂園等等都會有自己的吉祥物！雖然說是吉祥物，但日本人對他們認真的態度可不一般。

　　不僅是在特殊節慶出來娛樂大家而已，他們小則出現在各種廣告看板，提醒小朋友過馬路要記得看車子、或是請大家愛護花圃之類，大則出演電視節目或是擔任大型活動的特別佳賓，讓你的生活在不知不覺中充滿他們的存在。

　　日本吉祥物的經濟效益極大，琳瑯滿目的週邊商品讓大人小孩都喜歡，不但帶動地區的經濟和觀光、也帶給大家歡樂，同時也徹底落實了設計吉祥物的三個初衷：帶給當地活力！帶給公司活力！帶給日本活力！

　　話題性十足的吉祥物們每年甚至還有人氣票選，競爭非常激烈、民眾投票也十分踴躍，一點也不輸給演藝圈的藝人，對日本來說可是一年一度的大事呢！

　　下面列出最紅的七位吉祥物！下次去日本的時候也可以好好注意看看有沒有吉祥物們出現在身邊哦！

PART 4

# 飲食篇

COFFEE HOUSE　ハム

**尋找餐廳**

♪ 057

| | | |
|---|---|---|
| 1 | 不好意思。請問這附近有沒有便宜一點的天婦羅專賣店呢？ | すいません。このあたりに、あまり高くない天ぷらのお店はありますか？<br>su.i.ma.se.n。ko.no.a.ta.ri.ni。a.ma.ri.ta.ka.ku.na.i.te.n.pu.ra.no.o.mi.se.wa.a.ri.ma.su.ka |
| 2 | 請問受當地人歡迎的店在哪裡呢？ | 地元の人に人気のお店はどこですか？<br>ji.mo.to.no.hi.to.ni.ni.n.ki.no.o.mi.se.wa.do.ko.de.su.ka |
| 3 | 不是針對觀光客的店比較好。 | 観光客向けじゃない方がいいです。<br>ka.n.ko.o.kya.ku.mu.ke.ja.na.i.ho.o.ga.i.i.de.su |
| 4 | 請問有可以吃到在地美食的店家嗎？ | 郷土料理が食べられるお店はありますか？<br>kyo.o.do.ryo.o.ri.ga.ta.be.ra.re.ru.o.mi.se.wa.a.ri.ma.su.ka |
| 5 | 請問餐廳比較多的區域在哪裡呢？ | 飲食店が多いエリアはどこですか？<br>i.n.sho.ku.te.n.ga.o.o.i.e.ri.a.wa.do.ko.de.su.ka |
| 6 | 請問有在這個時間還開著的餐廳嗎？ | この時間でも、開いているレストランはありますか？<br>ko.no.ji.ka.n.de.mo。a.i.te.i.ru.re.su.to.ra.n.wa.a.ri.ma.su.ka |
| 7 | 請告訴我哪裡有充滿家庭氣氛的餐廳。 | 家庭的な雰囲気のお店を教えてください。<br>ka.te.i.te.ki.na.fu.n.i.ki.no.o.mi.se.o.o.shi.e.te.ku.da.sa.i |
| 8 | 請問有1個人花費約1500日圓的店家嗎？ | 1人1500円くらいで食べられるお店はありますか？<br>hi.to.ri.se.n.go.hya.ku.e.n.ku.ra.i.de.ta.be.ra.re.ru.o.mi.se.wa.a.ri.ma.su.ka |
| 9 | 請問有可以小酌的店嗎？ | 軽く飲めるお店はありますか？<br>ka.ru.ku.no.me.ru.o.mi.se.wa.a.ri.ma.su.ka |
| 10 | 可不可以告訴我要怎麼到那間店。 | そのお店への行き方を教えてください。<br>so.no.o.mi.se.e.no.i.ki.ka.ta.o.o.shi.e.te.ku.da.sa.i |

| | | |
|---|---|---|
| 11 | 在飯店對面通道的左前方，有一間評價不錯的天婦羅專賣店哦。 | ホテルの向かい側の通りを左に行った先に、評判の天ぷら屋さんがありますよ。<br>ho.te.ru.no.mu.ka.i.ga.wa.no.to.o.ri.o.hi.da.ri.ni.i.t.ta.sa.ki.ni.<br>hyo.o.ba.n.no.te.n.pu.ra.ya.sa.n.ga.a.ri.ma.su.yo |
| 12 | 那棟大樓裡有幾間日式料理店哦。 | あのビルに何軒か和食のお店が入っていますよ。<br>a.no.bi.ru.ni.na.n.ke.n.ka.wa.sho.ku.no.o.mi.se.ga.ha.i.t.te.i.<br>ma.su.yo |

**會話**

 請問先預約比較好嗎？

予約した方がいいですか？
yo.ya.ku.shi.ta.ho.o.ga.i.i.de.su.ka

 是啊。那樣比較保險吧。

そうですね。その方が確実でしょう。
so.o.de.su.ne。so.no.ho.o.ga.ka.ku.ji.tsu.de.sho.o

## 預約餐廳

🎵 058

 喂。我想預約。

もしもし。予約をお願いしたいのですが。
mo.shi.mo.shi。yo.ya.ku.o.o.ne.ga.i.shi.ta.i.no.de.su.ga

謝謝您。請告訴我時間和人數好嗎？

ありがとうございます。ご希望の日時と人数を教えていただけますか。
a.ri.ga.to.o.go.za.i.ma.su。go.ki.bo.o.no.ni.chi.ji.to.ni.n.zu.u.o.o.shi.e.te.i.ta.da.ke.ma.su.ka

我想預約明天下午6點，4位。

明日の午後6時、4名でお願いします。
a.shi.ta.no.go.go.ro.ku.ji、yo.n.me.i.de.o.ne.ga.i.shi.ma.su

請您稍候。現在為您確認。

少々お待ちください。ただ今確認してまいります。
sho.o.sho.o.o.ma.chi.ku.da.sa.i。ta.da.i.ma.ka.ku.ni.n.shi.te.ma.i.ri.ma.su

好的。

はい。
ha.i

讓您久等了。那麼，幫您預約明天下午6點，4位。麻煩客人留下姓名電話。

お待たせしました。では、明日の午後6時、4名様でご予約をお取りできました。お客様のお名前とご連絡先を教えていただけますか。
o.ma.ta.se.shi.ma.shi.ta。de.wa、a.shi.ta.no.go.go.ro.ku.ji、yo.n.me.i.sa.ma.de.go.yo.ya.ku.o.o.to.ri.de.ki.ma.shi.ta。o.kya.ku.sa.ma.no.o.na.ma.e.to.go.re.n.ra.ku.sa.ki.o.o.shi.e.te.i.ta.da.ke.ma.su.ka

好的，我姓林。電話號碼是XXX-XXXX-XXXX。

はい、林といいます。電話番号はXXX-XXXX-XXXXです。
ha.i、ri.n.to.i.i.ma.su。de.n.wa.ba.n.go.o.wa.XXX-XXXX-XXXX.de.su

謝謝您。那麼，等候您的光臨。

ありがとうございます。では、ご来店をお待
ちしております。

a.ri.ga.to.o.go.za.i.ma.su。de.wa。go.ra.i.te.n.o.o.ma.chi.shi.
te.o.ri.ma.su

**餐廳客滿時**

 讓您久等了。很抱歉，那個時間
正好都已經客滿了。

お待たせいたしました。申し訳ございませ
ん。あいにく、その時間は満席となっており
ます。

o.ma.ta.se.i.ta.shi.ma.shi.ta。mo.o.shi.wa.ke.go.za.i.ma.se.
n。a.i.ni.ku。so.no.ji.ka.n.wa.ma.n.se.ki.to.na.t.te.o.ri.ma.su

 請問其他的時間還有空位嗎？

別の時間は開いていますか？

be.tsu.no.ji.ka.n.wa.a.i.te.i.ma.su.ka

如果是一小時之後，可以預約
喔。

一時間後でしたら、お取りできますが。

i.chi.ji.ka.n.go.de.shi.ta.ra。o.to.ri.de.ki.ma.su.ga

那麼，請改成7點。

じゃ、7時にしてください。

ja。shi.chi.ji.ni.shi.te.ku.da.sa.i

我知道了。那麼幫您預約明天下
午7點，4位。

かしこまりました。では明日の午後7時、4名
様でご予約をお取りします。

ka.shi.ko.ma.ri.ma.shi.ta。de.wa.a.shi.ta.no.go.go.shi.chi.ji、
yo.n.me.i.sa.ma.de.go.yo.ya.ku.o.o.to.ri.shi.ma.su

 **電話預約**

　　在日本如果預約了比較高級的餐廳，但是卻沒有如期出現、也沒有事先取消的話，是會被
店家收取費用的。現在更有旅遊網站和餐廳合作，推出使用「信用卡扣款」的方式來預防客人
預約未到的情形，即使沒有到場用餐也會透過信用卡全額收費。到日本品嚐美食的同時，也別
忘了要當個守信的人。

### 有預約

♪ 059

歡迎光臨。

いらっしゃいませ。
i.ra.s.sha.i.ma.se

我有預約我姓林。

予約してある、林ですが。
yo.ya.ku.shi.te.a.ru、ri.n.de.su.ga

是的。林先生，正等候您的光臨。座位請往這邊。幫您將外套掛起來。

はい。林さま、お待ちしておりました。お席へご案内いたします。コートをお預かりいたします。
ha.i。ri.n.sa.ma、o.ma.chi.shi.te.o.ri.ma.shi.ta。o.se.ki.e.go.a.n.na.i.i.ta.shi.ma.su。ko.o.to.o.o.a.zu.ka.ri.i.ta.shi.ma.su

### 沒有預約

不好意思。我沒有預約，請問有空位嗎？

すみません。予約をしていないのですが、空いている席はありますか？
su.mi.ma.se.n。yo.ya.ku.o.shi.te.i.na.i.no.de.su.ga。a.i.te.i.ru.se.ki.wa.a.ri.ma.su.ka

歡迎光臨。是的，沒有關係。我為您帶位。

いらっしゃいませ。はい。大丈夫です。お席にご案内いたします。
i.ra.s.sha.i.ma.se。ha.i。da.i.jo.o.bu.de.su。o.se.ki.ni.go.a.n.na.i.i.ta.shi.ma.su

很抱歉。目前客滿。大約要等30分鐘，可以嗎？

申し訳ございません。ただ今、満席でございます。30分ほどお待ちいただくことになりますが、よろしいでしょうか。
mo.o.shi.wa.ke.go.za.i.ma.se.n。ta.da.i.ma、ma.n.se.ki.de.go.za.i.ma.su。sa.n.ju.p.pu.n.ho.do.o.ma.chi.i.ta.da.ku.ko.to.ni.na.ri.ma.su.ga、yo.ro.shi.i.de.sho.o.ka

好的。我可以等。

はい。待ちます。
ha.i。ma.chi.ma.su

142

是哦。那，不用了。

そうですか。じゃあ、いいです。
so.o.de.su.ka.ja.a.i.i.de.su

那麼，請您坐在椅子上稍等。若有空位，我再通知您。

では、こちらの椅子でお待ちください。席が空きましたら、お呼びいたします。
de.wa.ko.chi.ra.no.i.su.de.o.ma.chi.ku.da.sa.i。se.ki.ga.a.ki.ma.shi.ta.ra.o.yo.bi.i.ta.shi.ma.su

現在座位都很滿，若是併桌可以接受嗎？

ただ今、大変込み合っておりまして、相席でもよろしいですか。
ta.da.i.ma.ta.i.he.n.ko.mi.a.t.te.o.ri.ma.shi.te.a.i.se.ki.de.mo.yo.ro.shi.i.de.su.ka

8位的客人。很抱歉，請問可以分成4人4人2桌嗎？

8名のお客さま。申し訳ありませんが、4人、4人で2組に分かれてしまいますが、よろしいですか。
ha.chi.me.i.no.o.kya.ku.sa.ma。mo.o.shi.wa.ke.a.ri.ma.se.n.ga。yo.ni.n.yo.ni.n.de.fu.ta.ku.mi.ni.wa.ka.re.te.shi.ma.i.ma.su.ga.yo.ro.shi.i.de.su.ka

很抱歉。今天被包場了。

申し訳ございません。本日は貸し切りとなっております。
mo.o.shi.wa.ke.go.za.i.ma.se.n。ho.n.ji.tsu.wa.ka.shi.ki.ri.to.na.t.te.o.ri.ma.su

已經過了最後點餐的時間。

ラストオーダーの時間を過ぎております。
ra.su.to.o.o.da.a.no.ji.ka.n.o.su.gi.te.o.ri.ma.su

## 選擇位置

請問要禁煙區還是吸煙區呢？

禁煙席と喫煙席、どちらになさいますか？
ki.n.e.n.se.ki.to.ki.tsu.e.n.se.ki、do.chi.ra.ni.na.sa.i.ma.su.ka

麻煩禁煙區。

禁煙席をお願いします。
ki.n.e.n.se.ki.o.o.ne.ga.i.shi.ma.su

麻煩吸煙區。

喫煙席をお願いします。
ki.tsu.e.n.se.ki.o.o.ne.ga.i.shi.ma.su

都可以。

どちらでもいいです。
do.chi.ra.de.mo.i.i.de.su

## 排隊等候位置時

 因為現在客滿，可以請您在這張紙上寫下姓名及人數嗎？

ただ今、満席ですので、こちらの紙にお名前と人数をご記入いただけますか？
ta.da.i.ma. ma.n.se.ki.de.su.no.de. ko.chi.ra.no.ka.mi.ni.o.na.ma.e.to.ni.n.zu.u.o.go.ki.nyu.u.i.ta.da.ke.ma.su.ka

 有很多人在等喔。

たくさん待っていますね。
ta.ku.sa.n.ma.t.te.i.ma.su.ne

有空位的話，會照順序叫名字。

お席が空きましたら、順番にお名前をお呼びいたします。
o.se.ki.ga.a.ki.ma.shi.ta.ra. ju.n.ba.n.ni.o.na.ma.e.o.o.yo.bi.i.ta.shi.ma.su

 請問3位的陳先生在嗎？

3名でお待ちの陳さま。いらっしゃいますか。
sa.n.me.i.de.o.ma.chi.no.chi.n.sa.ma。i.ra.s.sha.i.ma.su.ka

久等了。禁菸區的座位這邊請。

お待たせいたしました。禁煙席にご案内いたします。
o.ma.ta.se.i.ta.shi.ma.shi.ta。ki.n.e.n.se.ki.ni.go.a.n.na.i.i.ta.shi.ma.su

## 詢問

🎵 060

| | | |
|---|---|---|
| *1* | 不好意思。請給我菜單。 | すみません。メニューを持ってきてください。<br>su.mi.ma.se.n。me.nyu.u.o.mo.t.te.ki.te.ku.da.sa.i |
| *2* | 請問今日義大利麵是什麼？ | 本日のパスタって何ですか？<br>ho.n.ji.tsu.no.pa.su.ta.t.te.na.n.de.su.ka |
| *3* | 請問組合餐裡有些什麼呢？ | 盛り合わせって、何が入っているのですか？<br>mo.ri.a.wa.se.t.te.na.ni.ga.ha.i.t.te.i.ru.no.de.su.ka |
| *4* | 請問有推薦的餐點嗎？ | おすすめの料理はありますか？<br>o.su.su.me.no.ryo.o.ri.wa.a.ri.ma.su.ka |
| *5* | 店裡最受歡迎的料理是什麼呢？ | 店で一番人気の料理は何ですか？<br>mi.se.de.i.chi.ba.n.ni.n.ki.na.ryo.o.ri.wa.na.n.de.su.ka |
| *6* | 請問有推薦的紅酒嗎？ | おすすめのワインはありますか。<br>o.su.su.me.no.wa.i.n.wa.a.ri.ma.su.ka |
| *7* | 請問有日本酒嗎？ | 日本酒はありますか？<br>ni.ho.n.shu.wa.a.ri.ma.su.ka |

## 會話①

 請問餐點決定好了嗎？

ご注文はお決まりでしょうか？
go.chu.u.mo.n.wa.o.ki.ma.ri.de.sho.o.ka

那個，再等一下…。

ええと、もう少し…。
e.e.to.mo.o.su.ko.shi…

那麼，我等您決定好再來。

では、お決まりになりました頃、お伺いに参ります。
de.wa.o.ki.ma.ri.ni.na.ri.ma.shi.ta.ko.ro.o.u.ka.ga.i.ni.ma.i.ri.ma.su

## 會話②

🐱 先從飲料開始幫您點菜。

先にお飲み物をどうぞ。
sa.ki.ni.o.no.mi.mo.no.o.do.o.zo

🐱 麻煩這個和…這個。

これと…これをお願いします。
ko.re.to…ko.re.o.o.ne.ga.i.shi.ma.su

🐱 我知道了。

かしこまりました。
ka.shi.ko.ma.ri.ma.shi.ta

## 會話③

🐱 請問餐點決定好了嗎?

ご注文はお決まりですか。
go.chu.u.mo.n.wa.o.ki.ma.ri.de.su.ka

🐱 是的。麻煩A套餐。

はい。Aコースをお願いします。
ha.i。e.i.ko.o.su.o.o.ne.ga.i.shi.ma.su

🐱 可以選擇麵包和白飯,請問要哪一個呢?

パンとライスが選べますが、どちらになさいますか。
pa.n.to.ra.i.su.ga.e.ra.be.ma.su.ga。do.chi.ra.ni.na.sa.i.ma.su.ka

🐱 請給我白飯。

ライスをお願いします。
ra.i.su.o.o.ne.ga.i.shi.ma.su

🐱 請問沙拉的沾醬要哪一種呢?

サラダのドレッシングは、どちらになさいますか?
sa.ra.da.no.do.re.s.shi.n.gu.wa、do.chi.ra.ni.na.sa.i.ma.su.ka

🐱 請給我和風沾醬。

和風ドレッシングをお願いします。
wa.fu.u.do.re.s.shi.n.gu.o.o.ne.ga.i.shi.ma.su

🐱 可以選擇飲料和甜點,請問要什麼呢?

お飲み物とデザートが選べますが、どれになさいますか。
o.no.mi.mo.no.to.de.za.a.to.ga.e.ra.be.ma.su.ga、do.re.ni.na.sa.i.ma.su.ka

🐱 濃縮咖啡和…甜點請給我鬆餅。

エスプレッソと…デザートはワッフルをお願いします。
e.su.pu.re.s.so.to…de.za.a.to.wa.wa.f.fu.ru.o.o.ne.ga.i.shi.ma.su

請問飲料想要什麼時候上呢？

お飲み物は、いつお持ちいたしましょうか？
o.no.mi.mo.no.wa.i.tsu.o.mo.chi.i.ta.shi.ma.sho.o.ka

 麻煩餐後再上。

食後にお願いします。
sho.ku.go.ni.o.ne.ga.i.shi.ma.su

 我知道了。請再稍等一下。

かしこまりました。もうしばらくお待ちください
ませ。
ka.shi.ko.ma.ri.ma.shi.ta。mo.o.shi.ba.ra.ku.o.ma.chi.ku.da.
sa.i.ma.se

飲料為自取。請到那裡的飲料吧
拿飲料。沙拉請到那裡的沙拉吧
自由選用。

ドリンクはセルフサービスとなっておりま
す。あちらのドリンクバーでお飲み物をお取
りください。
サラダはあちらのサラダバーでご自由にお選
びください。
do.ri.n.ku.wa.se.ru.fu.sa.a.bi.su.to.na.t.te.o.ri.ma.su。a.chi.
ra.no.do.ri.n.ku.ba.a.de.o.no.mi.mo.no.o.o.to.ri.ku.da.sa.i。
sa.ra.da.wa.a.chi.ra.no.sa.ra.da.ba.a.de.go.ji.yu.u.ni.o.e.ra.
bi.ku.da.sa.i

 差不多是最後點餐的時間了，請
問都點完了嗎？

そろそろラストオーダーとなりますが、ご注
文はお済みですか。
so.ro.so.ro.ra.su.to.o.o.da.a.to.na.ri.ma.su.ga。go.chu.u.mo.
n.wa.o.su.mi.de.su.ka

 是的，不用了。謝謝。

はい、もう大丈夫です。ありがとうございま
す。
ha.i。mo.o.da.i.jo.o.bu.de.su。a.ri.ga.to.o.go.za.i.ma.su

| | | |
|---|---|---|
| 1 | 請問是什麼樣的餐點呢？ | どんな料理ですか？<br>do.n.na.ryo.o.ri.de.su.ka |
| 2 | (指著其他桌)<br>請給我一樣的東西。份量大約是多少呢？ | あれと同じものをください。量はどれくらいですか？<br>a.re.to.o.na.ji.mo.no.o.ku.da.sa.i。ryo.o.wa.do.re.ku.ra.i.de.su.ka |
| 3 | 白飯請給我大碗的。 | ご飯を大盛りにしてください。<br>go.ha.n.o.o.o.mo.ri.ni.shi.te.ku.da.sa.i |
| 4 | 請給我小碗的。 | 少なめにしてください。<br>su.ku.na.me.ni.shi.te.ku.da.sa.i |

**會話①**

 請給我這個。

これをください。
ko.re.o.ku.da.sa.i

很抱歉。這個餐點1天限定10份，今天已經賣完了。

申し訳ございません。そちらのメニューは1日10食限定で、本日はもう終わってしまいました。
mo.o.shi.wa.ke.go.za.i.ma.se.n。so.chi.ra.no.me.nyu.u.wa.i.chi.ni.chi.ju.s.sho.ku.ge.n.te.i.de、ho.n.ji.tsu.wa.mo.o.o.wa.t.te.shi.ma.i.ma.shi.ta

那邊是只給預約客人的餐點。

あちらはご予約のお客さま限定のメニューとなっております。
a.chi.ra.wa.go.yo.ya.ku.no.o.kya.ku.sa.ma.ge.n.te.i.no.me.nyu.u.to.na.t.te.o.ri.ma.su

| 家庭餐廳 | 飲料吧 | 沙拉吧 | 兒童餐 |
|---|---|---|---|
| ファミレス<br>fa.mi.re.su | ドリンクバー<br>do.ri.n.ku.ba.a | サラダバー<br>sa.ra.da.ba.a | キッズメニュー<br>ki.z.zu.me.nyu.u |

| 副餐 | 商業午餐 | 輕食 | 附白飯的套餐 |
|---|---|---|---|
| サイドメニュー<br>sa.i.do.me.nyu.u | ランチメニュー<br>ra.n.chi.me.nyu.u | ライトミール<br>ra.i.to.mi.i.ru | ライスセット<br>ra.i.su.se.t.to |

| 沙拉組合 | 湯品組合 | 蛋糕組合 | 甜點組合 |
|---|---|---|---|
| サラダセット<br>sa.ra.da.se.t.to | スープセット<br>su.u.pu.se.t.to | ケーキセット<br>ke.e.ki.se.t.to | デザートセット<br>de.za.a.to.se.t.to |

| 外帶 | 生日優待 | 卡路里標示 | 鹽分標示 |
|---|---|---|---|
| テイクアウト<br>te.i.ku.a.u.to | バースデーサービス<br>ba.a.su.de.e.sa.a.bi.su | カロリー表示<br>ka.ro.ri.i.hyo.o.ji | 塩分表示<br>e.n.bu.n.hyo.o.ji |

| 過敏標示 |
|---|
| アレルギー表示<br>a.re.ru.gi.i.hyo.o.ji |

PART 4 飲食篇

149

### 服務生送餐時

🎵 062

 久等了。請問山之恩惠義大利麵是哪位客人的呢？

お待たせしました。山の幸のパスタのお客さ
ま…？

o.ma.ta.se.shi.ma.shi.ta。ya.ma.no.sa.chi.no.pa.su.ta.no.o.
kya.ku.sa.ma…

 是的。是我。

はい。私です。

ha.i。wa.ta.shi.de.su

請問紅酒燉牛肉是哪位客人的呢？

牛肉の赤ワイン煮込みのお客さま…？

gyu.u.ni.ku.no.a.ka.wa.i.n.ni.ko.mi.no.o.kya.ku.sa.ma…

 是我。

はい。

ha.i

您的餐點都到齊了嗎？

以上で、ご注文の品はお揃いでしょうか？

i.jo.o.de、go.chu.u.mo.n.no.shi.na.wa.o.so.ro.i.de.sho.o.ka

 是的。

はい。

ha.i

那麼，請慢用。

では、ごゆっくりお召し上がりください。

de.wa、go.yu.k.ku.ri.o.me.shi.a.ga.ri.ku.da.sa.i

### 詢問餐點吃法

 不好意思。請問這個要怎麼吃呢？

すみません。これはどうやって食べるのです
か。

su.mi.ma.se.n。ko.re.wa.do.o.ya.t.te.ta.be.ru.no.de.su.ka

 請淋上醬油食用。若再沾芥末，會更好吃哦。

お醤油をかけてお召し上がりください。わさ
びをつけると、よりおいしくなりますよ。

o.sho.o.yu.o.ka.ke.te.o.me.shi.a.ga.ri.ku.da.sa.i。wa.sa.bi.o.
tsu.ke.ru.to、yo.ri.o.i.shi.ku.na.ri.ma.su.yo

請問這個是什麼東西做的呢？

これは何から作られているのですか？

ko.re.wa.na.ni.ka.ra.tsu.ku.ra.re.te.i.ru.no.de.su.ka

 這個叫「魚板」，是將魚肉刮下，磨成泥而製成的。

これは「かまぼこ」と言いまして、魚をすって練り上げたものです。

ko.re.wa.「ka.ma.bo.ko」.to.i.i.ma.shi.te.sa.ka.na.o.su.t.te.ne.ri.a.ge.ta.mo.no.de.su

 請問這是裝飾嗎？可以吃嗎？

これは飾りですか。食べられるのですか？

ko.re.wa.ka.za.ri.de.su.ka。ta.be.ra.re.ru.no.de.su.ka

 跟生魚片一起上的白蘿蔔、紅蘿蔔、海藻等叫做「小菜」，除了裝盤用之外，對消化有幫助，也有提味的作用。請用。

お刺身に付いている、大根や人参や海藻などは「ツマ」と言って、盛り付けに利用する他に、消化を助けたり味をひきしめる働きをします。どうぞ、お召しあがりください。

o.sa.shi.mi.ni.tsu.i.te.i.ru.da.i.ko.n.ya.ni.n.ji.n.ya.ka.i.so.o.na.do.wa.「tsu.ma」.to.i.t.te.mo.ri.tsu.ke.ni.ri.yo.o.su.ru.ho.ka.ni.sho.o.ka.o.ta.su.ke.ta.ri.a.ji.o.hi.ki.shi.me.ru.ha.ta.ra.ki.o.shi.ma.su。do.o.zo、o.me.shi.a.ga.ri.ku.da.sa.i

### 訂位問題

🎵 063

😺 您好，我有訂位。

こんにちは。予約をしている者ですが。
ko.n.ni.chi.wa。yo.ya.ku.o.shi.te.i.ru.mo.no.de.su.ga

😼 歡迎光臨，請問貴姓？

いらっしゃいませ。お名前は？
i.ra.s.sha.i.ma.se。o.na.ma.e.wa

😺 我姓李。預約兩點。

李です。2時に予約しました。
ri.de.su。ni.ji.ni.yo.ya.ku.shi.ma.shi.ta

😼 不好意思，這邊沒有記錄到您的訂位資料耶。

すみません。こちらにお客様の予約記録がないのですが。
su.mi.ma.se.n。ko.chi.ra.ni.o.kya.ku.sa.ma.no.yo.ya.ku.ki.ro.ku.ga.na.i.no.de.su.ga

😺 怎麼可能。我上個星期就先打電話來預約了。

そんなことはないと思います。先週電話で予約したのですが。
so.n.na.ko.to.wa.na.i.to.o.mo.i.ma.su。se.n.shu.u.de.n.wa.de.yo.ya.ku.shi.ta.no.de.su.ga

😼 不好意思，可能是我們這邊的疏失，很抱歉，現在立刻就為您安排座位。

すみません。こちらの手違いで、申し訳ありませんでした。只今すぐにお席をご用意いたします。
su.mi.ma.se.n。ko.chi.ra.no.te.chi.ga.i.de、mo.o.shi.wa.ke.a.ri.ma.se.n.de.shi.ta。ta.da.i.ma.su.gu.ni.o.se.ki.o.go.yo.o.i.i.ta.shi.ma.su

😺 麻煩你。

お願いします。
o.ne.ga.i.shi.ma.su

### 餐點問題①

😺 不好意思。餐點還沒來，從剛才就一直在等了。

すみません。料理がまだきていないのですが、さっきから、ずっと待っています。
su.mi.ma.se.n。ryo.o.ri.ga.ma.da.ki.te.i.na.i.no.de.su.ga、sa.k.ki.ka.ra、zu.t.to.ma.t.te.i.ma.su

很抱歉。馬上送來。

申し訳ございません。ただ今お持ちいたします。

mo.shi.wa.ke.go.za.i.ma.se.n。ta.da.i.ma.o.mo.chi.i.ta.shi.ma.su

## 餐點問題②

 這和我點的餐不一樣。我沒有點這個。

頼んだものと違う料理です。これは注文していません。

ta.no.n.da.mo.no.to.chi.ga.u.ryo.o.ri.de.su。ko.re.wa.chu.u.mo.n.shi.te.i.ma.se.n

 真的很抱歉。馬上送上您所點的餐點。

大変失礼しました。ご注文の料理をすぐにお持ちいたします。

ta.i.he.n.shi.tsu.re.i.shi.ma.shi.ta。go.chu.u.mo.n.no.ryo.o.ri.o.su.gu.ni.o.mo.chi.i.ta.shi.ma.su

 雖然和點的餐點不同…。但看起來也很美味,這個就可以了。

注文と違うけど…。それもおいしそうだから、それでもいいです。

chu.u.mo.n.to.chi.ga.u.ke.do…。so.re.mo.o.i.shi.so.o.da.ka.ra、so.re.de.mo.i.i.de.su

 這樣嗎?謝謝您。招待您一杯咖啡。

さようでございますか。ありがとうございます。それでしたら、コーヒーをサービスでお付けいたします。

sa.yo.o.de.go.za.i.ma.su.ka。a.ri.ga.to.o.go.za.i.ma.su。so.re.de.shi.ta.ra、ko.o.hi.i.o.sa.a.bi.su.de.o.tsu.ke.i.ta.shi.ma.su

## 餐點問題③

 餐點裡有頭髮。

料理に髪の毛が入っていました。

ryo.o.ri.ni.ka.mi.no.ke.ga.ha.i.t.te.i.ma.shi.ta

有髒東西。有蟲。

ゴミが入っていました。虫が入っていました。

go.mi.ga.ha.i.t.te.i.ma.shi.ta。mu.shi.ga.ha.i.t.te.i.ma.shi.ta

PART 4 | 飲食篇

眞的很抱歉。馬上爲您換新的。

大変申し訳ございませんでした。すぐに新しいものとお取替えいたします。

ta.i.he.n.mo.o.shi.wa.ke.go.za.i.ma.se.n.de.shi.ta。su.gu.ni.a.ta.ra.shi.i.mo.no.to.o.to.ri.ka.e.i.ta.shi.ma.su

**餐點問題④**

不好意思。我把湯匙弄掉了。

すみません。スプーンを落としてしまいました。

su.mi.ma.se.n。su.pu.u.n.o.o.to.shi.te.shi.ma.i.ma.shi.ta

 我幫您拿新的湯匙。

新しいスプーンをお持ちします。

a.ta.ra.shi.i.su.pu.u.n.o.o.mo.chi.shi.ma.su

**餐點問題⑤**

不好意思。杯子破了。

すみません。コップを割ってしまいました。

su.mi.ma.se.n。ko.p.pu.o.wa.t.te.shi.ma.i.ma.shi.ta

 有受傷嗎？

お怪我はありませんか？

o.ke.ga.wa.a.ri.ma.se.n.ka

有弄髒衣服嗎？

お洋服は汚されませんでしたか？

o.yo.o.fu.ku.wa.yo.go.sa.re.ma.se.n.de.shi.ta.ka

# 用餐時

## 會話①

🎵 064

請問合您的口味嗎？

お口に合いますでしょうか？
o.ku.chi.ni.a.i.ma.su.de.sho.o.ka

是的，非常好吃。

はい。とってもおいしいです。
ha.i。to.t.te.mo.o.i.shi.i.de.su

有點辣。

少し辛いです。
su.ko.shi.ka.ra.i.de.su

第一次吃到，很好吃。

初めての味ですが、おいしいです。
ha.ji.me.te.no.a.ji.de.su.ga。o.i.shi.i.de.su

## 會話②

請問這裡的盤子可以收了嗎？

こちらのお皿は、お下げしてもよろしいでしょうか？
ko.chi.ra.no.o.sa.ra.wa。o.sa.ge.shi.te.mo.yo.ro.shi.i.de.sho.o.ka

是的。麻煩。

はい。お願いします。
ha.i。o.ne.ga.i.shi.ma.su

不。還在用。

いいえ。まだ食べています。
i.i.e。ma.da.ta.be.te.i.ma.su

## 會話③

請問可以上甜點了嗎？

デザートをお持ちしてもよろしいでしょうか？
de.za.a.to.o.o.mo.chi.shi.te.mo.yo.ro.shi.i.de.sho.o.ka

好的。麻煩。

はい。お願いします。
ha.i。o.ne.ga.i.shi.ma.su

請再稍等一下。

もう少し、後でお願いします。
mo.o.su.ko.shi、a.to.de.o.ne.ga.i.shi.ma.su

不好意思。請再給我看一次菜單。

すみません。もう一度、メニューを見せてください。
su.mi.ma.se.n。mo.o.i.chi.do、me.nyu.u.o.mi.se.te.ku.da.sa.i

請再給我一盤和這個一樣的東西。

これと同じものを、もう一皿ください。
ko.re.to.o.na.ji.mo.no.o、mo.o.hi.to.sa.ra.ku.da.sa.i

## 會話④

 請問可以打包嗎？

テイクアウトはできますか？
te.i.ku.a.u.to.wa.de.ki.ma.su.ka

可以。那麼我把容器拿過來。

はい。では容器をお持ちします。
ha.i.de.wa.yo.o.ki.o.o.mo.chi.shi.ma.su

很抱歉。因爲衛生上的考量，無法做打包。

申し訳ございません。衛生上の理由でお持ち帰りはできません。
mo.o.shi.wa.ke.go.za.i.ma.se.n。e.i.se.i.jo.o.no.ri.yu.u.de.o.mo.chi.ka.e.ri.wa.de.ki.ma.se.n

### 其他要求

| 1 | 請問可以換座位嗎？ | 席を替わってもいいですか？<br>se.ki.o.ka.wa.t.te.mo.i.i.de.su.ka |
| 2 | 不好意思。請再幫我倒一杯水。 | すみません。お水のおかわりをください。<br>su.mi.ma.se.n。o.mi.zu.no.o.ka.wa.ri.o.ku.da.sa.i |
| 3 | 請給我幾個小盤子。 | 取り皿を何枚かください。<br>to.ri.za.ra.o.na.n.ma.i.ka.ku.da.sa.i |
| 4 | 請給我溼紙巾。 | おしぼりを持ってきてください。<br>o.shi.bo.ri.o.mo.t.te.ki.te.ku.da.sa.i |
| 5 | 不好意思。請問廁所在哪裡？ | すみません。トイレはどこでしょうか？<br>su.mi.ma.se.n。to.i.re.wa.do.ko.de.sho.o.ka |

| 6 | 請問可以給我衛生紙嗎？ |

ティッシュをくれませんか。
ti.s.shu.o.ku.re.ma.se.n.ka

| 7 | 請問能給我叉子嗎？ |

フォークをくれませんか。
fo.o.ku.o.ku.re.ma.se.n.ka

# 8

# 結帳

## 在座位上結帳

🎵 065

 不好意思。麻煩結帳。

すみません。会計をお願いします。
su.mi.ma.se.n。ka.i.ke.i.o.o.ne.ga.i.shi.ma.su

 我知道了。

かしこまりました。
ka.shi.ko.ma.ri.ma.shi.ta

 請問可以用信用卡結嗎?

カードでもいいですか。
ka.a.do.de.mo.i.i.de.su.ka

可以。那麼收您信用卡。麻煩您在這裡簽名。

はい。ではカードをお預かりいたします。
こちらにサインをお願いいたします。
ha.i。de.wa.ka.a.do.o.o.a.zu.ka.ri.i.ta.shi.ma.su。ko.chi.ra.ni.
sa.i.n.o.o.ne.ga.i.i.ta.shi.ma.su

## 在櫃台結帳

 不好意思。麻煩結帳。

すみません。会計をお願いします。
su.mi.ma.se.n。ka.i.ke.i.o.o.ne.ga.i.shi.ma.su

 收下您的點餐單。總共是3540日圓。

伝票をお預かりします。合計で３５４０円
になります。
de.n.pyo.o.o.o.a.zu.ka.ri.shi.ma.su。go.o.ke.i.de.sa.n.ze.n.
go.hya.ku.yo.n.ju.u.e.n.ni.na.ri.ma.su

 我想各付各的。

あの、別々に払いたいのですが。
a.no。be.tsu.be.tsu.ni.ha.ra.i.ta.i.no.de.su.ga

 好的,可以。

はい、かしこまりました。
ha.i。ka.shi.ko.ma.ri.ma.shi.ta

 我的是山菜定食和抹茶冰淇淋。

山菜定食と抹茶アイスです。
sa.n.sa.i.te.i.sho.ku.to.ma.c.cha.a.i.su.de.su

我的是天婦羅定食。

天ぷら定食です。
te.n.pu.ra.te.i.sho.ku.de.su

我的是味噌豬排定食和紅豆湯圓。

味噌カツ定食と白玉あんみつです。
mi.so.ka.tsu.te.i.sho.ku.to.shi.ra.ta.ma.a.n.mi.tsu.de.su

 總共是1260日圓。

合計で 1260 円になります。
go.o.ke.i.de.se.n.ni.hya.ku.ro.ku.ju.u.e.n.ni.na.ri.ma.su

謝謝您。歡迎再來。

ありがとうございました。またご利用くださ
い。
a.ri.ga.to.o.go.za.i.ma.shi.ta。ma.ta.go.ri.yo.o.ku.da.sa.i

 餐飲店相關用語　　　　　　　　　　　　　　　　　♪ 066

| 營業中<br>えいぎょうちゅう<br>**営業中**<br>e.i.gyo.o.chu.u | 開店<br>かいてん<br>**開店**<br>ka.i.te.n | 準備中<br>じゅん び ちゅう　し たくちゅう<br>**準備中（支度中）**<br>ju.n.bi.chu.u(shi.ta.ku.chu.u) | 關店<br>へいてん<br>**閉店**<br>he.i.te.n |
|---|---|---|---|
| 固定休日<br>ていきゅう び<br>**定休日**<br>te.i.kyu.u.bi | 全年無休<br>ねんじゅう む きゅう<br>**年中無休**<br>ne.n.ju.u.mu.kyu.u | 年初年尾停業<br>ねん まつ ねん し きゅうぎょう<br>**年末年始休業**<br>ne.n.ma.tsu.ne.n.shi.kyu.u.gyo.o | |
| 盂蘭盆日休息<br>ぼんやす<br>**お盆休み**<br>o.bo.n.ya.su.mi | | | |

懷石料理相關用語

| 筷套<br>はしづけ<br>**箸付**<br>ha.shi.zu.ke | 前菜<br>さきづけ　ぜんさい<br>**先付（前菜）**<br>sa.ki.zu.ke(ze.n.sa.i) | 湯品<br>わん<br>**お椀**<br>o.wa.n | 配菜(生魚片)<br>むこうづけ　さし み<br>**向付（刺身）**<br>mu.ko.o.zu.ke(sa.shi.mi) |
|---|---|---|---|
| 用餐途中，變換口味的餐食<br>はしやす<br>**箸休め**<br>ha.shi.ya.su.me | | 指裝了二〜三道的下酒菜<br>はっすん<br>**八寸**<br>ha.s.su.n | |

PART 4｜飲食篇

159

| 綜合拼盤<br>**炊き合わせ**<br>ta.ki.a.wa.se | 燒烤<br>**焼き物**<br>ya.ki.mo.no | 蒸食<br>**蒸し物**<br>mu.shi.mo.no | 炸食<br>**揚げ物**<br>a.ge.mo.no |
|---|---|---|---|
| 煮食<br>**煮物**<br>ni.mo.no | 鍋品<br>**鍋物**<br>na.be.mo.no | 醋物<br>**酢の物**<br>su.no.mo.no | 涼拌<br>**和え物**<br>a.e.mo.no |
| 餐點（白飯・湯）<br>**お食事（ご飯・汁物）**<br>o.sho.ku.ji (go.ha.n・shi.ru.mo.no) | | 醬菜<br>**香の物（つけ物）**<br>ko.o.no.mo.no (tsu.ke.mo.no) | |
| 水果<br>**水菓子（果物・甘味）**<br>mi.zu.ga.shi (ku.da.mo.no・ka.n.mi) | | | |

160

# 9

# 壽司店

## 進入店內

🎵 067

歡迎光臨。

いらっしゃい。
i.ra.s.sha.i

2位。

にめい
2名なんですが。
ni.me.i.na.n.de.su.ga

有空位都可以坐。

あ せき
空いている席へどうぞ。
a.i.te.i.ru.se.ki.e.do.o.zo

不好意思。請問這裡是空位嗎?

すみません。ここ空いていますか。
su.mi.ma.se.n。ko.ko.a.i.te.i.ma.su.ka

是的,沒有人坐。請坐。

ええ、空いています。どうぞ。
e.e.a.i.te.i.ma.su。do.o.zo

## 點餐

要點什麼呢?請問有推薦嗎?

なに
何にしようかな?おすすめはありますか?
na.ni.ni.shi.yo.o.ka.na?o.su.su.me.wa.a.ri.ma.su.ka

今天是鮪魚!有好貨來哦。

きょう はい
今日は、マグロ!いいのが入っているよ。
kyo.o.wa。ma.gu.ro!i.i.no.ga.ha.i.t.te.i.ru.yo

那,我要鮪魚。

ねが
じゃ、マグロをお願いします。
ja。ma.gu.ro.o.o.ne.ga.i.shi.ma.su

好的。來,久等了。

ま
あいよ。はい、お待ちどう。
a.i.yo。ha.i。o.ma.chi.do.o

我開動了。嗯,好吃。

いただきます。ん、おいしい。
i.ta.da.ki.ma.su。n、o.i.shi.i

161

1 不好意思。請不要放芥末。

すみません。わさび抜きにしてください。
su.mi.ma.se.n。wa.sa.bi.nu.ki.ni.shi.te.ku.da.sa.i

2 不好意思。麻煩結帳。

すみません。お勘定をお願いします。
su.mi.ma.se.n。o.ka.n.jo.o.o.o.ne.ga.i.shi.ma.su

# 10

# 迴轉壽司

**進入店內**

歡迎光臨。為您帶位。

いらっしゃいませ。お席にご案内します。
i.ra.s.sha.i.ma.se。o.se.ki.ni.go.a.n.na.i.shi.ma.su

那個。請問是自己取用嗎？

ええと。自分でお皿を取って食べるんですか。
e.e.to。ji.bu.n.de.o.sa.ra.o.to.t.te.ta.be.ru.n.de.su.ka

是的。請客人選用由輸送帶送來的壽司。

はい。ベルトコンベアで流れてくるお寿司を、お客さまが選んで召し上がってください。
ha.i。be.ru.to.ko.n.be.a.de.na.ga.re.te.ku.ru.o.su.shi.o.o.kya.ku.sa.ma.ga.e.ra.n.de.me.shi.a.ga.t.te.ku.da.sa.i

請問價錢都一樣嗎？

値段はみんな同じですか。
ne.da.n.wa.mi.n.na.o.na.ji.de.su.ka

不是的。因盤子而異。那邊的牆上有盤子的價目表。只要記得樸素的盤子比較便宜，樣式豪華的盤子比較貴，這樣就比較容易分辨了。

いいえ。お皿によって違います。あちらの壁に、お皿と値段の表があります。シンプルなお皿が安くて、豪華な模様のお皿が高いと覚えていただけると、分かりやすいと思います。
i.i.e。o.sa.ra.ni.yo.t.te.chi.ga.i.ma.su。a.chi.ra.no.ka.be.ni、o.sa.ra.to.ne.da.n.no.hyo.o.ga.a.ri.ma.su。shi.n.pu.ru.na.o.sa.ra.ga.ya.su.ku.te、go.o.ka.na.mo.yo.o.no.o.sa.ra.ga.ta.ka.i.to.o.bo.e.te.i.ta.da.ke.ru.to、wa.ka.ri.ya.su.i.to.o.mo.i.ma.su

我知道了。咦？也有甜點耶。

分かりました。あれ？デザートも流れてきますね。
wa.ka.ri.ma.shi.ta。a.re? de.za.a.to.mo.na.ga.re.te.ki.ma.su.ne

是。也有水果和蛋糕哦。還有，桌上有菜單。請向櫃台內的師傅點餐。

ええ。果物やケーキもありますよ。あと、テーブルにもメニューがございます。カウンター内の職人に注文してください。

e.e、ku.da.mo.no.ya.ke.e.ki.mo.a.ri.ma.su.yo、te.e.bu.ru.ni.mo.me.nyu.u.ga.go.za.i.ma.su。ka.u.n.ta.a.na.i.no.sho.ku.ni.n.ni.chu.u.mo.n.shi.te.ku.da.sa.i

## 結帳

 不好意思。麻煩結帳。

すみません。お会計をお願いします。

su.mi.ma.se.n。o.ka.i.ke.i.o.o.ne.ga.i.shi.ma.su

好的。久等了。請將這個點餐單拿到收銀台。

はい。お待たせしました。この伝票を会計に持っていってください。

ha.i。o.ma.ta.se.shi.ma.shi.ta。ko.no.de.n.pyo.o.o.ka.i.ke.i.ni.mo.t.te.i.t.te.ku.da.sa.i

好的。受您招待了。

はい。ごちそうさまでした。

ha.i。go.chi.so.o.sa.ma.de.shi.ta

謝謝。

ありがとうございました。

a.ri.ga.to.o.go.za.i.ma.shi.ta

---

## 握壽司・壽司食材 ♪ 069

| 握壽司<br>握り寿司<br>ni.gi.ri.zu.shi | 鮪魚<br>まぐろ<br>ma.gu.ro | 紅肉<br>赤身<br>a.ka.mi | 鮪魚背部的肉<br>中トロ<br>chu.u.to.ro |
|---|---|---|---|
| 鮪魚腹部的肉<br>大トロ<br>o.o.to.ro | 醃鮪魚<br>トロづけ<br>to.ro.zu.ke | 蔥鮪魚壽司<br>ネギトロ<br>ne.gi.to.ro | 花枝<br>いか<br>i.ka |
| 竹莢魚<br>鯵<br>a.ji | 小鰭魚<br>こはだ<br>ko.ha.da | 鯛魚<br>鯛<br>ta.i | 鯖魚<br>鯖<br>sa.ba |

| 蝦 | 甜蝦 | 比目魚 | 星鰻 |
|---|---|---|---|
| えび | 甘えび | ひらめ | アナゴ |
| e.bi | a.ma.e.bi | hi.ra.me | a.na.go |

| 蝦蛄 | 螃蟹 | 章魚 | 鮭魚卵 |
|---|---|---|---|
| しゃこ | かに | たこ | いくら |
| sha.ko | ka.ni | ta.ko | i.ku.ra |

| 飛魚卵 | 海膽 | 鮑魚 | 赤貝 |
|---|---|---|---|
| とびっこ | うに | あわび | 赤貝 |
| to.bi.k.ko | u.ni | a.wa.bi | a.ka.ga.i |

| 海扇貝 | 螺 | 蛋 | |
|---|---|---|---|
| 帆立貝 | つぶ貝 | 玉子 | |
| ho.ta.te.ga.i | tsu.bu.ga.i | ta.ma.go | |

| 巻壽司 | 軍艦卷 | 手卷 | 鐵火卷 |
|---|---|---|---|
| 巻き寿司 | 軍艦巻き | 手巻き寿司 | 鉄火巻き |
| ma.ki.zu.shi | gu.n.ka.n.ma.ki | te.ma.ki.zu.shi | te.k.ka.ma.ki |

| 黃瓜卷 | 乾瓢卷 | 蔥花鮪魚卷 | 納豆卷 |
|---|---|---|---|
| かっぱ巻き | かんぴょう巻き | ネギトロ巻き | 納豆巻き |
| ka.p.pa.ma.ki | ka.n.pyo.o.ma.ki | ne.gi.to.ro.ma.ki | na.t.to.o.ma.ki |

| 沙拉卷 | 細卷 | 中卷 | 大卷 |
|---|---|---|---|
| サラダ巻き | 細巻き | 中巻き | 太巻き |
| sa.ra.da.ma.ki | ho.so.ma.ki | chu.u.ma.ki | fu.to.ma.ki |

| 壓壽司 | 散壽司 | 豆皮壽司 | 茶巾壽司 |
|---|---|---|---|
| 押し寿司 | ちらし寿司 | いなり寿司 | 茶巾寿司 |
| o.shi.zu.shi | chi.ra.shi.zu.shi | i.na.ri.zu.shi | cha.ki.n.zu.shi |

| 醋飯 | 海苔 | 醬油 | 山葵 |
|---|---|---|---|
| 酢飯 | 海苔 | しょうゆ | わさび |
| su.me.shi | no.ri | sho.o.yu | wa.sa.bi |

| 甜薑片 | | | |
|---|---|---|---|
| ガリ | | | |
| ga.ri | | | |

| 天婦羅<br>天ぷら<br>te.n.pu.ra | 炸蝦<br>海老天<br>e.bi.te.n | 炸花枝<br>いか天<br>i.ka.te.n | 炸番薯<br>さつま天<br>sa.tsu.ma.te.n |
|---|---|---|---|
| 炸南瓜<br>かぼちゃ天<br>ka.bo.cha.te.n | 炸青椒<br>ししとう天<br>shi.shi.to.o.te.n | 炸茄子<br>ナス天<br>na.su.te.n | 炸四季豆<br>いんげん天<br>i.n.ge.n.te.n |
| 炸喜相逢<br>きす天<br>ki.su.te.n | 炸星鰻<br>穴子天<br>a.na.go.te.n | 炸物沾醬<br>天つゆ<br>te.n.tsu.yu | 沾鹽<br>付け塩<br>tsu.ke.shi.o |
| 茶鹽<br>抹茶塩<br>ma.c.cha.ji.o | 柚子鹽<br>柚子塩<br>yu.zu.shi.o | 蘿蔔泥<br>大根おろし<br>da.i.ko.n.o.ro.shi | 天婦羅丼<br>天丼<br>te.n.do.n |
| 天婦羅蕎麥麵<br>天ぷらそば<br>te.n.pu.ra.so.ba | 天婦羅烏龍麵<br>天ぷらうどん<br>te.n.pu.ra.u.do.n | 天婦羅蕎麥涼麵<br>天ざる<br>te.n.za.ru | 天婦羅蕎麥涼麵<br>天せいろ<br>te.n.se.i.ro |

## 大阪的串炸　♪070

※在大阪隨處可見在地的美食，其中串炸很受大家的歡迎。是用竹籤串上各種食材後，裹上日式太白粉，油炸而成的日本國民點心。如果想要稍微解饞，不妨到串炸店轉轉。

| 元祖炸豬肉串<br>元祖串カツ<br>ga.n.so.ku.shi.ka.tsu | 炸豬排<br>豚カツ<br>to.n.ka.tsu | 天然蝦子<br>天然エビ<br>te.n.ne.n.e.bi | 蓮藕<br>れんこん<br>re.n.ko.n |
|---|---|---|---|
| 禁止重覆沾醬<br>二度付け禁止<br>ni.do.tsu.ke.ki.n.shi | ※「二度付け禁止」：串炸的醬汁是一大桶的，店家基於衛生上的考量，會禁止客人將吃過的串炸重複沾醬。如果覺得醬沾得不夠多，可以利用店家提供的高麗菜，將醬盛到自己的盤子上。 | | |

166

| 烏龍麵<br>**うどん**<br>u.do.n | 清湯烏龍麵（關西）<br>**素うどん**<br>su.u.do.n | 清湯烏龍麵（關東）<br>**かけうどん**<br>ka.ke.u.do.n | 豆皮烏龍麵<br>**きつねうどん**<br>ki.tsu.ne.u.do.n |
|---|---|---|---|
| 蛋酥烏龍麵<br>**たぬきうどん**<br>ta.nu.ki.u.do.n | 魚板烏龍麵<br>**おかめうどん**<br>o.ka.me.u.do.n | 天婦羅烏龍麵<br>**天ぷらうどん**<br>te.n.pu.ra.u.do.n | 咖哩烏龍麵<br>**カレーうどん**<br>ka.re.e.u.do.n |
| 肉片烏龍麵<br>**肉うどん**<br>ni.ku.u.do.n | 麻糬烏龍麵<br>**力うどん**<br>chi.ka.ra.u.do.n | 鍋燒烏龍麵<br>**鍋焼きうどん**<br>na.be.ya.ki.u.do.n | 蛋黃烏龍麵<br>**月見うどん**<br>tsu.ki.mi.u.do.n |
| 紅燒烏龍麵<br>**煮込みうどん**<br>ni.ko.mi.u.do.n | 天婦羅釜燒烏龍麵<br>**釜揚げうどん**<br>ka.ma.a.ge.u.do.n | 炒烏龍麵<br>**焼きうどん**<br>ya.ki.u.do.n | |

| 蕎麥麵<br>**そば**<br>so.ba | 清湯麵<br>**天然そば**<br>te.n.ne.n.so.ba | 山藥蕎麥涼麵<br>**とろろそば**<br>to.ro.ro.so.ba | 珍珠菇蕎麥麵<br>**なめこそば**<br>na.me.ko.so.ba |
|---|---|---|---|
| 山菜蕎麥麵<br>**山菜そば**<br>sa.n.sa.i.so.ba | 蛋酥蕎麥麵<br>**たぬきそば**<br>ta.nu.ki.so.ba | 豆皮蕎麥麵<br>**きつねそば**<br>ki.tsu.ne.so.ba | 蔥花鴨肉蕎麥麵<br>**鴨南蛮**<br>ka.mo.na.n.ba.n |
| 蔥花肉片蕎麥麵<br>**肉南蛮**<br>ni.ku.na.n.ba.n | 鯡魚蕎麥麵<br>**にしんそば**<br>ni.shi.n.so.ba | 碗裝蕎麥麵<br>**もりそば**<br>mo.ri.so.ba | 裝盛在竹篩上的蕎麥麵<br>**ざるそば**<br>za.ru.so.ba |
| 天婦羅蕎麥涼麵<br>**天ざる**<br>te.n.za.ru | 蛋酥蕎麥冷麵<br>**冷やしたぬき**<br>hi.ya.shi.ta.nu.ki | 蘿蔔泥蕎麥涼麵<br>**おろしそば**<br>o.ro.shi.so.ba | 鴨肉蕎麥涼麵<br>**鴨せいろ**<br>ka.mo.se.i.ro |

PART 4 | 飲食篇

167

| 七味唐辛子<br>しちみとうがらし<br>七味唐辛子<br>shi.chi.mi.to.o.ga.ra.shi | 辛香料<br>やくみ<br>薬味<br>ya.ku.mi | 蔥<br>ねぎ<br>ne.gi | 煮蕎麥麵湯<br>そば湯<br>so.ba.yu |
|---|---|---|---|
| 蕎麥茶<br>そば茶<br>so.ba.cha | ※ 天鍋羅釜席燒烏龍麵是將煮好的麵與煮麵水一起端上桌的烏龍麵。 | | |

きつね和たぬき　♪ 072

※「きつね」原指狐狸，「たぬき」是狸貓，在這裡指的是在烏龍麵、蕎麥麵上盛放蛋酥或豆皮的
庶民美食。不過隨著日本各地風土民情的不同，盛放的配料以及口味也不太一樣。以下介紹的主
要為關東地方的吃法。

蛋酥烏龍麵／蛋酥蕎麥麵

きつねうどん／きつねそば
ki.tsu.ne.u.do.n／ki.tsu.ne.so.ba

豆皮烏龍麵／豆皮蕎麥麵

たぬきうどん／たぬきそば
ta.nu.ki.u.do.n／ta.nu.ki.so.ba

168

# 定食

## 進入店內

🎵 073

😺 歡迎光臨。

いらっしゃい。
i.ra.s.sha.i

😺 請問坐哪好呢？

どこに座ればいいですか？
do.ko.ni.su.wa.re.ba.i.i.de.su.ka

😺 請往空位入座。

空いている席にどうぞ。
a.i.te.i.ru.se.ki.ni.do.o.zo

😺 請問今天的每日定食是什麼呢？

今日の日替わり定食はなんですか？
kyo.o.no.hi.ga.wa.ri.te.i.sho.ku.wa.na.n.de.su.ka

😺 是炸鱈魚定食。

白身魚のフライだよ。
shi.ro.mi.za.ka.na.no.fu.ra.i.da.yo

😺 那，我要那個。

じゃ、それをお願いします。
ja.so.re.o.o.ne.ga.i.shi.ma.su

## 購買餐券

😺 歡迎光臨。

いらっしゃい。
i.ra.s.sha.i

😺 麻煩一個炸火腿排蛋包飯定食。

ハムかつ定食ひとつお願いします。
ha.mu.ka.tsu.te.i.sho.ku.hi.to.tsu.o.ne.ga.i.shi.ma.su

😺 不好意思，請您先購買餐券。

申し訳ありませんが、先に食券を買ってください。
mo.o.shi.wa.ke.a.ri.ma.se.n.ga.sa.ki.ni.sho.k.ke.n.o.ka.t.te.ku.da.sa.i

😺 餐券嗎？

食券ですか？
sho.k.ke.n.de.su.ka

😺 在入口的地方有餐券的販賣機。

入り口のところに食券の販売機がありますから。
i.ri.gu.chi.no.to.ko.ro.ni.sho.k.ke.n.no.ha.n.ba.i.ki.ga.a.ri.ma.su.ka.ra

PART 4 | 飲食篇

169

是這個機器嗎？

この機械ですか？
ko.no.ki.ka.i.de.su.ka

 是的，就是那個。把錢放進去，按壓想吃的菜色，餐券就會從下方跑出來。

はい。お金を入れて、食べたいメニューのボタンを押すと、下から食券が出てきます。
ha.i。o.ka.ne.o.i.re.te、ta.be.ta.i.me.nyu.u.no.bo.ta.n.o.o.su.to、shi.ta.ka.ra.sho.k.ke.n.ga.de.te.ki.ma.su

 跑出來了。但是2張連在一起…。

出てきました。2枚つながってますけど…。
de.te.ki.ma.shi.ta。ni.ma.i.tsu.na.ga.t.te.ma.su.ke.do…

 不要撕開。請往空位坐。

そのまま破かないで、空いている席にどうぞ。
so.no.ma.ma.ya.bu.ka.na.i.de、a.i.te.i.ru.se.ki.ni.do.o.zo

 好的。

はい。
ha.i

 茶的話可以到那裡的茶水機倒。

お茶はあそこにお茶の機械がありますから、ご自由に淹れてください。
o.cha.wa.a.so.ko.ni.o.cha.no.ki.ka.i.ga.a.ri.ma.su.ka.ra、go.ji.yu.u.ni.i.re.te.ku.da.sa.i

好的，炸火腿排蛋包飯定食。請稍候。

はい、ハムかつ定食ですね。少々お待ちください。
ha.i、ha.mu.ka.tsu.te.i.sho.ku.de.su.ne。sho.o.sho.o.o.ma.chi.ku.da.sa.i

---

## 定食的相關用語 ♪074

| 今日特餐 | 炸雞塊定食 | 炸豬排定食 | 漢堡排定食 |
|---|---|---|---|
| 日替わり定食 | から揚げ定食 | とんかつ定食 | ハンバーグ定食 |
| hi.ga.wa.ri.te.i.sho.ku | ka.ra.a.ge.te.i.sho.ku | to.n.ka.tsu.te.i.sho.ku | ha.n.ba.a.gu.te.i.sho.ku |
| 薑燒定食 | 生魚片定食 | 味噌豬排定食 | 烏龍麵定食 |
| 生姜焼き定食 | 刺身定食 | 味噌カツ定食 | うどん定食 |
| sho.o.ga.ya.ki.te.i.sho.ku | sa.shi.mi.te.i.sho.ku | mi.so.ka.tsu.te.i.sho.ku | u.do.n.te.i.sho.ku |

| 焼肉定食<br>**焼肉定食**<br>ya.ki.ni.ku.te.i.sho.ku | 牛排定食<br>**ステーキ定食**<br>su.te.e.ki.te.i.sho.ku | 烤魚定食<br>**焼き魚定食**<br>ya.ki.za.ka.na.te.i.sho.ku | 味噌鯖魚定食<br>**さば味噌定食**<br>sa.ba.mi.so.te.i.sho.ku |
|---|---|---|---|
| 肉絲炒菜定食<br>**肉野菜炒め定食**<br>ni.ku.ya.sa.i.i.ta.me.te.i.sho.ku | 炸天婦羅丼套餐<br>**天丼セット**<br>te.n.do.n.se.t.to | 炸猪排丼套餐<br>**カツ丼セット**<br>ka.tsu.do.n.se.t.to | 白飯<br>**ご飯**<br>go.ha.n |
| 味噌湯<br>**味噌汁**<br>mi.so.shi.ru | 醃漬品<br>**漬物**<br>tsu.ke.mo.no | 小菜<br>**小鉢**<br>ko.ba.chi | 沙拉<br>**サラダ**<br>sa.ra.da |
| 大份<br>**大盛り**<br>o.o.mo.ri | 半碗飯<br>**半ライス**<br>ha.n.ra.i.su | | |

🐱 居酒屋的相關用語

| 居酒屋<br>**居酒屋**<br>i.za.ka.ya | 主菜出來前的簡單下酒菜<br>**お通し**<br>o.to.o.shi | 宴會菜單<br>**宴会メニュー**<br>e.n.ka.i.me.nyu.u | 喝到飽<br>**飲み放題**<br>no.mi.ho.o.da.i |
|---|---|---|---|
| 常客寄放在居酒屋的酒<br>**ボトルキープ**<br>bo.to.ru.ki.i.pu | 生啤酒<br>**生ビール**<br>na.ma.bi.i.ru | 啤酒杯<br>**ジョッキ**<br>jo.k.ki | 中型啤酒杯<br>**中ジョッキ**<br>chu.u.jo.k.ki |
| 大型啤酒杯<br>**大ジョッキ**<br>da.i.jo.k.ki | 沙瓦<br>**サワー**<br>sa.wa.a | 燒酒<br>**焼酎**<br>sho.o.chu.u | 番薯燒酒<br>**芋焼酎**<br>i.mo.jo.o.chu.u |
| 水果酒<br>**チューハイ**<br>chu.u.ha.i | 雞尾酒<br>**カクテル**<br>ka.ku.te.ru | 紅酒（玻璃瓶、有軟木塞的玻璃瓶）<br>**ワイン（グラス・ボトル、デカンタ）**<br>wa.i.ni.gu.ra.su・bo.to.ru、de.ka.n.ta | |
| 威士忌<br>**ウイスキー**<br>u.i.su.ki.i | 梅酒<br>**梅酒**<br>u.me.shu | 日本酒<br>**日本酒**<br>ni.ho.n.shu | |

PART 4｜飲食篇

171

| 冷酒 | 溫熱酒 | 當地特有的酒 | 無酒精飲料 |
|---|---|---|---|
| れいしゅ<br>**冷酒**<br>re.i.shu | あつかん<br>**熱燗**<br>a.tsu.ka.n | じざけ<br>**地酒**<br>ji.za.ke | **ソフトドリンク**<br>so.fu.to.do.ri.n.ku |
| 鍋類料理 | 生魚片 | 鹹粥 | 茶泡飯 |
| なべりょうり<br>**鍋料理**<br>na.be.ryo.o.ri | つく さしみ<br>**お造り（刺身）**<br>o.tsu.ku.ri (sa.shi.mi) | ぞうすい<br>**雑炊**<br>zo.o.su.i | ちゃづ<br>**お茶漬け**<br>o.cha.zu.ke |
| 飯糰 | 毛豆 | 冷豆腐 | 炸薯條 |
| **おにぎり**<br>o.ni.gi.ri | えだまめ<br>**枝豆**<br>e.da.ma.me | ひや<br>**冷やっこ**<br>hi.ya.ya.k.ko | **フライドポテト**<br>fu.ra.i.do.po.te.to |
| 雞塊 | 炸雞塊 | 炸軟骨 | 炸花枝 |
| **ナゲット**<br>na.ge.t.to | とり あ<br>**鳥のから揚げ**<br>to.ri.no.ka.ra.a.ge | なんこつあ<br>**軟骨揚げ**<br>na.n.ko.tsu.a.ge | あ<br>**いかのやわらか揚げ**<br>i.ka.no.ya.wa.ra.ka.a.ge |
| 粗絞肉香腸 | 炸春捲 | 煎餃 | 炸物 |
| あらび<br>**粗挽きソーセージ**<br>a.ra.bi.ki.so.o.se.e.ji | はるま<br>**春巻き**<br>ha.ru.ma.ki | ぎょうざ<br>**餃子**<br>gyo.o.za | **フリッター**<br>fu.ri.t.ta.a |
| 紅燒肉 | 炸蝦 | 炸牡蠣 | 炸帆立貝 |
| ぶた かくに<br>**豚の角煮**<br>bu.ta.no.ka.ku.ni | **エビフライ**<br>e.bi.fu.ra.i | **カキフライ**<br>ka.ki.fu.ra.i | **ホタテフライ**<br>ho.ta.te.fu.ra.i |
| 沙拉 | 炸豬肉串 | 烤雞肉串 | 味噌烤物 |
| **サラダ**<br>sa.ra.da | くし<br>**串かつ**<br>ku.shi.ka.tsu | や とり<br>**焼き鳥**<br>ya.ki.to.ri | でんがく<br>**田楽**<br>de.n.ga.ku |
| 滷大腸 | 鐵板燒 | 奶油燒 | 裝盛在容器裡烹煮的方式 |
| に こ<br>**モツ煮込み**<br>mo.tsu.ni.ko.mi | てっぱんや<br>**鉄板焼き**<br>te.p.pa.n.ya.ki | や<br>**バター焼き**<br>ba.ta.a.ya.ki | や<br>**つぼ焼き**<br>tsu.bo.ya.ki |
| 茶碗蒸 | 天婦羅 | ※ 炸物和天婦羅不同，麵衣較軟。 | |
| ちゃわんむ<br>**茶碗蒸し**<br>cha.wa.n.mu.shi | てん<br>**天ぷら**<br>te.n.pu.ra | | |

| 拉麵<br>**ラーメン**<br>ra.a.me.n | 醬油拉麵<br>**醬油ラーメン**<br>sho.o.yu.ra.a.me.n | 鹽味拉麵<br>**塩ラーメン**<br>shi.o.ra.a.me.n | 味噌拉麵<br>**味噌ラーメン**<br>mi.so.ra.a.me.n |
|---|---|---|---|
| 豚骨拉麵<br>**豚骨ラーメン**<br>to.n.ko.tsu.ra.a.me.n | 湯麵<br>**タンメン**<br>ta.n.me.n | 餛飩麵<br>**ワンタンメン**<br>wa.n.ta.n.me.n | 叉燒麵<br>**チャーシューメン**<br>cha.a.shu.u.me.n |
| 豆芽菜麵<br>**サンマーメン**<br>sa.n.ma.a.me.n | | | |

| 口味的濃淡<br>**味の濃さ**<br>a.ji.no.ko.sa | 輕淡口味<br>**あっさり系**<br>a.s.sa.ri.ke.i | 濃厚口味<br>**こってり系**<br>ko.t.te.ri.ke.i |
|---|---|---|

| 麵的種類<br>**麺の種類**<br>me.n.no.shu.ru.i | 粗麵<br>**太麺**<br>fu.to.me.n | 細麵<br>**細麺**<br>ho.so.me.n | 直條麵<br>**ストレート麺**<br>su.to.re.e.to.me.n |
|---|---|---|---|
| ※ 捲麵<br>**ちぢれ麺**<br>chi.ji.re.me.n | ※ 拉麵的一種。麵條呈現波浪狀。 | | |

| 配料<br>**具**<br>gu | 筍乾<br>**メンマ**<br>me.n.ma | 叉燒<br>**叉焼**<br>cha.a.shu.u | 水煮蛋<br>**煮卵**<br>ni.ta.ma.go |
|---|---|---|---|
| 海苔<br>**海苔**<br>no.ri | 魚板捲<br>**なると**<br>na.ru.to | 蔥<br>**ねぎ**<br>ne.gi | 大蒜<br>**ニンニク**<br>ni.n.ni.ku |
| 加麵<br>**替え玉**<br>ka.e.da.ma | | | |

PART 4 | 飲食篇

173

# 12

# 燒肉店

🎵 075

1 鐵板的溫度請由這裡調整。

鉄板の温度は、ここで調節してください。
te.p.pa.n.no.o.n.do.wa、ko.ko.de.cho.o.se.tsu.shi.te.ku.da.sa.i

2 因為油分和醬汁會弄髒您的衣服，所以請穿上圍裙。

お洋服が油やタレで汚れますから、エプロンをどうぞ。
o.yo.o.fu.ku.ga.a.bu.ra.ya.ta.re.de.yo.go.re.ma.su.ka.ra、e.pu.ro.n.do.o.zo

## 燒肉的相關用語

🎵 076

| 燒肉 | 三層肉 | 背脊肉 | 內臟 |
|------|--------|--------|------|
| 焼肉<br>ya.ki.ni.ku | カルビ（バラ肉）<br>ka.ru.bi(ba.ra.ni.ku) | ロース（背肉）<br>ro.o.su(se.ni.ku) | ホルモン<br>ho.ru.mo.n |
| 橫隔膜（背部靠中間位置） | | 橫隔膜（肋骨位置） | 牛舌 |
| ハラミ<br>ha.ra.mi | | サガリ<br>sa.ga.ri | 牛タン<br>gyu.u.ta.n |
| 肝 | 腎 | 子宮 | 瘤胃（牛的第一個胃） |
| レバー<br>re.ba.a | マメ<br>ma.me | コブクロ<br>ko.bu.ku.ro | ミノ<br>mi.no |
| 蜂巢胃（牛的第二個胃） | | 重瓣胃（牛的第三個胃） | |
| ハチノス<br>ha.chi.no.su | | センマイ<br>se.n.ma.i | |
| 皺胃（牛的第四個胃） | | | |
| ギアラ<br>gi.a.ra | | | |

| 其他<br>その他<br>so.no.ta | 韓國的生肉料理<br>**ユッケ**<br>yu.k.ke | 無煙烤肉<br>**無煙燒肉**<br>mu.e.n.ya.ki.ni.ku |
|---|---|---|

| 石鍋拌飯<br>**ビビンバ**<br>bi.bi.n.ba | 韓國的牛肉湯飯<br>**クッパ**<br>ku.p.pa |
|---|---|

| 泡菜<br>**キムチ**<br>ki.mu.chi | 麻油拌青菜(麻油涼拌菜)<br>**ナムル**<br>na.mu.ru | 茄子<br>**ナス**<br>na.su |
|---|---|---|

| 生菜的一種，用來包燒肉<br>**サンチュ**<br>sa.n.chu | 南瓜<br>**カボチャ**<br>ka.bo.cha | 洋蔥<br>**たまねぎ**<br>ta.ma.ne.gi |
|---|---|---|

| 青椒<br>**ピーマン**<br>pi.i.ma.n |
|---|

# 13

# 涮涮鍋

🎵 077

 請告訴我吃法。

食べ方を教えてください。
ta.be.ka.ta.o.o.shi.e.te.ku.da.sa.i

 好。那麼，先將涮涮鍋裡的湯汁煮沸。沸騰後，請把裡面的昆布拿起來。

はい。では、最初に、このしゃぶしゃぶ用のお鍋に入っているだし汁を沸騰させます。沸騰したら、中の昆布は取り除いてください。
ha.i。de.wa、sa.i.sho.ni、ko.no.sha.bu.sha.bu.yo.o.no.o.na.be.ni.ha.i.t.te.i.ru.da.shi.ji.ru.o.fu.t.to.o.sa.se.ma.su。fu.t.to.o.shi.ta.ra、na.ka.no.ko.n.bu.wa.to.ri.no.zo.i.te.ku.da.sa.i

再來是，將青菜按照最不容易熟的順序放進去。

次に、お野菜を火の通りにくいものから順に入れていきます。
tsu.gi.ni、o.ya.sa.i.o.hi.no.to.o.ri.ni.ku.i.mo.no.ka.ra.ju.n.ni.i.re.te.i.ki.ma.su

 好。

はい。
ha.i

 最後放入茼蒿。這樣就完成了。

最後に春菊を入れます。これで出来上がりです。
sa.i.go.ni.shu.n.gi.ku.o.i.re.ma.su。ko.re.de.de.ki.a.ga.ri.de.su

 咦？那肉怎麼辦？

え？お肉はどうするんですか？
e?o.ni.ku.wa.do.o.su.ru.n.de.su.ka

 由客人自己「涮」啊。將肉一片一片夾起，放入湯裡，像這樣邊涮邊煮。

お客様がご自分で「しゃぶしゃぶ」するんですよ。お箸でお肉を一枚ずつとって、だし汁の中でこうして振りながら火を通します。
o.kya.ku.sa.ma.ga.go.ji.bu.n.de.「sha.bu.sha.bu」.su.ru.n.de.su.yo。o.ha.shi.de.o.ni.ku.o.i.chi.ma.i.zu.tsu.to.t.te、da.shi.ji.ru.no.na.ka.de.ko.o.shi.te.fu.ri.na.ga.ra.hi.o.to.o.shi.ma.su

感覺肉會從筷子掉落…。

肉がお箸から落ちそう…。

ni.ku.ga.o.ha.shi.ka.ra.o.chi.so.o…

 好了，肉顏色變了後拿起來。請沾取自己喜歡的醬料品嚐。很燙喔，請小心。

はい、お肉の色が変わったら引き上げて。お好みのタレをつけてお召し上がりください。熱いので気をつけてくださいね。

ha.i.o.ni.ku.no.i.ro.ga.ka.wa.t.ta.ra.hi.ki.a.ge.te。o.ko.no.mi.no.ta.re.o.tsu.ke.te.o.me.shi.a.ga.ri.ku.da.sa.i。a.tsu.i.no.de.ki.o.tsu.ke.te.ku.da.sa.i.ne

好燙。

あちち。

a.chi.chi

 因為肉會產生「雜質」，請隨時將雜質撈起來。

お肉から「アク」が出てきますので、時々アクをすくってくださいね。

o.ni.ku.ka.ra.「a.ku」.ga.de.te.ki.ma.su.no.de、to.ki.do.ki.a.ku.o.su.ku.t.te.ku.da.sa.i.ne

 青菜也很入味很好吃。

野菜にもだしが染みておいしいです。

ya.sa.i.ni.mo.da.shi.ga.shi.mi.te.o.i.shi.i.de.su

最後請將麵或年糕放入湯裡食用。因為會吸收肉和青菜的精華，所以非常好吃哟。

最後にだし汁の中に麺やお餅を入れてお召し上がりください。お肉やお野菜のうまみが染みこんで、とてもおいしくなりますよ。

sa.i.go.ni.da.shi.ji.ru.no.na.ka.ni.me.n.ya.o.mo.chi.o.i.re.te.o.me.shi.a.ga.ri.ku.da.sa.i。o.ni.ku.ya.o.ya.sa.i.no.u.ma.mi.ga.shi.mi.ko.n.de、to.te.mo.o.i.shi.ku.na.ri.ma.su.yo

 涮涮鍋的相關用語　♪ 078

| 葉菜類 葉野菜 ha.ya.sa.i | 白菜 白菜 ha.ku.sa.i | 水菜 水菜 mi.zu.na | 蔥 ねぎ ne.gi |
|---|---|---|---|
| 茼蒿 春菊 shu.n.gi.ku | | | |

| 菇類<br>**キノコ類**<br>ki.no.ko.ru.i | 香菇<br>**しいたけ**<br>shi.i.ta.ke | 舞菇<br>**まいたけ**<br>ma.i.ta.ke | 鴻喜菇<br>**しめじ**<br>shi.me.ji |
| --- | --- | --- | --- |
| 金針菇<br>**えのき**<br>e.no.ki | 杏鮑菇<br>**エリンギ**<br>e.ri.n.gi | | |

| 麵類<br>**麺類**<br>me.n.ru.i | 葛粉麵<br>**くずきり**<br>ku.zu.ki.ri | 烏龍麵<br>**うどん**<br>u.do.n | 麵線<br>**そうめん**<br>so.o.me.n |
| --- | --- | --- | --- |

| 其他<br>**その他**<br>so.no.ta | 薄片肉（涮涮鍋用。豬肉／牛肉）<br>**薄切り肉（しゃぶしゃぶ用。豚肉／牛肉）**<br>u.su.gi.ri.ni.ku (sha.bu.sha.bu.yo.o。 bu.ta.ni.ku　gyu.u.ni.ku) | | |
| --- | --- | --- | --- |
| 豆腐<br>**豆腐**<br>to.o.fu | 紅蘿蔔<br>**人参**<br>ni.n.ji.n | 年糕薄片<br>**薄切り餅**<br>u.su.gi.ri.mo.chi | |

| 沾醬<br>**タレ**<br>ta.re | 柚子醋<br>**ポン酢**<br>po.n.zu | 白蘿蔔泥柚子醋<br>**おろしポン酢**<br>o.ro.shi.po.n.zu | 芝麻醬<br>**ゴマだれ**<br>go.ma.da.re |
| --- | --- | --- | --- |
| 味噌醬<br>**味噌だれ**<br>mi.so.da.re | | | |

# 壽喜燒

🎵 079

## 關東吃法

**1** 在壽喜燒鍋內放入醬汁，然後烹煮肉和青菜等食材。

すき焼き鍋に割下を入れて、お肉とお野菜などの具材を煮ます。
su.ki.ya.ki.na.be.ni.wa.ri.shi.ta.o.i.re.te. o.ni.ku.to.o.ya.sa.i. na.do.no.gu.za.i.o.ni.ma.su

**2** 煮熟後，沾取打散的蛋汁食用。

火が通ったら、溶き卵につけてお召し上がりください。
hi.ga.to.o.t.ta.ra. to.ki.ta.ma.go.ni.tsu.ke.te.o.me.shi.a.ga. ri.ku.da.sa.i

## 關西吃法

**1** 將牛油放入熱過的壽喜燒鍋內使其融化。

熱したすき焼き鍋に牛脂を入れて溶かします。
ne.s.shi.ta.su.ki.ya.ki.na.be.ni.gyu.u.shi.o.i.re.te.to.ka.shi. ma.su

**2** 然後放進牛肉煎烤。肉烤熟後，放入砂糖、料理酒、醬油。

そこに牛肉を入れて焼きます。肉が焼けたら、お砂糖・料理酒・しょうゆを入れます。
so.ko.ni.gyu.u.ni.ku.o.i.re.te.ya.ki.ma.su. ni.ku.ga.ya.ke.ta. ra. o.sa.to.o・ryo.o.ri.shu・sho.o.yu.o.i.re.ma.su

**3** 再放入剩下的食材煮熟。青菜會出水。如果水分不夠的話，請追加湯汁。

残りの具材を入れて火を通します。水分はお野菜から出てきます。水分が足りなかったら、だし汁を追加してください。
no.ko.ri.no.gu.za.i.o.i.re.te.hi.o.to.o.shi.ma.su. su.i.bu.n.wa. o.ya.sa.i.ka.ra.de.te.ki.ma.su. su.i.bu.n.ga.ta.ri.na.ka.t.ta.ra. da.shi.ji.ru.o.tsu.i.ka.shi.te.ku.da.sa.i

**4** 煮熟之後就完成了。請沾取打散的蛋汁食用。

火が通ったら出来上がりです。溶き卵をつけてお召し上がりください。
hi.ga.to.o.t.ta.ra.de.ki.a.ga.ri.de.su. to.ki.ta.ma.go.o.tsu.ke. te.o.me.shi.a.ga.ri.ku.da.sa.i

| 5 | 最後放入煮過的烏龍麵，烏龍麵會吸取食材的精華，很好吃哦。 | 最後にゆでたうどんを入れて召し上がると、旨みが染みこんでおいしいですよ。<br>sa.i.go.ni.yu.de.ta.u.do.n.o.i.re.te.me.shi.a.ga.ru.to. u.ma.<br>mi.ga.shi.mi.ko.n.de.o.i.shi.i.de.su.yo |
|---|---|---|

## 壽喜燒的相關用語

| 壽喜燒<br>**すき焼き**<br>su.ki.ya.ki | 調味料（混合了醬油、砂糖、味醂、酒的調味料）<br>**割下（しょうゆ・砂糖・みりん・酒を混ぜた調味料）**<br>wa.ri.shi.ta(sho.o.yu・sa.to.o・mi.ri.n・sa.ke.o.ma.ze.ta.cho.o.mi.ryo.o) | | |
|---|---|---|---|
| 牛油<br>**牛脂**<br>gyu.u.shi | 牛肉<br>**牛肉**<br>gyu.u.ni.ku | 白菜<br>**白菜**<br>ha.ku.sa.i | 白蔥<br>**白ねぎ**<br>shi.ro.ne.gi |
| 蒟蒻粉絲<br>**しらたき（糸こんにゃく）**<br>shi.ra.ta.ki(i.to.ko.n.nya.ku) | | 香菇<br>**シイタケ**<br>shi.i.ta.ke | 麵麩<br>**お麩**<br>o.fu |
| 烤豆腐<br>**焼き豆腐**<br>ya.ki.do.o.fu | 茼蒿<br>**春菊**<br>shu.n.gi.ku | 打散的蛋汁<br>**溶き卵**<br>to.ki.ta.ma.go | 烏龍麵<br>**うどん**<br>u.do.n |

# 大阪燒、文字燒

## 詢問吃法

 🎵 080

 讓您久等了。

> はい。お待ちどうさま。
> ha.i。o.ma.chi.do.o.sa.ma

 那個…請問這個是自己煎嗎？

> あの…これは自分で焼くんですか？
> a.no…ko.re.wa.ji.bu.n.de.ya.ku.n.de.su.ka

可以的話，讓我來幫您煎吧。

> よかったら、私が焼いてあげましょうか。
> yo.ka.t.ta.ra、wa.ta.shi.ga.ya.i.te.a.ge.ma.sho.o.ka

 好的。麻煩了。

> はい。お願いします。
> ha.i。o.ne.ga.i.shi.ma.su

 像這樣，將器皿裡的東西充分混合…倒在鐵板上…擴展成圓狀。

> こうやって、器の中身をよく混ぜて…鉄板に流して…丸く広げて。
> ko.o.ya.t.te.u.tsu.wa.no.na.ka.mi.o.yo.ku.ma.ze.te…te.p.pa.n.ni.na.ga.shi.te…ma.ru.ku.hi.ro.ge.te

在煎另外一面時，不可以用鏟子壓哦。好了。完成了。

> 裏側を焼くときは、ヘラであんまり押し付けちゃだめだよ。はい。できた。
> u.ra.ga.wa.o.ya.ku.to.ki.wa.he.ra.de.a.n.ma.ri.o.shi.tsu.ke.cha.da.me.da.yo。ha.i。de.ki.ta

 哇，好好吃的樣子。

> わぁ、おいしそう。
> wa.a、o.i.shi.so.o

澆上醬汁，灑上海苔粉和柴魚片。需要紅生薑嗎？

> ソースをかけて、青海苔とかつおぶしを振りかけて。紅生姜はいる？
> so.o.su.o.ka.ke.te、a.o.no.ri.to.ka.tsu.o.bu.shi.o.fu.ri.ka.ke.te。be.ni.sho.o.ga.wa.i.ru

 好的。

> はい。
> ha.i

 我幫您放到盤子裡。因為很燙，吃的時候請小心。

> お皿に載せてあげるね。熱いから気をつけて食べてね。
> o.sa.ra.ni.no.se.te.a.ge.ru.ne。a.tsu.i.ka.ra.ki.o.tsu.ke.te.ta.be.te.ne

PART 4 | 飲食篇

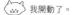 我開動了。

いただきます。
i.ta.da.ki.ma.su

## 大阪燒的相關用語 ♪ 081

| 大阪燒 | 豬肉大阪燒 | 牛肉大阪燒 | 花枝大阪燒 |
|---|---|---|---|
| お好み焼き<br>o.ko.no.mi.ya.ki | ぶた玉<br>bu.ta.ta.ma | 牛肉玉<br>gyu.u.ni.ku.ta.ma | いか玉<br>i.ka.ta.ma |
| 鮮蝦大阪燒 | 牡蠣大阪燒 | 青菜大阪燒 | |
| えび玉<br>e.bi.ta.ma | かき玉<br>ka.ki.ta.ma | 野菜玉<br>ya.sa.i.ta.ma | |

## 文字燒的相關用語

| 文字燒 | 豬肉文字燒 | 麻糬明太子起司 | 綜合文字燒 |
|---|---|---|---|
| もんじゃ焼き<br>mo.n.ja.ya.ki | 豚もんじゃ<br>bu.ta.mo.n.ja | もち明太子チーズ<br>mo.chi.me.n.ta.i.ko.chi.i.zu | ミックスもんじゃ<br>mi.k.ku.su.mo.n.ja |
| 豬肉泡菜 | 香蔥鹽烤牛五花 | | 豪華特選文字燒 |
| 豚キムチ<br>bu.ta.ki.mu.chi | ネギ塩カルビもんじゃ<br>ne.gi.shi.o.ka.ru.bi.mo.n.ja | | デラックスもんじゃ<br>de.ra.k.ku.su.mo.n.ja |
| 鹽烤海鮮文字燒 | 和風梅香文字燒 | | |
| 海鮮塩もんじゃ<br>ka.i.se.n.shi.o.mo.n.ja | 和風梅もち<br>wa.fu.u.me.mo.chi | | |

| 配料 | 豬肉 | 牛肉 | 絞肉 |
|---|---|---|---|
| 具材<br>gu.za.i | 豚肉<br>bu.ta.ni.ku | 牛肉<br>gyu.u.ni.ku | ひき肉<br>hi.ki.ni.ku |
| 鹹牛肉 | 培根 | 花枝 | 帆立貝 |
| コンビーフ<br>ko.n.bi.i.fu | ベーコン<br>be.e.ko.n | いか<br>i.ka | ほたて<br>ho.ta.te |

| 蝦<br>**海老**<br>e.bi | 櫻花蝦<br>**桜海老**<br>sa.ku.ra.e.bi | 明太子<br>**明太子**<br>me.n.ta.i.ko | 柴魚片<br>**鰹節**<br>ka.tsu.o.bu.shi |
|---|---|---|---|
| 高麗菜<br>**キャベツ**<br>kya.be.tsu | 玉米<br>**コーン**<br>ko.o.n | 蔥<br>**ねぎ**<br>ne.gi | 山藥<br>**山芋**<br>ya.ma.i.mo |
| 紅生薑<br>**紅生姜**<br>be.ni.sho.o.ga | 海苔粉<br>**青海苔**<br>a.o.no.ri | 蛋<br>**卵**<br>ta.ma.go | 咖哩<br>**カレー**<br>ka.re.e |
| 點心麵<br>**ベビースター**<br>be.bi.i.su.ta.a | 麻糬<br>**餅**<br>mo.chi | 起司<br>**チーズ**<br>chi.i.zu | 泡菜<br>**キムチ**<br>ki.mu.chi |
| 蛋酥<br>**揚げ玉**<br>a.ge.da.ma | 美奶滋<br>**マヨネーズ**<br>ma.yo.ne.e.zu | 醬汁<br>**ソース**<br>so.o.su | |

## 🍴 烤雞肉串的相關用語

| 烤雞肉串<br>**焼き鳥**<br>ya.ki.to.ri | 鹽<br>**塩**<br>shi.o | 醬汁<br>**タレ**<br>ta.re | 瘦雞肉<br>**正肉**<br>sho.o.ni.ku |
|---|---|---|---|
| 雞肉<br>**かしわ**<br>ka.shi.wa | 雞腿肉<br>**もも肉**<br>mo.mo.ni.ku | 雞胸肉<br>**むね肉**<br>mu.ne.ni.ku | 雞皮<br>**とり皮**<br>to.ri.ka.wa |
| 軟骨<br>**軟骨**<br>na.n.ko.tsu | 雞肉串<br>**つくね**<br>tsu.ku.ne | 雞脖子（脖子的周圍）<br>**せせり・ネック**<br>se.se.ri・ne.k.ku | 雞心<br>**ハツ**<br>ha.tsu |
| 雞胗、雞腱<br>**ずり・砂ずり、砂肝（砂囊）**<br>zu.ri・su.na.zu.ri、su.na.gi.mo(sa.no.o) | | 雞肝<br>**レバー・肝**<br>re.ba.a・ki.mo | 雞屁股<br>**ぼんちり**<br>bo.n.chi.ri |

183

| 雞脾 | 蔥 | 鵪鶉蛋 |
|---|---|---|
| **まめ・まめ肝**<br>ma.me・ma.me.ki.mo | **ねぎ**<br>ne.gi | **うずら卵**<br>u.zu.ra.ta.ma.go |

| 雞翅膀 | 土雞 | 蘆筍 | 獅子唐辛子 |
|---|---|---|---|
| **手羽先**<br>te.ba.sa.ki | **地鶏**<br>ji.do.ri | **アスパラガス**<br>a.su.pa.ra.ga.su | **ししとう**<br>shi.shi.to.o |

**關東煮的相關用語**

| 關東煮 | 竹輪麩 | 蒟蒻 | 白蘿蔔 |
|---|---|---|---|
| **おでん**<br>o.de.n | **ちくわぶ**<br>chi.ku.wa.bu | **こんにゃく**<br>ko.n.nya.ku | **大根**<br>da.i.ko.n |
| 水煮蛋 | 魚板 | 蒟蒻粉絲 | 油豆腐 |
| **ゆで玉子**<br>yu.de.ta.ma.go | **はんぺん**<br>ha.n.pe.n | **しらたき**<br>shi.ra.ta.ki | **厚揚げ（生揚げ）**<br>a.tsu.a.ge (na.ma.a.ge) |
| 牛筋串 | 馬鈴薯 | 炸豆腐包 | 炸魚餅 |
| **牛すじ串**<br>gyu.u.su.ji.ku.shi | **じゃがいも**<br>ja.ga.i.mo | **がんもどき**<br>ga.n.mo.do.ki | **さつま揚げ**<br>sa.tsu.ma.a.ge |
| 油豆腐包（裡面有麻糬） | | 海帶結 | 竹輪 |
| **巾着**<br>ki.n.cha.ku | | **結び昆布**<br>mu.su.bi.ko.n.bu | **ちくわ**<br>chi.ku.wa |
| 燻肉香腸 | 銀杏 | 魚丸 | 高湯 |
| **ウインナー**<br>u.i.n.na.a | **銀杏**<br>gi.n.na.n | **つみれ**<br>tsu.mi.re | **だし汁**<br>da.shi.ji.ru |

攤販

| 攤販<br>**屋台**<br>ya.ta.i | 炒麵<br>**焼きそば**<br>ya.ki.so.ba | 章魚燒<br>**たこ焼き**<br>ta.ko.ya.ki | 烤玉米<br>**焼きとうもろこし**<br>ya.ki.to.o.mo.ro.ko.shi |
|---|---|---|---|
| 烤花枝<br>**いか焼き**<br>i.ka.ya.ki | 鯛魚燒<br>**たい焼き**<br>ta.i.ya.ki | 奶油烤馬鈴薯<br>**じゃがバター**<br>ja.ga.ba.ta.a | 紅豆餅<br>**今川焼き**<br>i.ma.ga.wa.ya.ki |
| 烤粟子<br>**天津甘栗**<br>te.n.shi.n.a.ma.gu.ri | 剉冰<br>**かき氷**<br>ka.ki.go.o.ri | 彈珠汽水<br>**ラムネ**<br>ra.mu.ne | 棉花糖<br>**わた飴**<br>wa.ta.a.me |
| 蘋果糖<br>**りんご飴**<br>ri.n.go.a.me | 紅豆糖<br>**あんず飴**<br>a.n.zu.a.me | 鱉甲糖<br>**べっ甲飴**<br>be.k.ko.o.a.me | 麥芽糖<br>**水飴**<br>mi.zu.a.me |
| 沾醬煎餅<br>**ソースせんべい**<br>so.o.su.se.n.be.i | 香蕉巧克力<br>**チョコバナナ**<br>cho.ko.ba.na.na | 雞蛋糕<br>**ベビーカステラ**<br>be.bi.i.ka.su.te.ra | 爆米花<br>**ポップコーン**<br>po.p.pu.ko.o.n |

PART 4｜飲食篇

185

### 點餐

♪ 082

 歡迎光臨。請問決定好要點什麼了嗎？

いらっしゃいませ。ご注文はおきまりですか。

i.ra.s.sha.i.ma.se。go.chu.u.mo.n.wa.o.ki.ma.ri.de.su.ka

 那個。我要漢堡，小薯和中杯的柳橙汁。

ええと。ハンバーガーとポテトのSとオレンジジュースMサイズ。

e.e.to。ha.n.ba.ga.a.to.po.te.to.no.e.su.to.o.re.n.ji.ju.u.su.e.mu.sa.i.zu

 如果薯條改成中的，就會是套餐價，比較划算哦。

ポテトをMサイズにされると、セット料金になってお得ですよ。

po.te.to.o.e.mu.sa.i.zu.ni.sa.re.ru.to、se.t.to.ryo.o.ki.n.ni.na.t.te.o.to.ku.de.su.yo

 那，我要中的。

それなら、Mにします。

so.re.na.ra、e.mu.ni.shi.ma.su

 謝謝。現在有促銷活動，冰淇淋減價100日圓，請問要一起點嗎？

ありがとうございます。ただ今、キャンペーンでアイスが100円引きですが、ご一緒にどうですか。

a.ri.ga.to.o.go.za.i.ma.su。ta.da.i.ma、kya.n.pe.e.n.de.a.i.su.ga.hya.ku.e.n.bi.ki.de.su.ga、go.i.s.sho.ni.do.o.de.su.ka

 嗯。冰淇淋不用了。

うーん。アイスはいいです。

u.u.n。a.i.su.wa.i.i.de.su

 久等了。那麼，漢堡和中薯，和中杯柳橙汁，總共430日圓。請問是內用嗎？

失礼しました。では、ハンバーガーとポテトのMとオレンジジュースのMで、430円になります。店内でお召し上がりですか。

shi.tsu.re.i.shi.ma.shi.ta。de.wa、ha.n.ba.ga.a.to.po.te.to.no.e.mu.to.o.re.n.ji.ju.u.su.no.e.mu.de.yo.n.hya.ku.sa.n.ju.u.e.n.ni.na.ri.ma.su。te.n.na.i.de.o.me.shi.a.ga.ri.de.su.ka

 不，外帶。

いえ、テイクアウトで。

i.e、te.i.ku.a.u.to.de

186

我知道了，為您裝在袋子裡。由於果汁容易打翻，請您小心地帶回去。

かしこまりました。袋にお入れいたします。ジュースが倒れやすいので、気をつけてお持ち帰りください。

ka.shi.ko.ma.ri.ma.shi.ta。fu.ku.ro.ni.o.i.re.i.ta.shi.ma.su。
ju.u.su.ga.ta.o.re.ya.su.i.no.de. ki.o.tsu.ke.te.o.mo.chi.ka.
e.ri.ku.da.sa.i

## 速食店的相關用語 ♪ 083

| 速食店<br>ファーストフード<br>fa.a.su.to.fu.u.do | 漢堡<br>ハンバーガー<br>ha.n.ba.a.ga.a | 起司漢堡<br>チーズバーガー<br>chi.i.zu.ba.a.ga.a | 照燒漢堡<br>てりやきバーガー<br>te.ri.ya.ki.ba.a.ga.a |
|---|---|---|---|
| 魚漢堡<br>フィッシュバーガー<br>fi.s.shu.ba.a.ga.a | 培根萵苣漢堡<br>ベーコンレタスバーガー<br>be.e.ko.n.re.ta.su.ba.a.ga.a | | 雞肉漢堡<br>チキンバーガー<br>chi.ki.n.ba.a.ga.a |
| 雙層漢堡<br>Wバーガー<br>da.bu.ru.ba.a.ga.a | 可樂餅漢堡<br>コロッケバーガー<br>ko.ro.k.ke.ba.a.ga.a | 米漢堡<br>ライスバーガー<br>ra.i.su.ba.a.ga.a | 熱狗<br>ホットドッグ<br>ho.t.to.do.g.gu |
| 法蘭克福香腸<br>フランクフルト<br>fu.ra.n.ku.fu.ru.to | 雞排堡<br>チキンフィレオ<br>chi.ki.n.fi.re.o | 蝦肉堡<br>えびフィレオ<br>e.bi.fi.re.o | |

| 副餐<br>サイドメニュー<br>sa.i.do.me.nyu.u | 炸薯條<br>フライドポテト<br>fu.ra.i.do.po.te.to | 薯餅<br>ハッシュポテト<br>ha.s.shu.po.te.to | 炸雞<br>フライドチキン<br>fu.ra.i.do.chi.ki.n |
|---|---|---|---|
| 雞塊<br>チキンナゲット<br>chi.ki.n.na.ge.t.to | 洋蔥圈<br>オニオンリング<br>o.ni.o.n.ri.n.gu | | |

| 湯品 | 玉米濃湯 | | |
|---|---|---|---|
| スープ<br>su.u.pu | コーンスープ<br>ko.o.n.su.u.pu | | |

| 沙拉 | 玉米沙拉 | 涼拌沙拉 | 野菜沙拉 |
|---|---|---|---|
| サラダ<br>sa.ra.da | コーンサラダ<br>ko.o.n.sa.ra.da | コールスローサラダ<br>ko.o.ru.su.ro.o.sa.ra.da | グリーンサラダ<br>gu.ri.i.n.sa.ra.da |

| 甜點 | 蘋果派 | 鬆餅 | 聖代 |
|---|---|---|---|
| デザート<br>de.za.a.to | アップルパイ<br>a.p.pu.ru.pa.i | ホットケーキ<br>ho.t.to.ke.e.ki | パフェ<br>pa.fe |
| 瑪芬 | 霜淇淋 | 冰淇淋 | 優格 |
| マフィン<br>ma.fi.n | ソフトクリーム<br>so.fu.to.ku.ri.i.mu | アイスクリーム<br>a.i.su.ku.ri.i.mu | ヨーグルト<br>yo.o.gu.ru.to |

| 飲料 | 冰紅茶 | 可樂 | 咖啡 |
|---|---|---|---|
| ドリンク<br>do.ri.n.ku | アイスティー<br>a.i.su.ti.i | コーラ<br>ko.o.ra | コーヒー<br>ko.o.hi.i |
| 果汁 | 烏龍茶 | 奶昔 | 牛奶 |
| ジュース<br>ju.u.su | ウーロン茶<br>u.u.ro.n.cha | シェイク<br>she.i.ku | ミルク<br>mi.ru.ku |
| 可可亞 | 薑汁汽水 | | |
| ココア<br>ko.ko.a | ジンジャーエール<br>ji.n.ja.a.e.e.ru | | |

| 套餐 | 早餐套餐 | ○○套餐 | |
|---|---|---|---|
| コース<br>ko.o.su | モーニングセット<br>mo.o.ni.n.gu.se.t.to | ○○セット<br>○○.se.t.to | |

188

| 西式料理<br>洋食<br>yo.o.sho.ku | 歐姆蛋<br>オムレツ<br>o.mu.re.tsu | 蛋包飯<br>オムライス<br>o.mu.ra.i.su | 咖哩飯<br>カレーライス<br>ka.re.e.ra.i.su |
|---|---|---|---|
| 牛肉燉飯<br>ハヤシライス<br>ha.ya.shi.ra.i.su | 燉肉<br>シチュー<br>shi.chu.u | 可樂餅<br>コロッケ<br>ko.ro.k.ke | 高麗菜卷<br>ロールキャベツ<br>ro.o.ru.kya.be.tsu |
| 炸蝦<br>エビフライ<br>e.bi.fu.ra.i | 炸牡蠣<br>カキフライ<br>ka.ki.fu.ra.i | 炸豬排／炸牛排<br>カツレツ<br>ka.tsu.re.tsu | 炸豬牛肉排<br>メンチカツ<br>me.n.chi.ka.tsu |
| 焗烤<br>グラタン<br>gu.ra.ta.n | 焗飯<br>ドリア<br>do.ri.a | 披薩<br>ピザ<br>pi.za | 鹹派<br>キッシュ<br>ki.s.shu |

🐱 義式料理相關用語

| 義式料理<br>イタリアン<br>i.ta.ri.a.n | 義式烤麵包<br>ブルスケッタ<br>bu.ru.su.ke.t.ta | 法式醬糜<br>テリーヌ<br>te.ri.i.nu | 鯷魚<br>アンチョビ<br>a.n.cho.bi |
|---|---|---|---|
| 橄欖油<br>オリーブオイル<br>o.ri.i.bu.o.i.ru | 番茄<br>トマト<br>to.ma.to | 羅勒<br>バジル、バジリコ<br>ba.ji.ru、ba.ji.ri.ko | 義大利麵<br>パスタ<br>pa.su.ta |
| 義大利麵<br>スパゲッティ<br>su.pa.ge.t.ti | 斜管麵<br>ペンネ<br>pe.n.ne | 千層麵<br>ラザニア<br>ra.za.ni.a | 燉飯<br>リゾット<br>ri.zo.t.to |
| 義大利水餃<br>ラビオリ<br>ra.bi.o.ri | 寬扁麵<br>タリアテッレ<br>ta.ri.a.te.r.re | 通心粉<br>マカロニ<br>ma.ka.ro.ni | 麵粉或馬鈴薯做的糰子<br>ニョッキ<br>nyo.k.ki |
| 義大利寬扁麵<br>フィットチーネ<br>fi.t.to.chi.i.ne | 佛卡夏<br>フォカッチャ<br>fo.ka.c.cha | 炸米飯糰<br>アランチーニ（ライスコロッケ）<br>a.ra.n.chi.i.ni (ra.i.su.ko.ro.k.ke) | |

| 帕尼尼三明治 | 義大利蔬菜湯 | 煙燻火腿 | 義大利燻肉捲 |
|---|---|---|---|
| パニーニ | ミネストローネ | プロシュート | サルティンボッカ |
| pa.ni.i.ni | mi.ne.su.to.ro.o.ne | pu.ro.shu.u.to | sa.ru.ti.n.bo.k.ka |

| 起司 | 戈爾根朱勒乾酪 | 義大利軟乳酪 | 義大利白乾酪 |
|---|---|---|---|
| チーズ | ゴルゴンゾーラ | マスカルポーネ | モッツァレラ |
| chi.i.zu | go.ru.go.n.zo.o.ra | ma.su.ka.ru.po.o.ne | mo.t.tsa.re.ra |

| 甜點 | 義大利冰淇淋 | 提拉米蘇 | 義式奶酪 |
|---|---|---|---|
| デザート | ジェラート | ティラミス | パンナコッタ |
| de.za.a.to | je.ra.a.to | ti.ra.mi.su | pa.n.na.ko.t.ta |

| 水果沙拉 | | | |
|---|---|---|---|
| マチェドニア | | | |
| ma.che.do.ni.a | | | |

| 比薩皮 | 厚餅皮 | | 薄脆餅皮 |
|---|---|---|---|
| ピザ生地 | ハンドトス（ふっくら） | | クリスピー（薄い） |
| pi.za.ki.ji | ha.n.do.to.su （fu.k.ku.ra） | | ku.ri.su.pi.i（u.su.i） |

| 義大利麵 | 茄汁 | 墨汁 | 奶油醬・白醬 |
|---|---|---|---|
| スパゲッティ | アマトリチャーナ | イカ墨 | クリームソース |
| su.pa.ge.t.ti | a.ma.to.ri.cha.a.na | i.ka.su.mi | ku.ri.i.mu.so.o.su |

| 番茄肉醬 | 肉醬 | 蒜香辣味義大利麵 | 青醬義大利麵 |
|---|---|---|---|
| ボロネーゼ | ミートソース | ペペロンチーノ | ジェノベーゼ |
| bo.ro.ne.e.ze | mi.i.to.so.o.su | pe.pe.ro.n.chi.i.no | je.no.be.e.ze |

| 茄汁海鮮義大利麵 | 辣醬義大利麵 | 番茄義大利麵 | 蛤蠣麵 |
|---|---|---|---|
| ペスカトーレ | アラビアータ | ポモドーロ | ボンゴレ |
| pe.su.ka.to.o.re | a.ra.bi.a.a.ta | po.mo.do.o.ro | bo.n.go.re |

| 日式義大利麵 | 鱈魚子意大利麵 | 奶油培根麵 |
|---|---|---|
| 和風スパゲティ | たらこスパゲティ | カルボナーラ |
| wa.fu.u.su.pa.ge.ti | ta.ra.ko.su.pa.ge.ti | ka.ru.bo.na.a.ra |

 **日式甜點** ♪085

| 日式甜點 | 雛米果 | 賞櫻時吃的點心 | 櫻餅 |
|---|---|---|---|
| わ が し<br>和菓子 | ひなあられ | はな み だん ご<br>花見団子 | さくらもち<br>桜餅 |
| wa.ga.shi | hi.na.a.ra.re | ha.na.mi.da.n.go | sa.ku.ra.mo.chi |

| 柏餅 | 粽子 | 金鍔 | 葛粉豆沙餅 |
|---|---|---|---|
| かしわもち<br>柏餅 | ちまき | きん<br>金つば | くずざくら<br>葛桜 |
| ka.shi.wa.mo.chi | chi.ma.ki | ki.n.tsu.ba | ku.zu.za.ku.ra |

| 水羊羹 | 萩餅 | 賞月時吃的點心 | 黑豆 |
|---|---|---|---|
| みずようかん<br>水羊羹 | おはぎ | つき み だん ご<br>月見団子 | くろ まめ<br>黒豆 |
| mi.zu.yo.o.ka.n | o.ha.gi | tsu.ki.mi.da.n.go | ku.ro.ma.me |

| 栗子饅頭 | 最中 | 大福 | 煎餅 |
|---|---|---|---|
| くりまんじゅう<br>栗饅頭 | も なか<br>最中 | だい ふくもち<br>大福餅 | せん べい<br>煎餅 |
| ku.ri.ma.n.ju.u | mo.na.ka | da.i.fu.ku.mo.chi | se.n.be.i |

| 銅鑼燒 | 車輪餅 | 生八橋 | 外郎糕 |
|---|---|---|---|
| やき<br>どら焼 | いまがわやき<br>今川焼 | なま や はし<br>生八ツ橋 | ういろう |
| do.ra.ya.ki | i.ma.ga.wa.ya.ki | na.ma.ya.tsu.ha.shi | u.i.ro.o |

| 蜂蜜蛋糕 | 花林糖 | 甜納豆 | 霰餅・欠餅 |
|---|---|---|---|
| カステラ | かりんとう | あまなっとう<br>甘納豆 | あられ・おかき |
| ka.su.te.ra | ka.ri.n.to.o | a.ma.na.t.to.o | a.ra.re・o.ka.ki |

| 有平糖 | 粗粒 | 懷中汁粉 | 求肥 |
|---|---|---|---|
| あるへいとう<br>有平糖 | おこし | かいちゅう<br>懐中しるこ | ぎゅう ひ<br>求肥 |
| a.ru.he.i.to.o | o.ko.shi | ka.i.chu.u.shi.ru.ko | gyu.u.hi |

| 落雁 | | | |
|---|---|---|---|
| らくがん<br>落雁 | | | |
| ra.ku.ga.n | | | |

🍴 PART 4｜飲食篇

191

| 甜甜圈 | 蛋糕甜甜圈 | 酵母甜甜圈 | 蜜糖法蘭奇 |
|---|---|---|---|
| **ドーナツ**<br>do.o.na.tsu | **ケーキドーナツ**<br>ke.e.ki.do.o.na.tsu | **イーストドーナツ**<br>i.i.su.to.do.o.na.tsu | **フレンチクルーラー**<br>fu.re.n.chi.ku.ru.u.ra.a |
| 傳統甜甜圈 | | 可可亞甜甜圈 | 貝果 |
| **オールドファッション**<br>o.o.ru.do.fa.s.sho.n | | **ココアドーナツ**<br>ko.ko.a.do.o.na.tsu | **ベーグル**<br>be.e.gu.ru |
| 勁嚼甜甜圈 | 波浪甜甜圈 | 餅乾煎餅 | 吉拿棒 |
| **もちもちドーナツ**<br>mo.chi.mo.chi.do.o.na.tsu | **ウェーブドーナツ**<br>we.e.bu.do.o.na.tsu | **クッキークルーラー**<br>ku.k.ki.i.ku.ru.u.ra.a | **チュロス**<br>chu.ro.su |

| 口味・配料 | 原味 | 糖 | 肉桂 |
|---|---|---|---|
| **味・トッピング**<br>a.ji・to.p.pi.n.gu | **プレーン**<br>pu.re.e.n | **シュガー**<br>shu.ga.a | **シナモン**<br>shi.na.mo.n |
| 可可亞 | 摩卡 | 巧克力 | 椰子 |
| **ココア**<br>ko.ko.a | **モカ**<br>mo.ka | **チョコレート**<br>cho.ko.re.e.to | **ココナツ**<br>ko.ko.na.tsu |
| 蜂蜜 | 黃豆 | 抹茶 | 草莓 |
| **ハニー**<br>ha.ni.i | **きなこ**<br>ki.na.ko | **抹茶**<br>ma.c.cha | **ストロベリー**<br>su.to.ro.be.ri.i |
| 鮮奶油 | 卡士達 | 花生 | 紅豆 |
| **生クリーム**<br>na.ma.ku.ri.i.mu | **カスタード**<br>ka.su.ta.a.do | **ナッツ**<br>na.t.tsu | **あんこ**<br>a.n.ko |

| 可麗餅點心 | 巧克力 | 杏仁 | 起司 |
|---|---|---|---|
| **デザートクレープ**<br>de.za.a.to.ku.re.e.pu | **チョコレート**<br>cho.ko.re.e.to | **アーモンド**<br>a.a.mo.n.do | **チーズ**<br>chi.i.zu |

| 藍苺 | 草莓 | 奇異果 | 橘子 |
|---|---|---|---|
| ブルーベリー | ストロベリー | キウイフルーツ | オレンジ |
| bu.ru.u.be.ri.i | su.to.ro.be.ri.i | ki.u.i.fu.ru.u.tsu | o.re.n.ji |

| 蘋果 | 桃子 | 鳳梨 | 栗子奶油 |
|---|---|---|---|
| アップル | ピーチ | パイナップル | マロンクリーム |
| a.p.pu.ru | pi.i.chi | pa.i.na.p.pu.ru | ma.ro.n.ku.ri.i.mu |

| 香蕉 | 芒果 | 杏桃 | 葡萄乾 |
|---|---|---|---|
| バナナ | マンゴー | アプリコット | レーズン |
| ba.na.na | ma.n.go.o | a.pu.ri.ko.t.to | re.e.zu.n |

| 布丁 | 楓糖糖漿 | 焦糖 | 蜂蜜 |
|---|---|---|---|
| プリン | メイプルシロップ | キャラメル | 蜂蜜 |
| pu.ri.n | me.i.pu.ru.shi.ro.p.pu | kya.ra.me.ru | ha.chi.mi.tsu |

| 煉乳 | 鮮奶油 | 卡士達 | 冰淇淋 |
|---|---|---|---|
| 練乳 | 生クリーム | カスタード | アイスクリーム |
| re.n.nyu.u | na.ma.ku.ri.i.mu | ka.su.ta.a.do | a.i.su.ku.ri.i.mu |

| 抹茶 | 紅豆 | 湯圓 | |
|---|---|---|---|
| 抹茶 | あずき | 白玉 | |
| ma.c.cha | a.zu.ki | shi.ra.ta.ma | |

| 可麗餅沙拉 | 培根蛋 | 鮪魚沙拉 | 火腿蛋 |
|---|---|---|---|
| サラダクレープ | ベーコンエッグ | ツナサラダ | ハムエッグ |
| sa.ra.da.ku.re.e.pu | be.e.ko.n.e.g.gu | tsu.na.sa.ra.da | ha.mu.e.g.gu |

| 香腸 | 凱撒沙拉 | 生火腿 | 番茄沙拉 |
|---|---|---|---|
| ソーセージ | シーザーサラダ | 生ハム | トマトサラダ |
| so.o.se.e.ji | shi.i.za.a.sa.ra.da | na.ma.ha.mu | to.ma.to.sa.ra.da |

| 鮭魚 | 雞肉 | 蝦 | |
|---|---|---|---|
| サーモン | チキン | えび | |
| sa.a.mo.n | chi.ki.n | e.bi | |

| 麵包 | 吐司 | 可頌 | 丹麥麵包 |
|---|---|---|---|
| パン | 食パン | クロワッサン | デニッシュ |
| pa.n | sho.ku.pa.n | ku.ro.wa.s.sa.n | de.ni.s.shu |
| 奶油捲 | 貝果 | 法國麵包 | 餐包 |
| バターロール | ベーグル | フランスパン | コッペパン |
| ba.ta.a.ro.o.ru | be.e.gu.ru | fu.ra.n.su.pa.n | ko.p.pe.pa.n |
| 水蒸麵包 | 奶油麵包 | 巧克力螺旋麵包 | 葡萄麵包 |
| 蒸パン | クリームパン | チョココロネ | ぶどうパン |
| mu.shi.pa.n | ku.ri.i.mu.pa.n | cho.ko.ko.ro.ne | bu.do.o.pa.n |
| 裸麥麵包 | 炸麵包 | 紅豆麵包 | 豌豆麵包 |
| ライ麦パン | 揚げパン | あんぱん | うぐいすパン |
| ra.i.mu.gi.pa.n | a.ge.pa.n | a.n.pa.n | u.gu.i.su.pa.n |
| 菠蘿麵包 | 果醬麵包 | 造型麵包 | 咖哩麵包 |
| メロンパン | ジャムパン | キャラクターパン | カレーパン |
| me.ro.n.pa.n | ja.mu.pa.n | kya.ra.ku.ta.a.pa.n | ka.re.e.pa.n |
| 肉桂捲 | 三明治 | 炒麵麵包 | |
| シナモンロール | サンドイッチ | 焼きそばパン | |
| shi.na.mo.n.ro.o.ru | sa.n.do.i.c.chi | ya.ki.so.ba.pa.n | |

## 酒類 ⏀ 086

| 酒精飲料 | 啤酒 | 葡萄酒 | 琴酒 |
|---|---|---|---|
| アルコールドリンク | ビール | ワイン | ジン |
| a.ru.ko.o.ru.do.ri.n.ku | bi.i.ru | wa.i.n | ji.n |
| 伏特加 | 布蘭地 | 萊姆酒 | 水果酒 |
| ウォッカ | ブランデー | ラム | 果実酒 |
| wo.k.ka | bu.ra.n.de.e | ra.mu | ka.ji.tsu.shu |

| 威士忌 | 威士忌蘇打 | 燒酒 | 水果調酒 |
|---|---|---|---|
| **ウイスキー**<br>wu.i.su.ki.i | **ハイボール**<br>ha.i.bo.o.ru | **焼酒**<br>しょうちゅう<br>sho.o.chu.u | **チューハイ**<br>chu.u.ha.i |

| 沙瓦 | 調酒 | 加水稀釋・加冰塊 | 日本酒 |
|---|---|---|---|
| **サワー**<br>sa.wa.a | **カクテル**<br>ka.ku.te.ru | **水割り・ロック**<br>みず わ<br>mi.zu.wa.ri・ro.k.ku | **日本酒**<br>に ほん しゅ<br>ni.ho.n.shu |

| 冷酒 | 本釀酒 | 大吟醸・吟醸 | |
|---|---|---|---|
| **冷酒**<br>れいしゅ<br>re.i.shu | **本醸造酒**<br>ほんじょうぞうしゅ<br>ho.n.jo.o.zo.o.shu | **大吟醸酒・吟醸酒**<br>だいぎんじょうしゅ　ぎんじょうしゅ<br>da.i.gi.n.jo.o.shu・gi.n.jo.o.shu | |

| 梅酒 | 地方釀造的啤酒 | | |
|---|---|---|---|
| **梅酒**<br>うめしゅ<br>u.me.shu | **地ビール**<br>じ<br>ji.bi.i.ru | | |

## 無酒精飲料

| 無酒精飲料 | 柳橙汁 | 可爾必思 |
|---|---|---|
| **ノンアルコール・ソフトドリンク**<br>no.n.a.ru.ko.o.ru・so.fu.to.do.ri.n.ku | **オレンジジュース**<br>o.re.n.ji.ju.u.su | **カルピス**<br>ka.ru.pi.su |

| 葡萄柚汁 | 薑汁汽水 | 可樂 |
|---|---|---|
| **グレープフルーツジュース**<br>gu.re.e.pu.fu.ru.u.tsu.ju.u.su | **ジンジャーエール**<br>ji.n.ja.a.e.e.ru | **コーラ**<br>ko.o.ra |

| 咖啡 | 冰咖啡 | 拿鐵咖啡 | 熱抹茶拿鐵 |
|---|---|---|---|
| **コーヒー**<br>ko.o.hi.i | **アイスコーヒー**<br>a.i.su.ko.o.hi.i | **カフェラテ**<br>ka.fe.ra.te | **ホット抹茶ラテ**<br>ho.t.to.ma.c.cha.ra.te |

| 紅茶 | 烏龍茶 | 可爾必思蘇打 | |
|---|---|---|---|
| **紅茶**<br>こうちゃ<br>ko.o.cha | **ウーロン茶**<br>u.u.ro.n.cha | **カルピスソーダ**<br>ka.ru.pi.su.so.o.da | |

| 茶<br>**お茶**<br>o.cha | 玉露<br>**玉露**<br>gyo.ku.ro | 煎茶<br>**煎茶**<br>se.n.cha | 冠茶<br>**かぶせ茶**<br>ka.bu.se.cha |
|---|---|---|---|
| 抹茶<br>**抹茶**<br>ma.c.cha | 粉茶<br>**粉茶**<br>ko.na.cha | 深蒸煎茶<br>**深蒸し煎茶**<br>fu.ka.mu.shi.se.n.cha | 茎茶<br>**茎茶**<br>ku.ki.cha |
| 番茶<br>**番茶**<br>ba.n.cha | 焙茶<br>**ほうじ茶**<br>ho.o.ji.cha | 玄米茶<br>**玄米茶**<br>ge.n.ma.i.cha | |

PART 5

購物篇

# 向人詢問

**尋找店家**

🔊 087

| | | |
|---|---|---|
| 1 | 請問這附近有百貨公司嗎？ | この辺にデパートはありませんか？<br>ko.no.he.n.ni.de.pa.a.to.wa.a.ri.ma.se.n.ka |
| 2 | 這裡有便利商店嗎？ | コンビニはありますか？<br>ko.n.bi.ni.wa.a.ri.ma.su.ka |
| 3 | 這裡有大間一點的超市嗎？ | 大きいスーパーはありますか？<br>o.o.ki.i.su.pa.a.wa.a.ri.ma.su.ka |
| 4 | 這裡有藥妝店嗎？ | ドラッグストアはありますか？<br>do.ra.g.gu.su.to.a.wa.a.ri.ma.su.ka |
| 5 | 這裡有家電量販店嗎？ | 家電量販店はありますか？<br>ka.de.n.ryo.o.ha.n.te.n.wa.a.ri.ma.su.ka |
| 6 | 這裡有百圓商店嗎？ | 100円ショップはありますか？<br>hya.ku.e.n.sho.p.pu.wa.a.ri.ma.su.ka |
| 7 | 有賣當地名產（民藝品）的店在哪裡呢？ | この土地の特産品（民芸品）を売っている店はどこですか？<br>ko.no.to.chi.no.to.ku.sa.n.hi.n(mi.n.ge.i.hi.n).o.u.t.te.i.ru.mi.se.wa.do.ko.de.su.ka |

# 與店員溝通

 會話①

♪ 088

 歡迎光臨。在找什麼商品嗎？

いらっしゃいませ。何かお探しですか？
i.ra.s.sha.i.ma.se。na.ni.ka.o.sa.ga.shi.de.su.ka

我在找日式的伴手禮，您推薦哪一種呢？

日本的なお土産を探しているのですが、おすすめはありますか？
ni.ho.n.te.ki.na.o.mi.ya.ge.o.sa.ga.shi.te.i.ru.no.de.su.ga、
o.su.su.me.wa.a.ri.ma.su.ka

 會話②

 歡迎光臨。在找什麼商品嗎？

いらっしゃいませ。何かお探しですか？
i.ra.s.sha.i.ma.se。na.ni.ka.o.sa.ga.shi.de.su.ka

不，隨便看看而已。

いいえ、見ているだけです。
i.i.e、mi.te.i.ru.da.ke.de.su

 如果需要幫您作介紹的話，再叫我一聲。

何かありましたら、お声をおかけくださいね。
na.ni.ka.a.ri.ma.shi.ta.ra、o.ko.e.o.o.ka.ke.ku.da.sa.i.ne

好的，謝謝。

はい。ありがとうございます。
ha.i。a.ri.ga.to.o.go.za.i.ma.su

 會話③

 不好意思。

すみません。
su.mi.ma.se.n

 是，有什麼可以為您服務的嗎？

はい、何でございましょうか？
ha.i、na.n.de.go.za.i.ma.sho.o.ka

 我想看看放在那個架子裡的商品。

あの棚に置いてある商品を見せてもらいたいのですが。
a.no.ta.na.ni.o.i.te.a.ru.sho.o.hi.n.o.mi.se.te.mo.ra.i.ta.i.no.
de.su.ga

我知道了。我現在就去幫您拿下來。 かしこまりました。今、お取りいたします。
ka.shi.ko.ma.ri.ma.shi.ta.i.ma.o.to.ri.i.ta.shi.ma.su

## 會話④

不好意思。我可以把這個商品拿起來看嗎？ すみません。この商品を手にとってみてもいいですか？
su.mi.ma.se.n.ko.no.sho.o.hi.n.no.te.ni.to.t.te.mi.te.mo.i.i.de.su.ka

當然可以。請拿起來看。 はい、どうぞ。お手にとってご覧ください。
ha.i.do.o.zo.o.te.ni.to.t.te.go.ra.n.ku.da.sa.i

## 詢問

| | | |
|---|---|---|
| 1 | 請問標價在哪裡呢？ | 値札はどこについていますか？<br>ne.fu.da.wa.do.ko.ni.tsu.i.te.i.ma.su.ka |
| | 標價在商品的內側。 | 商品の裏側についております。<br>sho.o.hi.n.no.u.ra.ga.wa.ni.tsu.i.te.o.ri.ma.su |
| 2 | 請問這個是含稅的價格嗎？ | この値段は税込みですか？<br>ko.no.ne.da.n.wa.ze.i.ko.mi.de.su.ka |
| | 是的，這是已經含稅的價格。 | はい、税込価格です。<br>ha.i.ze.i.ko.mi.ka.ka.ku.de.su |
| | 不，這是未稅的價格。 | いいえ、税抜きの金額です。<br>i.i.e.ze.i.nu.ki.no.ki.n.ga.ku.de.su |
| 3 | 請問收銀檯在哪裡呢？ | レジはどこですか？<br>re.ji.wa.do.ko.de.su.ka |
| | 那裡有標示著日圓符號的地方就是收銀檯。 | あちらの『￥』のマークのところです。<br>a.chi.ra.no.『e.n』no.ma.a.ku.no.to.ko.ro.de.su |

**決定購買**

客人，這個您覺得如何呢。這是本店人氣第一名的商品哦。

お客さま。こちらはいかがでしょうか。当店で一番人気の商品なんですよ。

o.kya.ku.sa.ma.o.ko.chi.ra.wa.i.ka.ga.de.sho.o.ka.o.to.o.te.n.de.i.chi.ba.n.ni.n.ki.no.sho.o.hi.n.na.n.de.su.yo

這個不錯呢。那麼，請給我5個。

いいですね。じゃあ、これを5つお願いします。

i.i.de.su.ne.ja.a.ko.re.o.i.tsu.tsu.o.ne.ga.i.shi.ma.su

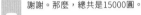

**結帳**

**1**  謝謝。那麼，總共是15000圓。

ありがとうございます。では、合計で15000円のお買い上げになります。

a.ri.ga.to.o.go.za.i.ma.su.de.wa.go.o.ke.i.de.i.chi.ma.n.go.se.n.e.n.no.o.ka.i.a.ge.ni.na.ri.ma.su

**2**  收您2萬圓。找您5000圓。

2万円のお預かりになります。5000円のお返しになります。

ni.ma.n.e.n.no.o.a.zu.ka.ri.ni.na.ri.ma.su.go.se.n.e.n.no.o.ka.e.shi.ni.na.ri.ma.su

**詢問是否可以用信用卡①**

可以刷卡嗎？

支払いはカードでもいいですか？

shi.ha.ra.i.wa.ka.a.do.de.mo.i.i.de.su.ka

可以用這張卡嗎？

このカードは使えますか？

ko.no.ka.a.do.wa.tsu.ka.e.ma.su.ka

是的，這張卡可以使用。

はい、ご利用になれます。

ha.i.go.ri.yo.o.ni.na.re.ma.su

很抱歉，我們這裡沒有受理這張卡片。

申し訳ございません。こちらのカードはお取り扱いしておりません。

mo.o.shi.wa.ke.go.za.i.ma.se.n.ko.chi.ra.no.ka.a.do.wa.o.to.ri.a.tsu.ka.i.shi.te.o.ri.ma.se.n

| | | |
|---|---|---|
| 1 | 選擇一次付清可以嗎？ | 一括払いでよろしいですか？<br>i.k.ka.tsu.ba.ra.i.de.yo.ro.shi.i.de.su.ka |
| | 可以，麻煩你了。 | はい、それでお願いします。<br>ha.i、so.re.de.o.ne.ga.i.shi.ma.su |
| | 不，請幫我分期付款。 | いいえ、分割払いでお願いします。<br>i.i.e、bu.n.ka.tsu.ba.ra.i.de.o.ne.ga.i.shi.ma.su |
| 2 | 請問要分成幾期呢？ | 何回払いにいたしましょうか？<br>na.n.ka.i.ba.ra.i.ni.i.ta.shi.ma.sho.o.ka |
| | 請幫我分成3期。 | ３回払いでお願いします。<br>sa.n.ka.i.ba.ra.i.de.o.ne.ga.i.shi.ma.su |
| 3 | 請給我收據。 | レシートをください。<br>re.shi.i.to.o.ku.da.sa.i |
| 4 | 請給我收據（報帳用證明）。 | 領収書をください。<br>ryo.o.shu.u.sho.o.ku.da.sa.i |
| 5 | 可以給我大一點的袋子嗎？ | もっと大きい袋をいただけますか？<br>mo.t.to.o.o.ki.i.fu.ku.ro.o.i.ta.da.ke.ma.su.ka |
| 6 | 不用包裝沒關係。 | 包まなくてもいいです。<br>tsu.tsu.ma.na.ku.te.mo.i.i.de.su |
| 7 | 我有帶購物袋，不用給我袋子。 | エコバッグを持っているので、袋はいりません。<br>e.ko.ba.g.gu.o.mo.t.te.i.ru.no.de、fu.ku.ro.wa.i.ri.ma.se.n |
| 8 | 可以幫我禮品包裝嗎？ | プレゼント用に包んでもらえますか？<br>pu.re.ze.n.to.yo.o.ni.tsu.tsu.n.de.mo.ra.e.ma.su.ka |
| | 禮品包裝需要另付包裝費，可以嗎？ | 別料金になってしまいますが、よろしいですか？<br>be.tsu.ryo.o.ki.n.ni.na.t.te.shi.ma.i.ma.su.ga、yo.ro.shi.i.de.su.ka |
| 9 | 請從這裡選擇包裝紙的顏色。 | この中から包装紙の色をお選びください。<br>ko.no.na.ka.ka.ra.ho.o.so.o.shi.no.i.ro.o.o.e.ra.bi.ku.da.sa.i |

| 10 | 緞帶要什麼顏色的呢？ | リボンは何色になさいますか？<br>ri.bo.n.wa.na.ni.i.ro.ni.na.sa.i.ma.su.ka |

## 要求包裝

 不好意思，可以幫我分開包裝嗎？

すみません。別々に包んでもらえますか？<br>su.mi.ma.se.n.be.tsu.be.tsu.ni.tsu.tsu.n.de.mo.ra.e.ma.su.ka

 好的，我知道了。那麼，包裝需要一點時間，可以嗎？

はい、かしこまりました。あの、ラッピングに少々お時間がかかりますが、よろしいでしょうか？<br>ha.i.ka.shi.ko.ma.ri.ma.shi.ta.a.no.ra.p.pi.n.gu.ni.sho.o.sho.o.o.ji.ka.n.ga.ka.ka.ri.ma.su.ga.yo.ro.shi.i.de.sho.o.ka

 這樣啊，因為沒有什麼時間，可以給我分裝商品的小袋子嗎？

えーと、あまり時間がないので、品物の数だけ小分けの袋をもらえますか？<br>e.e.to.a.ma.ri.ji.ka.n.ga.na.i.no.de.shi.na.mo.no.no.ka.zu.da.ke.ko.wa.ke.no.fu.ku.ro.o.mo.ra.e.ma.su.ka

 我知道了。

かしこまりました。<br>ka.shi.ko.ma.ri.ma.shi.ta

## 詢問營業時間

| 1 | 不好意思。請問你們營業到幾點呢。 | すみません。お店は何時まで開いていますか。<br>su.mi.ma.se.n.o.mi.se.wa.na.n.ji.ma.de.a.i.te.i.ma.su.ka |

營業至8點。

夜の8時まで営業しております。<br>yo.ru.no.ha.chi.ji.ma.de.e.i.gyo.o.shi.te.o.ri.ma.su

定休日是什麼時候呢？

定休日はいつですか？
te.i.kyu.u.bi.wa.i.tsu.de.su.ka

 每個星期日休息。

日曜日にお休みをいただいております。
ni.chi.yo.o.bi.ni.o.ya.su.mi.o.i.ta.da.i.te.o.ri.ma.su

全年無休。

年中無休です。
ne.n.ju.u.mu.kyu.u.de.su

每個月的第二以及第三個星期三
是固定休息日。

毎月第2、第3水曜日が定休日です。
ma.i.tsu.ki.da.i.ni、da.i.sa.n.su.i.yo.o.bi.ga.te.i.kyu.u.bi.de.su

**3**

# 糾紛、問題

### 退貨

♪ 089

不好意思。這個是我昨天買的包包，把手的零件壞掉了，我可以退貨嗎？

すみません。昨日このバッグを買ったのですが、取っ手の金具が壊れてしまいました。返品してもらえますか。
su.mi.ma.se.n。ki.no.o.ko.no.ba.g.gu.o.ka.t.ta.no.de.su.ga、to.t.te.no.ka.na.gu.ga.ko.wa.re.te.shi.ma.i.ma.shi.ta。he.n.pi.n.shi.te.mo.ra.e.ma.su.ka

非常抱歉。請問您有帶收據過來嗎？

申し訳ございませんでした。お客さま、レシートはお持ちでしょうか？
mo.o.shi.wa.ke.go.za.i.ma.se.n.de.shi.ta。o.kya.ku.sa.ma、re.shi.i.to.wa.o.mo.chi.de.sho.o.ka

有，在這裡。

はい、これです。
ha.i.ko.re.de.su

是的，的確是在我們這裡購買的沒錯。那麼，我幫您做退貨的手續。

はい、確かに。では、返品の手続きをいたします。
ha.i.ta.shi.ka.ni。de.wa、he.n.pi.n.no.te.tsu.zu.ki.o.i.ta.shi.ma.su

那麼，可以換新的商品給我嗎？

じゃあ、新しいものと交換してもらえますか？
ja.a。a.ta.ra.shi.i.mo.no.to.ko.o.ka.n.shi.te.mo.ra.e.ma.su.ka

好的，我知道了。那麼，我立刻幫您拿全新的商品過來。

はい、かしこまりました。ただ今、同じものをお持ちいたします。
ha.i。ka.shi.ko.ma.ri.ma.shi.ta。ta.da.i.ma、o.na.ji.mo.no.o.o.mo.chi.i.ta.shi.ma.su

麻煩您了。

お願いします。
o.ne.ga.i.shi.ma.su

PART 5｜購物篇

205

## 檢查商品

讓您久等了，幫您拿商品過來了。

大変お待たせいたしました。こちらになります。

ta.i.he.n.o.ma.ta.se.i.ta.shi.ma.shi.ta。ko.chi.ra.ni.na.ri.ma.su

這次的包包應該沒問題吧。

今度のバッグは大丈夫ですね。

ko.n.do.no.ba.g.gu.wa.da.i.jo.o.bu.de.su.ne

造成您的麻煩了，真是非常抱歉。

お客さまには、大変お手数をおかけしまして、まことに申し訳ございませんでした。

o.kya.ku.sa.ma.ni.wa.ta.i.he.n.o.te.su.u.o.o.ka.ke.shi.ma.shi.te.ma.ko.to.ni.mo.o.shi.wa.ke.go.za.i.ma.se.n.de.shi.ta

## 退貨沒發票時

不好意思。這是我昨天買的CD，可以退貨嗎？

すみません。昨日このCDを買ったのですが、返品してもらえますか？

su.mi.ma.se.n.o.ki.no.o.o.ko.no.shi.i.di.i.o.ka.t.ta.no.de.su.ga、he.n.pi.n.shi.te.mo.ra.e.ma.su.ka

是商品有什麼問題嗎？

何か商品に不都合でもございましたか？

na.ni.ka.sho.o.hi.n.ni.fu.tsu.go.o.de.mo.go.za.i.ma.shi.ta.ka

因為我家人已經有買了一樣的CD。

あの、家族が同じものを持っていたので…。

a.no、ka.zo.ku.ga.o.na.ji.mo.no.o.mo.t.te.i.ta.no.de…

這樣子啊。那麼，您有帶收據過來嗎？

そうですか。では、お客さま、レシートはお持ちでしょうか？

so.o.de.su.ka.de.wa.o.kya.ku.sa.ma、re.shi.i.to.wa.o.mo.chi.de.sho.o.ka

呃…。我沒有收據耶。

ええと…。あれ、レシートがない。

e.e.to…a.re、re.shi.i.to.ga.na.i

非常抱歉，如果沒有收據的話是無法幫您辦理退貨的。

申し訳ございませんが、レシートがないと返品を承ることができないのですが。

mo.o.shi.wa.ke.go.za.i.ma.se.n.ga、re.shi.i.to.ga.na.i.to.he.n.pi.n.o.u.ke.ta.ma.wa.ru.ko.to.ga.de.ki.na.i.no.de.su.ga

果然不行啊。

やっぱり、だめですか。
ya.p.pa.ri、da.me.de.su.ka

 是的，非常抱歉。

はい、申し訳ございません。
ha.i、mo.o.shi.wa.ke.go.za.i.ma.se.n

 我知道了。不好意思。

分かりました。すみませんでした。
wa.ka.ri.ma.shi.ta。su.mi.ma.se.n.de.shi.ta

## 退貨理由

| | | |
|---|---|---|
| 1 | 髒掉了。 | 汚れています。<br>yo.go.re.te.i.ma.su |
| 2 | 有汙點。 | シミが付いています。<br>shi.mi.ga.tsu.i.te.i.ma.su |
| 3 | 壞掉了。 | 壊れています。<br>ko.wa.re.te.i.ma.su |
| 4 | 有裂痕。 | ひびが入っています。<br>hi.bi.ga.ha.i.t.te.i.ma.su |
| 5 | 裂掉了。 | 割れています。<br>wa.re.te.i.ma.su |
| 6 | 線跑出來了。 | 糸がほころびています。<br>i.to.ga.ho.ko.ro.bi.te.i.ma.su |

### 考慮商品

**1** 可以先幫我留著嗎？

取りおきしてもらえますか。
to.ri.o.ki.shi.te.mo.ra.e.ma.su.ka

**2** 再考慮一下再過來。

もう少し考えてから、出直してきます。
mo.o.su.ko.shi.ka.n.ga.e.te.ka.ra、de.na.o.shi.te.ki.ma.su

**3** 我再去看看其他的店。

他のお店も見てきます。
ho.ka.no.o.mi.se.mo.mi.te.ki.ma.su

### 缺貨

不好意思。請問這個商品賣完了嗎？

すみません。この商品は売り切れですか？
su.mi.ma.se.n。ko.no.sho.o.hi.n.wa.u.ri.ki.re.de.su.ka

很抱歉。這個商品要調貨。

申し訳ございません。こちらの商品はお取り寄せになります。
mo.o.shi.wa.ke.go.za.i.ma.se.n。ko.chi.ra.no.sho.o.hi.n.wa
o.to.ri.yo.se.ni.na.ri.ma.su

請問調貨需要幾天呢？

取り寄せには何日かかりますか。
to.ri.yo.se.ni.wa.na.n.ni.chi.ka.ka.ri.ma.su.ka

這個嘛。最少需要3天可以嗎？

そうですね。最低3日はみていただけますか。
so.o.de.su.ne。sa.i.te.i.mi.k.ka.wa.mi.te.i.ta.da.ke.ma.su.ka

我知道了。因為我很想要所以可以等。

わかりました。どうしても欲しいので待ちます。
wa.ka.ri.ma.shi.ta。do.o.shi.te.mo.ho.shi.i.no.de.ma.chi.ma.su

需要花到3天的話，那就不用了。

3日もかかるのなら、結構です。
mi.k.ka.mo.ka.ka.ru.no.na.ra、ke.k.ko.o.de.su

## 購物時的相關用語

| 打折<br>**割引**<br>wa.ri.bi.ki | 九折<br>**1割引＝ 10%OFF**<br>i.chi.wa.ri.bi.ki | 七折<br>**3割引＝ 30%OFF**<br>sa.n.wa.ri.bi.ki | 半價<br>**半額＝ 50%OFF**<br>ha.n.ga.ku |
|---|---|---|---|
| 大拍賣<br>**大安売り**<br>o.o.ya.su.u.ri | 大特賣<br>**大売出し**<br>o.o.u.ri.da.shi | 特價品<br>**特売品**<br>to.ku.ba.i.hi.n | 免費<br>**サービス**<br>sa.a.bi.su |
| 清倉<br>**在庫一掃**<br>za.i.ko.i.s.so.o | 清倉拍賣<br>**クリアランスセール**<br>ku.ri.a.ra.n.su.se.e.ru | 降價<br>**プライスダウン**<br>pu.ra.i.su.da.u.n | 拍賣<br>**セール**<br>se.e.ru |
| 殺價<br>**バーゲン**<br>ba.a.ge.n | 最後降價<br>**最終値下げ**<br>sa.i.shu.u.ne.sa.ge | 暢貨中心<br>**アウトレット**<br>a.u.to.re.t.to | 划算<br>**お買い得**<br>o.ka.i.do.ku |
| 限現貨<br>**現品限り**<br>ge.n.pi.n.ka.gi.ri | 活動中<br>**キャンペーン中**<br>kya.n.pe.e.n.chu.u | 限時拍賣<br>**タイムサービス**<br>ta.i.mu.sa.a.bi.su | 一人限1樣<br>**おー人様1点限り**<br>o.hi.to.ri.sa.ma.i.t.te.n.ka.gi.ri |
| 限今天<br>**本日限り**<br>ho.n.ji.tsu.ka.gi.ri | | | |

| 新商品<br>**新商品**<br>shi.n.sho.o.hi.n | 新發售<br>**新発売**<br>shi.n.ha.tsu.ba.i | 新色<br>**新色**<br>shi.n.sho.ku | 改款<br>**モデルチェンジ**<br>mo.de.ru.che.n.ji |
|---|---|---|---|
| 庫存<br>**在庫**<br>za.i.ko | 賣完<br>**売り切れ**<br>u.ri.ki.re | 沒貨<br>**品切れ**<br>shi.na.gi.re | 等待進貨<br>**入荷待ち**<br>nyu.u.ka.ma.chi |
| 絕版影音商品<br>**廃盤**<br>ha.i.ba.n | 停產<br>**製造中止**<br>se.i.zo.o.chu.u.shi | | |

| 活動 | 試吃 | 試用品 | 樣品 |
|---|---|---|---|
| キャンペーン | 試食 | 試供品 | サンプル |
| kya.n.pe.e.n | shi.sho.ku | shi.kyo.o.hi.n | sa.n.pu.ru |

| 試用品 | 試價 | 點數卡 | 會員卡 |
|---|---|---|---|
| テスター | お試し価格 | ポイントカード | 会員カード |
| te.su.ta.a | o.ta.me.shi.ka.ka.ku | po.i.n.to.ka.a.do | ka.i.i.n.ka.a.do |

| 商品禮券 | 現金禮券 | 提貨券 | 摸彩券 |
|---|---|---|---|
| 商品券 | 金券 | 引換券 | 福引券 |
| sho.o.hi.n.ke.n | ki.n.ke.n | hi.ki.ka.e.ke.n | fu.ku.bi.ki.ke.n |

| 無色素 | 天然素材 | 國產 | 國內生產 |
|---|---|---|---|
| 無着色 | 天然素材 | 国産 | 国内産 |
| mu.cha.ku.sho.ku | te.n.ne.n.so.za.i | ko.ku.sa.n | ko.ku.na.i.sa.n |

| 產物展 | 特產品 | 產地直送 | 無農藥 |
|---|---|---|---|
| 物産展 | 特産品 | 産地直送 | 無農薬 |
| bu.s.sa.n.te.n | to.ku.sa.n.hi.n | sa.n.chi.cho.ku.so.o | mu.no.o.ya.ku |

| 沒有使用化學肥料 | 非基因改造 |
|---|---|
| 化学肥料を使用していません | 遺伝子組み換えでない |
| ka.ga.ku.hi.ryo.o.o.shi.yo.o.shi.te.i.ma.se.n | i.de.n.shi.ku.mi.ka.e.de.na.i |

| 有機栽種 |
|---|
| 有機栽培 |
| yu.u.ki.sa.i.ba.i |

| 休日 | 營業中 | 年中無休 | 盂蘭盆休息 |
|---|---|---|---|
| 休日 | 営業中 | 年中無休 | お盆休み |
| kyu.u.ji.tsu | e.i.gyo.o.chu.u | ne.n.ju.u.mu.kyu.u | o.bo.n.ya.su.mi |

| 年終年初暫停營業 |
|---|
| 年末年始休業 |
| ne.n.ma.tsu.ne.n.shi.kyu.u.gyo.o |

# 百貨公司

## 詢問位置

**1** 不好意思。請問有會說中文的店員嗎？

すみません。中国語の話せる店員さんはいますか？

su.mi.ma.se.n。chu.u.go.ku.go.no.ha.na.se.ru.te.n.i.n.sa.n. wa.i.ma.su.ka

**2** 請問有中文的導覽圖嗎？

中国語の案内図はありますか？

chu.u.go.ku.go.no.a.n.na.i.zu.wa.a.ri.ma.su.ka

**3** 不好意思。請問賣鐘錶的賣場在幾樓？

すみません。時計売り場は何階ですか？

su.mi.ma.se.n。to.ke.i.u.ri.ba.wa.na.n.ka.i.de.su.ka

是的，鐘錶賣場在6樓。

はい、時計売り場は6階でございます。

ha.i。to.ke.i.u.ri.ba.wa.ro.k.ka.i.de.go.za.i.ma.su

**4** 請問往上的手扶梯在哪裡？

上りのエスカレーターはどこですか。

no.bo.ri.no.e.su.ka.re.e.ta.a.wa.do.ko.de.su.ka

從這條走道直直走，在到底之後朝右走一點的地方。

この通路をまっすぐ行って、つきあたりを右に行ったところにございます。

ko.no.tsu.u.ro.o.ma.s.su.gu.i.t.te。tsu.ki.a.ta.ri.o.mi.gi.ni.i.t. ta.to.ko.ro.ni.go.za.i.ma.su

## 百貨公司的廣播

**1** 今日非常感謝您的光臨。

本日はご来店いただきまして、まことにありがとうございます。

ho.n.ji.tsu.wa.go.ra.i.te.n.i.ta.da.ki.ma.shi.te。ma.ko.to.ni. a.ri.ga.to.o.go.za.i.ma.su

**2** 現在，在8樓的展場正舉辦北海道產物展。各位請務必到場參觀。

ただ今、8階催事場では、北海道物産展を開催しております。皆さま、お誘いあわせの上、是非ご来場くださいませ。

ta.da.i.ma。ha.k.ka.i.sa.i.ji.jo.o.de.wa。ho.k.ka.i.do.o.bu.s.sa. n.te.n.o.ka.i.sa.i.shi.te.o.ri.ma.su。mi.na.sa.ma。o.sa.so.i.a.wa. se.no.u.e。ze.hi.go.ra.i.jo.o.ku.da.sa.i.ma.se

| 3 | 以下是迷路孩童的通知。穿著黃色毛衣、牛仔褲，大約3歲男孩，正在找媽媽。請這位媽媽聯絡附近的工作人員。 | 迷子のご案内です。黄色いセーターにジーンズをお召しになった3才くらいの男の子が、お母さまを探しています。お心当たりの方は、お近くの売り場係員まで、お知らせください。<br><br>ma.i.go.no.go.a.n.na.i.de.su。ki.i.ro.i.se.e.ta.a.ni.ji.i.n.zu.o.o.me.shi.ni.na.tta.sa.n.sa.i.ku.ra.i.no.o.to.ko.no.ko.ga、o.ka.a.sa.ma.o.sa.ga.shi.te.i.ma.su。o.ko.ko.ro.a.ta.ri.no.ka.ta.wa、o.chi.ka.ku.no.u.ri.ba.ka.ka.ri.i.n.ma.de、o.shi.ra.se.ku.da.sa.i |

## 手扶梯廣播

| 1 | 乘坐手扶梯時，請抓取扶手，並請站於黃線內側。 | エスカレーターにお乗りの際は、手すりにつかまり、黄色い線の内側にお乗りください。<br><br>e.su.ka.re.e.ta.a.ni.o.no.ri.no.sa.i.wa、te.su.ri.ni.tsu.ka.ma.ri、ki.i.ro.i.se.n.no.u.chi.ga.wa.ni.o.no.ri.ku.da.sa.i |
| 2 | 小孩請牽住大人的手，並站於階梯的中央。 | 小さいお子さまは、大人と手をつないで、ステップの中央にお乗りください。<br><br>chi.i.sa.i.o.ko.sa.ma.wa、o.to.na.to.te.o.tsu.na.i.de、su.te.p.pu.no.chu.u.o.o.ni.o.no.ri.ku.da.sa.i |
| 3 | 在手扶梯的周圍玩是非常危險的。 | エスカレーターの周りで遊ばれますと、大変危険です。<br><br>e.su.ka.re.e.ta.a.no.ma.wa.ri.de.a.so.ba.re.ma.su.to、ta.i.he.n.ki.ke.n.de.su |

## 電梯廣播

| 1 | 上樓。 | 上へまいります。<br><br>u.e.e.ma.i.ri.ma.su |
| 2 | 下樓。 | 下へまいります。<br><br>shi.ta.e.ma.i.ri.ma.su |
| 3 | 3樓，女裝賣場。 | 3階、婦人服売り場でございます。<br><br>sa.n.ka.i、fu.ji.n.fu.ku.u.ri.ba.de.go.za.i.ma.su |

| | | |
|---|---|
| 4 | 4樓到7樓不停。 | 4階から7階まで、通過いたします。<br>yo.n.ka.i.ka.ra.na.na.ka.i.ma.de、tsu.u.ka.i.ta.shi.ma.su |
| 5 | 由於人數太多，請搭下一班電梯。 | 定員オーバーですので、次のエレベーターに<br>お乗りください。<br>te.i.i.n.o.o.ba.a.de.su.no.de、tsu.gi.no.e.re.be.e.ta.a.ni.o.no.ri.ku.da.sa.i |

### 🐱 百貨公司相關單字 ⏵ 092

| 百貨公司<br>デパート<br>de.pa.a.to | 服務台<br>案内所<br>a.n.na.i.jo | 餐廳<br>レストラン<br>re.su.to.ra.n | 咖啡廳<br>カフェ<br>ka.fe |
|---|---|---|---|
| 屋頂<br>屋上<br>o.ku.jo.o | 展場<br>催事場<br>sa.i.ji.jo.o | 展場<br>催し会場<br>mo.yo.o.shi.ka.i.jo.o | 停車場<br>駐車場<br>chu.u.sha.jo.o |
| 停車券<br>駐車券<br>chu.u.sha.ke.n | 商品禮券<br>商品券<br>sho.o.hi.n.ke.n | 服務室<br>サービスサロン<br>sa.a.bi.su.sa.ro.n | 洗手間<br>化粧室<br>ke.sho.o.shi.tsu |
| 吸煙區<br>喫煙所<br>ki.tsu.e.n.jo | 育嬰休息室<br>ベビー休憩室<br>be.bi.i.kyu.u.ke.i.shi.tsu | 嬰兒車出借<br>ベビーカー貸し出し<br>be.bi.i.ka.a.ka.shi.da.shi | 女裝<br>婦人服<br>fu.ji.n.fu.ku |
| 女鞋<br>婦人靴<br>fu.ji.n.gu.tsu | 流行女品<br>レディスファッション<br>re.di.su.fa.s.sho.n | | 正式<br>フォーマル<br>fo.o.ma.ru |
| 設計師款<br>プレタポルテ<br>pu.re.ta.po.ru.te | 修改<br>お直し<br>o.na.o.shi | 女用雜貨<br>婦人雑貨<br>fu.ji.n.za.k.ka | 手提包<br>ハンドバッグ<br>ha.n.do.ba.g.gu |
| 錢包<br>財布<br>sa.i.fu | 化妝品<br>化粧品<br>ke.sho.o.hi.n | 男裝<br>紳士服<br>shi.n.shi.fu.ku | 男鞋<br>紳士靴<br>shi.n.shi.gu.tsu |

PART 5 | 購物篇

213

| | | | |
|---|---|---|---|
| 男包<br>しん し かばん<br>紳士鞄<br>shi.n.shi.ka.ba.n | 男用雑貨<br>しん し ざっ か<br>紳士雑貨<br>shi.n.shi.za.k.ka | 流行男品<br><br>メンズファッション<br>me.n.zu.fa.s.sho.n | 童裝<br>こ ども ふく<br>子供服<br>ko.do.mo.fu.ku |
| 童鞋<br>こ ども ぐつ<br>子供靴<br>ko.do.mo.gu.tsu | 玩具<br><br>おもちゃ<br>o.mo.cha | 寢具<br><br>リビング<br>ri.bi.n.gu | 傢俱<br><br>インテリア<br>i.n.te.ri.a |
| 餐具・廚房用品<br>しょっ き きっ ちん よう ひん<br>食器・キッチン用品<br>sho.k.ki・ki.c.chi.n.yo.o.hi.n | 生活雜貨<br>せい かつ ざっ か<br>生活雑貨<br>se.i.ka.tsu.za.k.ka | 沐浴用品<br>よう ひん<br>バス用品<br>ba.su.yo.o.hi.n | 日常織品<br><br>リネン<br>ri.ne.n |
| 毛巾<br><br>タオル<br>ta.o.ru | 禮品<br><br>ギフト<br>gi.fu.to | 珠寶<br>ほう せき<br>宝石<br>ho.o.se.ki | 珠寶飾品<br>ほう しょく<br>宝飾<br>ho.o.sho.ku |
| 配件、飾品<br><br>アクセサリー<br>a.ku.se.sa.ri.i | 鐘錶<br>と けい<br>時計<br>to.ke.i | 眼鏡<br><br>メガネ<br>me.ga.ne | 文具<br>ぶん ぼう ぐ<br>文房具<br>bu.n.bo.o.gu |
| 書籍<br>しょ せき<br>書籍<br>sho.se.ki | 運動用品<br><br>スポーツ用品<br>su.po.o.tsu.yo.o.hi.n | 和服衣料<br>ご ふく<br>呉服<br>go.fu.ku | 美術<br>び じゅつ<br>美術<br>bi.ju.tsu |
| 樂器<br>がっ き<br>楽器<br>ga.k.ki | 插花<br>いけ ばな<br>生花<br>i.ke.ba.na | 食品<br>しょく ひん<br>食品<br>sho.ku.hi.n | 地下食材街<br>ち か しょくりょうひん がい<br>地下食料品街<br>chi.ka.sho.ku.ryo.o.hi.n.ga.i |

# 6

# 美食街

## 甜點店

🎵 093

 歡迎光臨。

いらっしゃいませ。
i.ra.s.sha.i.ma.se

請給我藍莓慕斯和抹茶蛋糕各2個。

ブルーベリームースと抹茶ケーキを2つずつ
ください。
bu.ru.u.be.ri.i.mu.u.su.to.ma.c.cha.ke.e.ki.o.fu.ta.tsu.zu.tsu.
ku.da.sa.i

 好的,我知道了。請問拿回去的時間大約多少呢?

はい、かしこまりました。お持ち歩きのお時
間はどれくらいですか?
ha.i.ka.shi.ko.ma.ri.ma.shi.ta.o.mo.chi.a.ru.ki.no.o.ji.ka.n.wa.
do.re.ku.ra.i.de.su.ka

大約30分鐘。

30分くらいです。
sa.n.ju.p.pu.n.ku.ra.i.de.su

 我幫您放入保冷劑。

保冷剤をお付けしておきますね。
ho.re.i.za.i.o.o.tsu.ke.shi.te.o.ki.ma.su.ne

謝謝。

ありがとうございます。
a.ri.ga.to.o.go.za.i.ma.su

 請問需要叉子嗎?

フォークはご利用になりますか。
fo.o.ku.wa.go.ri.yo.o.ni.na.ri.ma.su.ka

麻煩您。

お願いします。
o.ne.ga.i.shi.ma.su

## 詢問保存期限

不好意思。請問這個可以保存幾天呢?

すみません。これはどのくらい日持ちします
か。
su.mi.ma.se.n.ko.re.wa.do.no.ku.ra.i.hi.mo.chi.shi.ma.su.
ka

| | | |
|---|---|---|
|  | 這個商品大約可以放1週，都還是很美味。 | はい、こちらの商品は1週間くらい、おいしくお召し上がりいただけます。<br>ha.i, ko.chi.ra.no.sho.o.hi.n.wa.i.s.shu.u.ka.n.ku.ra.i.o.i.shi.ku.o.me.shi.a.ga.ri.i.ta.da.ke.ma.su |
| | 可以的話，請儘早食用。 | できるだけ、お早めにお召し上がりください。<br>de.ki.ru.da.ke, o.ha.ya.me.ni.o.me.shi.a.ga.ri.ku.da.sa.i |
| | 這裡有貼有效期限的貼紙。 | ここに賞味期限のシールが貼ってあります。<br>ko.ko.ni.sho.o.mi.ki.ge.n.no.shi.i.ru.ga.ha.t.te.a.ri.ma.su |

## 詢問商品

| | | |
|---|---|---|
|  | 請問這個和菓子裡有餡料嗎？ | この和菓子には餡子が入っていますか？<br>ko.no.wa.ga.shi.ni.wa.a.n.ko.ga.ha.i.t.te.i.ma.su.ka |
| | 有的，這個裡面，有放紅豆粒、紅豆泥、白豆沙3種。 | はい、こちらの最中には、こしあん、つぶあん、白あんの3種類があります。<br>ha.i, ko.chi.ra.no.mo.na.ka.ni.wa, ko.shi.a.n, tsu.bu.a.n, shi.ro.a.n.no.sa.n.shu.ru.i.ga.a.ri.ma.su |
| | 不好意思。請問有刊登在這本雜誌上的麵包嗎？ | すみません。この雑誌に載っているパンはありますか？<br>su.mi.ma.se.n, ko.no.za.s.shi.ni.no.t.te.i.ru.pa.n.wa.a.ri.ma.su, ka |
| | 就快出爐了。可以再稍候15分鐘左右嗎？ | もうすぐ焼きあがります。15分ほど、お待ちいただけますか。<br>mo.o.su.gu.ya.ki.a.ga.ri.ma.su. ju.u.go.fu.n.ho.do.o.ma.chi.i.ta.da.ke.ma.su.ka |

## 相關單字

| 點心組合包裝 | 組合 | 分開／拆開賣 | 季節限定 |
|---|---|---|---|
| 菓子詰め合わせ<br>ka.shi.tsu.me.a.wa.se | アソート<br>a.so.o.to | バラ売り<br>ba.ra.u.ri | 季節限定<br>ki.se.tsu.ge.n.te.i |

# 7

# 藥妝店

## 詢問商品位置

🎵 094

😺 不好意思。請問洗面乳在哪裡？

すみません。洗顔料はどこですか？
su.mi.ma.se.n. se.n.ga.n.ryo.o.wa.do.ko.de.su.ka

😺 在對面的架子右邊。

反対側の棚の右端にございます。
ha.n.ta.i.ga.wa.no.ta.na.no.mi.gi.ha.shi.ni.go.za.i.ma.su

## 辦點數卡

😺 請問有點數卡嗎？

ポイントカードはお持ちですか？
po.i.n.to.ka.a.do.wa.o.mo.chi.de.su.ka

😺 沒有。

いいえ。
i.i.e

😺 不用手續費，可以馬上做好，請問需要嗎？

手数料無料で、すぐにお作りできますけど、どうされますか？
te.su.u.ryo.o.mu.ryo.o.de. su.gu.ni.o.tsu.ku.ri.de.ki.ma.su.ke.do.o.sa.re.ma.su.ka

😺 不用了。

結構です。
ke.k.ko.o.de.su

好。

作ります。
tsu.ku.ri.ma.su

😺 謝謝您。那麼，可以請您填寫這張紙嗎？

ありがとうございます。では、こちらの用紙にご記入いただけますか？
a.ri.ga.to.o.go.za.i.ma.su.de.wa. ko.chi.ra.no.yo.o.shi.ni.go.ki.nyu.u.i.ta.da.ke.ma.su.ka

😺 好了，寫好了。

はい、書けました。
ha.i. ka.ke.ma.shi.ta

謝謝您。新加入的會員會贈送50點。加上今天買的部分，總共是67點。好了，給您。

ありがとうございます。新規入会されたお客様には50ポイント進呈いたします。本日のお買い上げ分と合わせて、６７ポイント入りました。はい、どうぞ。

a.ri.ga.to.o.go.za.i.ma.su₀shi.n.ki.nyu.u.ka.i.sa.re.ta.o.kya.ku.sa.ma.ni.wa.go.ju.u.po.i.n.to.shi.n.te.i.i.ta.shi.ma.su₀ho.n.ji.tsu.no.o.ka.i.a.ge.bu.n.to.a.wa.se.te₀ro.ku.ju.u.na.na.po.i.n.to.ha.i.ri.ma.shi.ta₀ha.i.do.o.zo

---

## 藥妝店的相關單字　♪ 095

| 藥妝店<br>ドラッグストア<br>do.ra.g.gu.su.to.a | 點數卡<br>ポイントカード<br>po.i.n.to.ka.a.do | 點數○倍<br>ポイント○倍セール<br>po.i.n.to.○.ba.i.se.e.ru | 感冒藥<br>風邪薬<br>ka.ze.gu.su.ri |
|---|---|---|---|
| 腸胃藥<br>胃腸薬<br>i.cho.o.ya.ku | 眼藥水<br>目薬<br>me.gu.su.ri | 清涼飲料<br>清涼飲料水<br>se.i.ryo.o.i.n.ryo.o.su.i | 健康飲料<br>健康ドリンク<br>ke.n.ko.o.do.ri.n.ku |
| 果凍飲料<br>ゼリー飲料<br>ze.ri.i.i.n.ryo.o | 廚房用清潔劑<br>台所用洗剤<br>da.i.do.ko.ro.yo.o.se.n.za.i | 洗衣精<br>洗濯用洗剤<br>se.n.ta.ku.yo.o.se.n.za.i | 漂白劑<br>漂白剤<br>hyo.o.ha.ku.za.i |
| 浴廁用清潔劑<br>お風呂用洗剤<br>o.fu.ro.yo.o.se.n.za.i | 廁所用衛生紙<br>トイレットペーパー<br>to.i.re.t.to.pe.e.pa.a | 面紙<br>ティッシュペーパー<br>ti.s.shu.pe.e.pa.a | 溼紙巾<br>ウエットティッシュ<br>u.e.t.to.ti.s.shu |
| 除菌噴霧<br>除菌スプレー<br>jo.ki.n.su.pu.re.e | 除濕劑<br>除湿剤<br>jo.shi.tsu.za.i | 殺蟲劑<br>殺虫剤<br>sa.c.chu.u.za.i | 清潔劑<br>掃除用洗剤<br>so.o.ji.yo.o.se.n.za.i |
| 馬桶清潔劑<br>トイレ用洗剤<br>to.i.re.yo.o.se.n.za.i | 被蟲叮咬<br>虫刺され<br>mu.shi.sa.sa.re | 傷口貼布<br>絆創膏<br>ba.n.so.o.ko.o | 繃帶<br>包帯<br>ho.o.ta.i |
| 紗布<br>ガーゼ<br>ga.a.ze | 貼布<br>湿布剤<br>shi.p.pu.za.i | 嬰兒用品<br>赤ちゃん用品<br>a.ka.cha.n.yo.o.hi.n | 紙尿布<br>紙おむつ<br>ka.mi.o.mu.tsu |

| 奶粉<br>粉ミルク<br>ko.na.mi.ru.ku | 看護用品<br>介護用品<br>ka.i.go.yo.o.hi.n | 成人紙尿布<br>大人用紙おむつ<br>o.to.na.yo.o.ka.mi.o.mu.tsu | 化妝品<br>化粧品<br>ke.sho.o.hi.n |
|---|---|---|---|
| 保養品<br>基礎化粧品<br>ki.so.ke.sho.o.hi.n | 護手霜<br>ハンドクリーム<br>ha.n.do.ku.ri.i.mu | 身體乳<br>ボディクリーム<br>bo.di.ku.ri.i.mu | 防曬<br>日焼け止め<br>hi.ya.ke.do.me |
| 止汗噴霧<br>制汗スプレー<br>se.i.ka.n.su.pu.re.e | 妙鼻貼<br>毛穴パック<br>ke.a.na.pa.k.ku | 肥皂<br>石鹸<br>se.k.ke.n | 洗手乳<br>ハンドソープ<br>ha.n.do.so.o.pu |
| 沐浴乳<br>ボディソープ<br>bo.di.so.o.pu | 泡澡劑<br>入浴剤<br>nyu.u.yo.ku.za.i | 牙刷<br>歯ブラシ<br>ha.bu.ra.shi | 潔牙粉<br>歯みがき粉<br>ha.mi.ga.ki.ko |
| 洗髮乳<br>シャンプー<br>sha.n.pu.u | 潤絲<br>リンス<br>ri.n.su | 護髮霜<br>コンディショナー<br>ko.n.di.sho.na.a | 修復<br>トリートメント<br>to.ri.i.to.me.n.to |
| 頭髮噴霧<br>ヘアスプレー<br>he.a.su.pu.re.e | 慕斯<br>ヘアムース<br>he.a.mu.u.su | 髮蠟<br>ワックス<br>wa.k.ku.su | 染髮劑<br>ヘアカラー剤<br>he.a.ka.ra.a.za.i |
| 燙髮劑<br>パーマ剤<br>pa.a.ma.za.i | 刮鬍泡<br>シェービングフォーム<br>she.e.bi.n.gu.fo.o.mu | | 剃刀<br>かみそり<br>ka.mi.so.ri |
| 鬍後水<br>アフターシェーブローション<br>a.fu.ta.a.she.e.bu.ro.o.sho.n | | 生理用品<br>生理用品<br>se.i.ri.yo.o.hi.n | 衛生棉<br>ナプキン<br>na.pu.ki.n |
| 衛生棉條<br>タンポン<br>ta.n.po.n | 暖暖包<br>使い捨てカイロ<br>tsu.ka.i.su.te.ka.i.ro | 保冷劑<br>保冷剤<br>ho.re.i.za.i | 寵物用品<br>ペット用品<br>pe.t.to.yo.o.hi.n |

| 健康食品<br>健康食品<br>ke.n.ko.o.sho.ku.hi.n | 維他命<br>ビタミン<br>bi.ta.mi.n | 蛋白質<br>プロテイン<br>pu.ro.te.i.n | 胺基酸<br>アミノ酸<br>a.mi.no.sa.n |
| --- | --- | --- | --- |
| 檸檬酸<br>クエン酸<br>ku.e.n.sa.n | 礦物質<br>ミネラル<br>mi.ne.ra.ru | 鐵<br>鉄<br>te.tsu | 鈣<br>カルシウム<br>ka.ru.shi.u.mu |
| 鎂<br>マグネシウム<br>ma.gu.ne.shi.u.mu | 鋅<br>亜鉛<br>a.e.n | 胡蘿蔔素<br>カロテン<br>ka.ro.te.n | 茄紅素<br>リコピン<br>ri.ko.pi.n |
| 葉酸<br>葉酸<br>yo.o.sa.n | 膠原蛋白<br>コラーゲン<br>ko.ra.a.ge.n | Q10<br>コエンザイムQ10<br>ko.e.n.za.i.mu.kyu.u.te.n | 玻尿酸<br>ヒアルロン酸<br>hi.a.ru.ro.n.sa.n |
| 多酚<br>ポリフェノール<br>po.ri.fe.no.o.ru | 大豆異黃酮<br>イソフラボン<br>i.so.fu.ra.bo.n | 蜂王漿<br>ローヤルゼリー<br>ro.o.ya.ru.ze.ri.i | 薑黃<br>ウコン<br>u.ko.n |
| 馬卡<br>マカ<br>ma.ka | 蜂膠<br>プロポリス<br>pu.ro.po.ri.su | 啤酒酵母<br>ビール酵母<br>bi.i.ru.ko.o.bo | 兒茶素<br>カテキン<br>ka.te.ki.n |
| 綠藻<br>クロレラ<br>ku.ro.re.ra | 印度櫻桃<br>アセロラ<br>a.se.ro.ra | 乳鐵蛋白<br>ラクトフェリン<br>ra.ku.to.fe.ri.n | 乳酸菌<br>乳酸菌<br>nyu.u.sa.n.ki.n |
| 食物纖維<br>食物繊維<br>sho.ku.mo.tsu.se.n.i | | | |

**詢問店員**

♪ 096

 歡迎光臨。請問在找什麼呢？

いらっしゃいませ。何かお探しですか？
i.ra.s.sha.i.ma.se｡na.ni.ka.o.sa.ga.shi.de.su.ka

 我想要粉底。

ファンデーションが欲しいのですが。
fa.n.de.e.sho.n.ga.ho.shi.i.no.de.su.ga

 這樣啊。讓我看看您的膚質吧。

そうですか。お客様の肌質をみてみましょうか。
so.o.de.su.ka｡o.kya.ku.sa.ma.no.ha.da.shi.tsu.o.mi.te.mi.ma.sho.o.ka

 麻煩您。

お願いします。
o.ne.ga.i.shi.ma.su

 請問您皮膚上有什麼在意的問題嗎？

お肌で何か気になるトラブルはありますか？
o.ha.da.de.na.ni.ka.ki.ni.na.ru.to.ra.bu.ru.wa.a.ri.ma.su.ka

 容易乾燥，上了粉底後會浮粉。

乾燥しやすくて、ファンデーションをつけると粉っぽくなってしまいます。
ka.n.so.o.shi.ya.su.ku.te｡fa.n.de.e.sho.n.o.tsu.ke.ru.to.ko.na.p.po.ku.na.t.te.shi.ma.i.ma.su

 那麼，與其使用粉質的，不如使用質地細的乳狀粉底，說不定會比較好喔。要不要試試看呢？

それでは、パウダータイプよりも、しっとりするエマルジョンタイプのファンデーションの方がいいかもしれないですね。ちょっと、お試しになりますか？
so.re.de.wa｡pa.u.da.a.ta.i.pu.yo.ri.mo.shi.t.to.ri.su.ru.e.ma.ru.jo.n.ta.i.pu.no.fa.n.de.e.sho.n.no.ho.o.ga.i.i.ka.mo.shi.re.na.i.de.su.ne｡cho.t.to.o.ta.me.shi.ni.na.ri.ma.su.ka

 好的，麻煩您。

はい、お願いします。
ha.i｡o.ne.ga.i.shi.ma.su

請問可以卸掉客人上的妝嗎？

お客様がされているメークを落としてもよろしいですか？

o.kya.ku.sa.ma.ga.sa.re.te.i.ru.me.e.ku.o.o.to.shi.te.mo.yo.ro.shi.i.de.su.ka

好的，可以。

はい、お願いします。

ha.i.o.ne.ga.i.shi.ma.su

 失禮了。現在在客人的皮膚上使用的卸妝液，不會帶走皮膚水分，可以輕柔地卸妝哦。

失礼します。今、お客様のお肌に使っているこのクレンジングは、潤いを奪わずにやさしくメークを落とせるんですよ。

shi.tsu.re.i.shi.ma.su。i.ma、o.kya.ku.sa.ma.no.o.ha.da.ni.tsu.ka.t.te.i.ru.ko.no.ku.re.n.ji.n.gu.wa、u.ru.o.i.o.u.ba.wa.zu.ni.ya.sa.shi.ku.me.e.ku.o.o.to.se.ru.n.de.su.yo

 這樣啊。

そうですか。

so.o.de.su.ka

 再幫您上化妝水。這個化妝水，對皮膚有柔化的效果哦。請用手指摸摸皮膚看看。

化粧水もつけていきますね。こちらの化粧水は、お肌をふっくらやわらかくする効果があるんですよ。指でお肌を触ってみてください。

ke.sho.o.su.i.mo.tsu.ke.te.i.ki.ma.su.ne。ko.chi.ra.no.ke.sho.o.su.i.wa、o.ha.da.o.fu.k.ku.ra.ya.wa.ra.ka.ku.su.ru.ko.o.ka.ga.a.ru.n.de.su.yo。yu.bi.de.o.ha.da.o.sa.wa.t.te.mi.te.ku.da.sa.i

 啊！真的耶。感覺變得好柔軟。

あ、本当ですね。すごく、やわらかくなった気がします。

a.ho.n.to.o.de.su.ne。su.go.ku、ya.wa.ra.ka.ku.na.t.ta.ki.ga.shi.ma.su

再來，幫您上這個乳液。它可以將水分鎖在皮膚裡，保持平滑的皮膚。

次に、この乳液をつけていきますね。潤いをお肌に閉じ込めて、とってもなめらかな肌質が保たれるんです。

tsu.gi.ni、ko.no.nyu.u.e.ki.o.tsu.ke.te.i.ki.ma.su.ne。u.ru.o.i.o.o.ha.da.ni.to.ji.ko.me.te、to.t.te.mo.na.me.ra.ka.na.ha.da.shi.tsu.ga.ta.mo.ta.re.ru.n.de.su

這樣啊。

そうですか。

so.o.de.su.ka

幫您上飾底乳。這個飾底乳可以修飾毛孔的凹凸，也有使皮膚明亮的效果。

下地をつけていきますね。この化粧下地は毛穴の凹凸を目立たなくして、肌色を明るくする効果があります。

shi.ta.ji.o.tsu.ke.te.i.ki.ma.su.ne。ko.no.ke.sho.o.shi.ta.ji.wa.ke.a.na.no.o.o.to.tsu.o.me.da.ta.na.ku.shi.te、ha.da.i.ro.o.a.ka.ru.ku.su.ru.ko.o.ka.ga.a.ri.ma.su

對耶。上了之後不一樣耶。

そうですね。つける前と後では違いますね。

so.o.de.su.ne。tsu.ke.ru.ma.e.to.a.to.de.wa.chi.ga.i.ma.su.ne

那麼，再幫您上粉底。這個顏色可以嗎？

では、ファンデーションをつけていきますね。お色は、これでいいですか。

de.wa、fa.n.de.e.sho.n.o.tsu.ke.te.i.ki.ma.su.ne。o.i.ro.wa.ko.re.de.i.i.de.su.ka

嗯…我不太清楚。

うーん…よく分かりません。

u.u.n…yo.ku.wa.ka.ri.ma.se.n

那麼，實際上上看看吧。沾在海綿上後推開來。

では、実際につけてみましょうね。スポンジにとって頬からのばしていきます。

de.wa、ji.s.sa.i.ni.tsu.ke.te.mi.ma.sho.o.ne。su.po.n.ji.ni.to.t.te.ho.o.ka.ra.no.ba.shi.te.i.ki.ma.su

啊!再稍微深色一點的比較好。

あ、もう少し濃い肌色の方がいいです。

a、mo.o.su.ko.shi.ko.i.ha.da.i.ro.no.ho.o.ga.i.i.de.su

這樣啊。那麼，幫您上再深一色的。好了，完成了。如何呢？

そうですか。では、もう一段階濃い肌色をつけますね。はい、できました。いかがですか。

so.o.de.su.ka。de.wa、mo.o.i.chi.da.n.ka.i.ko.i.ha.da.i.ro.o.tsu.ke.ma.su.ne。ha.i.de.ki.ma.shi.ta。i.ka.ga.de.su.ka

非常好。

とってもいいですね。

to.t.te.mo.i.i.de.su.ne

想上薄一點時，請將海綿浸濕，用力擰乾後再使用。

薄く仕上げたい時は、スポンジを水で濡らして硬く絞ってから使ってくださいね。

u.su.ku.shi.a.ge.ta.i.to.ki.wa、su.po.n.ji.o.mi.zu.de.nu.ra.shi.te.ka.ta.ku.shi.bo.t.te.ka.ra.tsu.ka.t.te.ku.da.sa.i.ne

那麼，請給我這個粉底。

じゃあ、このファンデーションをください。
ja.a.ko.no.fa.n.de.e.sho.n.o.ku.da.sa.i

 謝謝您。請問還有其他想看的嗎？

ありがとうございます。他に何かご覧になりたいものはありますか？
a.ri.ga.to.o.go.za.i.ma.su₀ho.ka.ni.na.ni.ka.go.ra.n.ni.na.ri.ta.i.mo.no.wa.a.ri.ma.su.ka

只要粉底就好了。

ファンデーションだけでいいです。
fa.n.de.e.sho.n.da.ke.de.i.i.de.su

---

## 化妝品相關用語 ♪ 097

| 基礎保養品 | | 卸妝液 | | 洗面乳 |
|---|---|---|---|---|
| 基礎化粧品<br>ki.so.ke.sho.o.hi.n | | クレンジング／メーク落とし<br>ku.re.n.ji.n.gu／me.e.ku.o.to.shi | | 洗顔料／クレンザー<br>se.n.ga.n.ryo.o／ku.re.n.za.a |

| 化妝水 | 精華液 | 乳液 | 乳霜 |
|---|---|---|---|
| 化粧水<br>ke.sho.o.su.i | 美容液<br>bi.yo.o.e.ki | 乳液／ローション<br>nyu.u.e.ki／ro.o.sho.n | クリーム<br>ku.ri.i.mu |

| 面膜 | 面膜（布、泥） |
|---|---|
| マスク<br>ma.su.ku | パック<br>pa.k.ku |

| 基礎彩妝 | 飾底乳（修色、抗UV） |
|---|---|
| ベースメークアップ<br>be.e.su.me.e.ku.a.p.pu | 化粧下地（コントロールカラー、UVカット）<br>ke.sho.o.shi.ta.ji(ko.n.to.ro.o.ru.ka.ra.a、yu.u.bu.i.ka.t.to) |

| 遮瑕膏 | 粉底（粉、黃、棕） |
|---|---|
| コンシーラー<br>ko.n.shi.i.ra.a | ファンデーション（ピンク、オークル、ベージュ）<br>fa.n.de.e.sho.n(pi.n.ku、o.o.ku.ru、be.e.ju) |

| 蜜粉（粉狀、塊狀） |
|---|
| パウダー（ルース、プレスト）<br>pa.u.da.a(ru.u.su、pu.re.su.to) |

| 局部彩妝 | 口紅／唇膏、唇蜜、唇線 |
|---|---|
| **ポイントメークアップ**<br>po.i.n.to.me.e.ku.a.p.pu | **口紅／ルージュ、グロス、リップライナー**<br>ku.chi.be.ni／ru.u.ju、gu.ro.su、ri.p.pu.ra.i.na.a |

| 眼影 | 腮紅 |
|---|---|
| **アイシャドウ／アイカラー**<br>a.i.sha.do.o／a.i.ka.ra.a | **頬紅／チーク**<br>ho.o.be.ni／chi.i.ku |

| 眉毛（眉筆、眉粉） |
|---|
| **アイブロウ（ペンシルタイプ、パウダータイプ）**<br>a.i.bu.ro.o (pe.n.shi.ru.ta.i.pu、pa.u.da.a.ta.i.pu) |

| 眼線（眼線筆、眼線液） |
|---|
| **アイライナー（ペンシルタイプ、リキッドタイプ）**<br>a.i.ra.i.na.a (pe.n.shi.ru.ta.i.pu、ri.ki.d.do.ta.i.pu) |

| 睫毛膏（增量、捲翹、增長） |
|---|
| **マスカラ（ボリュームアップ、カール、ロング）**<br>ma.su.ka.ra (bo.ryu.u.mu.a.p.pu、ka.a.ru、ro.n.gu) |

| 道具<br>**道具**<br>do.o.gu | 海綿<br>**スポンジ**<br>su.po.n.ji | 粉撲<br>**パフ**<br>pa.fu | 化妝棉<br>**コットン**<br>ko.t.to.n |
|---|---|---|---|
| 刷子<br>**ブラシ**<br>bu.ra.shi | 眼影棒<br>**チップ**<br>chi.p.pu | 棉花棒<br>**綿棒**<br>me.n.bo.o | 睫毛夾<br>**ビューラー**<br>byu.u.ra.a |

| 指甲彩繪<br>**ネイル**<br>ne.i.ru | 基底油<br>**ベースコート**<br>be.e.su.ko.o.to | 護甲液<br>**トップコート**<br>to.p.pu.ko.o.to | 有亮粉<br>**ラメ入り**<br>ra.me.i.ri |
|---|---|---|---|
| 去光水<br>**リムーバー／除光液**<br>ri.mu.u.ba.a／jo.ko.o.e.ki | | 推棒<br>**オレンジスティック**<br>o.re.n.ji.su.ti.k.ku | 磨棒<br>**やすり**<br>ya.su.ri |

| 特徴<br>とくちょう<br>特徴<br>to.ku.cho.o | 霜<br>クリーム<br>ku.ri.i.mu | 油<br>オイル<br>o.i.ru | 液<br>リキッド<br>ri.ki.d.do |
|---|---|---|---|
| 乳<br>エマルジョン<br>e.ma.ru.jo.n | 泡沫<br>フォーム<br>fo.o.mu | 泥<br>クレイ<br>ku.re.i | 粉<br>パウダー<br>pa.u.da.a |
| 膠<br>ジェル<br>je.ru | 慕斯<br>ムース<br>mu.u.su | 防水<br>ウォータープルーフ<br>wo.o.ta.a.pu.ru.u.fu | 不含油<br>オイルフリー<br>o.i.ru.fu.ri.i |
| 無香料<br>むこうりょう<br>無香料<br>mu.ko.o.ryo.o | 保濕<br>ほしつ<br>保湿<br>ho.shi.tsu | 滋潤<br>しっとり<br>shi.t.to.ri | 清爽<br>さっぱり<br>sa.p.pa.ri |
| 過敏測試完成<br>パッチテスト済み<br>pa.c.chi.te.su.to.zu.mi | 過敏測試完成<br>アレルギーテスト済み<br>a.re.ru.gi.i.te.su.to.zu.mi | | |

| 膚質<br>はだしつ<br>肌質<br>ha.da.shi.tsu | 油性肌膚<br>オイリースキン／脂肌、脂っぽい、べたつき<br>あぶらはだ あぶら<br>o.i.ri.i.su.ki.n／a.bu.ra.ha.da、a.bu.ra.p.po.i、be.ta.tsu.ki | | |
|---|---|---|---|
| 乾性肌膚<br>ドライスキン／乾燥肌、粉っぽい、かさつき<br>かんそうはだ こな<br>do.ra.i.su.ki.n／ka.n.so.o.ha.da、ko.na.p.po.i、ka.sa.tsu.ki | | | 異位性皮膚炎<br>アトピー<br>a.to.pi.i |
| 混合肌膚<br>コンビネーションスキン／混合肌<br>こんごうはだ<br>ko.n.bi.ne.e.sho.n.su.ki.n／ko.n.go.o.ha.da | | 敏感性肌膚<br>デリケートスキン／敏感肌<br>びんかんはだ<br>de.ri.ke.e.to.su.ki.n／bi.n.ka.n.ha.da | |
| 痘痘<br>にきび<br>ni.ki.bi | 斑<br>シミ<br>shi.mi | 雀斑<br>そばかす<br>so.ba.ka.su | 白皙<br>いろしろ<br>色白<br>i.ro.ji.ro |
| 黝黑<br>いろぐろ<br>色黒<br>i.ro.gu.ro | 曬黑<br>ひや<br>日焼け<br>hi.ya.ke | 肌膚粗糙<br>キメが荒い<br>ki.me.ga.a.ra.i | 肌膚細緻<br>キメがそろっている<br>ki.me.ga.so.ro.t.te.i.ru |

| 皺紋 | 眼尾細紋 | 黑眼圈 | 毛孔明顯 |
|---|---|---|---|
| しわ | 目尻の小じわ | くま | 毛穴が目立つ |
| shi.wa | me.ji.ri.no.ko.ji.wa | ku.ma | ke.a.na.ga.me.da.tsu |

| 沒有彈性 | 有彈性 | 鬆弛 | 暗沉 |
|---|---|---|---|
| ハリがない | ハリがある | たるみ | くすみ |
| ha.ri.ga.na.i | ha.ri.ga.a.ru | ta.ru.mi | ku.su.mi |

| 肌膚乾燥 | 光澤感 | 乾燥感 | 透明感 |
|---|---|---|---|
| 肌荒れ | つや感 | マット感 | 透明感 |
| ha.da.a.re | tsu.ya.ka.n | ma.t.to.ka.n | to.o.me.i.ka.n |

| T字部位 | U字部位 | | |
|---|---|---|---|
| Tゾーン | Uゾーン | | |
| ti.i.zo.o.n | yu.u.zo.o.n | | |

| 用途 | 收斂用 | 緊實用 | 敏感性肌膚用 |
|---|---|---|---|
| 用途 | 収れん用 | ひきしめ用 | 敏感肌用 |
| yo.o.to | shu.u.re.n.yo.o | hi.ki.shi.me.yo.o | bi.n.ka.n.ha.da.yo.o |

| 治療痘痘用 | 保溼 | 美白 | |
|---|---|---|---|
| アクネケア用 | 保湿／うるおい | 美白／ホワイトニング | |
| a.ku.ne.ke.a.yo.o | ho.shi.tsu／u.ru.o.i | bi.ha.ku／ho.wa.i.to.ni.n.gu | |

| 防曬 | | 除斑 | 日用 |
|---|---|---|---|
| 日焼け止め／UVカット | | シミ対策 | 日中用 |
| hi.ya.ke.do.me／yu.u.bu.i.ka.t.to | | shi.mi.ta.i.sa.ku | ni.c.chu.u.yo.o |

| 夜用 | 抗皺 | 按摩 | 抗老化 |
|---|---|---|---|
| 夜用 | リンクル対策 | マッサージ | エイジングケア |
| yo.ru.yo.o | ri.n.ku.ru.ta.i.sa.ku | ma.s.sa.a.ji | e.i.ji.n.gu.ke.a |

## 詢問店員①

♪ 098

 不好意思。請問赤川次郎的書在哪裡？

すみません。赤川次郎の本はどこにありますか？
su.mi.ma.se.n.。a.ka.ga.wa.ji.ro.o.no.ho.n.wa.do.ko.ni.a.ri.ma.su.ka

 如果是文庫書的話，在那裡的架子上。

文庫本でしたら、あそこの棚にございます。
bu.n.ko.bo.n.de.shi.ta.ra.a.so.ko.no.ta.na.ni.go.za.i.ma.su

作家的名字是按照「あいうえお」的順序排列的。

作家の名前で「あいうえお順」で並んでいます。
sa.k.ka.no.na.ma.e.de.「a.i.u.e.o.ju.n」.de.na.ra.n.de.i.ma.su

依出版社排列的。

出版社別に並んでいます。
shu.p.pa.n.sha.be.tsu.ni.na.ra.n.de.i.ma.su

 不，我在找新書。

いえ、新刊を探しているのですが。
i.e.shi.n.ka.n.o.sa.ga.shi.te.i.ru.no.de.su.ga

 抱歉。如果是新書的話，放在收銀台的前面。

失礼しました。新刊でしたら、レジのすぐ前においてあります。
shi.tsu.re.i.shi.ma.shi.ta.shi.n.ka.n.de.shi.ta.ra.re.ji.no.su.gu.ma.e.ni.o.i.te.a.ri.ma.su

 我知道了。謝謝您。

分かりました。ありがとうございます。
wa.ka.ri.ma.shi.ta.。a.ri.ga.to.o.go.za.i.ma.su

## 詢問店員②

 不好意思。請問有叫《○○○○》的書嗎？

すいません。『○○○○』というタイトルの本はありますか？
su.i.ma.se.n。『○○○○』.to.i.u.ta.i.to.ru.no.ho.n.wa.a.ri.ma.su.ka

 嗯。這個…。讓我用電腦查一下。

えーと。そうですね…。コンピュータで検索してしましょうか。
e.e.to。so.o.de.su.ne…。ko.n.pyu.u.ta.de.ke.n.sa.ku.shi.te.mi.ma.sho.o.ka

叫《○○○○》的書，有找到3本，請問是哪一本呢？

『○○○○』というタイトルで、3冊見つかりましたが、どの本でしょうか？
『○○○○』.to.i.u.ta.i.to.ru.de.sa.n.sa.tsu.mi.tsu.ka.ri.ma.shi.ta.ga.do.no.ho.n.de.sho.o.ka

 這個，第三本。

この、三番目の本です。
ko.no.sa.n.ba.n.me.no.ho.n.de.su

 很抱歉，因為這本書現在店裡沒有，要調貨。

お客さま、申し訳ございませんが、この本は今お店に置いていませんので、お取り寄せになってしまいます。
o.kya.ku.sa.ma.mo.o.shi.wa.ke.go.za.i.ma.se.n.ga.ko.no.ho.n.wa.i.ma.o.mi.se.ni.o.i.te.i.ma.se.n.no.de.o.to.ri.yo.se.ni.na.t.te.shi.ma.i.ma.su

 請問大概要花多久時間呢？

どれくらいかかりますか？
do.re.ku.ra.i.ka.ka.ri.ma.su.ka

 大概3天左右。需要嗎？

3日くらいかと思います。どうなさいますか？
mi.k.ka.ku.ra.i.ka.to.o.mo.i.ma.su.do.o.na.sa.i.ma.su.ka

那，請幫我調。

じゃあ、取り寄せてください。
ja.a.to.ri.yo.se.te.ku.da.sa.i

 我知道了。那麼因為要辦一些手續，所以請到這邊的櫃台。

かしこまりました。ではお手続きいたしますので、こちらのカウンターまでお越しください。
ka.shi.ko.ma.ri.ma.shi.ta.de.wa.o.te.tsu.zu.ki.i.ta.shi.ma.su.no.de.ko.chi.ra.no.ka.u.n.ta.a.ma.de.o.ko.shi.ku.da.sa.i

PART 5：購物篇

229

| 書店<br>本屋<br>ho.n.ya | 銷售書<br>ベストセラー<br>be.su.to.se.ra.a | 銷售長紅<br>ロングセラー<br>ro.n.gu.se.ra.a | 熱門書<br>話題の本<br>wa.da.i.no.ho.n |
|---|---|---|---|
| 平放<br>平積み<br>hi.ra.zu.mi | 新出版<br>新刊<br>shi.n.ka.n | 文庫書<br>文庫本<br>bu.n.ko.bo.n | 單行本<br>単行本<br>ta.n.ko.o.bo.n |
| 漫畫<br>コミック<br>ko.mi.k.ku | 漫畫<br>漫画<br>ma.n.ga | 小說<br>小説<br>sho.o.se.tsu | 英文書<br>洋書<br>yo.o.sho |
| 真實事件改編小說<br>ノンフィクション<br>no.n.fi.ku.sho.n | 專業用書<br>専門書<br>se.n.mo.n.sho | 童書<br>児童書<br>ji.do.o.sho | 以幼兒為對象的<br>幼児向け<br>yo.o.ji.mu.ke |
| 圖畫書<br>絵本<br>e.ho.n | 寫真集<br>写真集<br>sha.shi.n.shu.u | 書冊<br>画集<br>ga.shu.u | 地圖<br>地図<br>chi.zu |
| 旅行<br>旅行<br>ryo.ko.o | 美食<br>グルメ<br>gu.ru.me | 旅遊書<br>ガイドブック<br>ga.i.do.bu.k.ku | 字典<br>辞典<br>ji.te.n |
| 雜誌<br>雑誌<br>za.s.shi | 週刊<br>週刊誌<br>shu.u.ka.n.shi | 月刊<br>月刊誌<br>ge.k.ka.n.shi | 季刊<br>季刊誌<br>ki.ka.n.shi |
| 增刊<br>増刊<br>zo.o.ka.n | MOOK<br>ムック<br>mu.k.ku | 專業雜誌<br>専門誌<br>se.n.mo.n.shi | 經濟雜誌<br>経済誌<br>ke.i.za.i.shi |
| 科學雜誌<br>科学誌<br>ka.ga.ku.shi | 題庫<br>問題集<br>mo.n.da.i.shu.u | 參考書<br>参考書<br>sa.n.ko.o.sho | 電視資訊雜誌<br>テレビ情報誌<br>te.re.bi.jo.o.ho.o.shi |

| 電腦 | 遊戲 | 偶像 | 流行時尚 |
|---|---|---|---|
| パソコン | ゲーム | アイドル | ファッション |
| pa.so.ko.n | ge.e.mu | a.i.do.ru | fa.s.sho.n |

| 動漫 | 音楽 | 電影 | 汽車 |
|---|---|---|---|
| アニメ | 音楽<br>（おんがく） | 映画<br>（えいが） | 自動車<br>（じどうしゃ） |
| a.ni.me | o.n.ga.ku | e.i.ga | ji.do.o.sha |

| 封面 | 封底 | 書背 | 書套 |
|---|---|---|---|
| 表紙<br>（ひょうし） | 裏表紙<br>（うらびょうし） | 背表紙<br>（せびょうし） | カバー |
| hyo.o.shi | u.ra.byo.o.shi | se.byo.o.shi | ka.ba.a |

| 書腰 | 書裡前後空白頁部分 | 書繩，和書籤同用途 | 按照五十音的順序 |
|---|---|---|---|
| 帯<br>（おび） | 見返し<br>（みかえし） | しおり | 五十音順<br>（ごじゅうおんじゅん） |
| o.bi | mi.ka.e.shi | shi.o.ri | go.ju.u.o.n.ju.n |

| 按照あいうえお的順序 | 按照出版社別 | 舊書店 | 舊書 |
|---|---|---|---|
| あいうえお順<br>（じゅん） | 出版社別<br>（しゅっぱんしゃべつ） | 古本屋<br>（ふるほんや） | 古書<br>（こしょ） |
| a.i.u.e.o.ju.n | shu.p.pa.n.sha.be.tsu | fu.ru.ho.n.ya | ko.sho |

# 服飾店

### 試穿①

🎵 100

歡迎光臨。請拿起來看看。

いらっしゃいませ。どうぞお手に取ってご覧ください。
i.ra.s.sha.i.ma.se。do.o.zo.o.te.ni.to.t.te.go.ra.n.ku.da.sa.i

不好意思。我想試穿這件裙子。

すみません。このスカートを試着したいのですが。
su.mi.ma.se.n。ko.no.su.ka.a.to.o.shi.cha.ku.shi.ta.i.no.de.su.ga

好的,請。這裡面是試衣間。我幫您把衣架拿起來。

はい、どうぞ。この奥が試着室です。ハンガーをお取りしますね。
ha.i.do.o.zo。ko.no.o.ku.ga.shi.cha.ku.shi.tsu.de.su。ha.n.ga.a.o.o.to.ri.shi.ma.su.ne

謝謝您。

ありがとうございます。
a.ri.ga.to.o.go.za.i.ma.su

### 試穿②

請問您覺得如何呢?

お客さま、いかがですか?
o.kya.ku.sa.ma、i.ka.ga.de.su.ka

啊,不好意思。我還在穿。

あ、すみません。まだ着ている途中です。
a.su.mi.ma.se.n。ma.da.ki.te.i.ru.to.chu.u.de.su

失禮了。如果您穿好了,請叫我一聲。

失礼しました。お召しになりましたら、お声をおかけください。
shi.tsu.re.i.shi.ma.shi.ta。o.me.shi.ni.na.ri.ma.shi.ta.ra.o.ko.e.o.o.ka.ke.ku.da.sa.i

那個…。

あの…。
a.no.o…

是的,客人。如何呢?

はい、お客さま。いかがですか?
ha.i.o.kya.ku.sa.ma。i.ka.ga.de.su.ka

| | | |
|---|---|---|
| 有一點緊(鬆)，請問有別的尺寸嗎？ | 少しきつい(ゆるい)のですが、他のサイズはありますか？<br>su.ko.shi.ki.tsu.i(yu.ru.i).no.de.su.ga.ho.ka.no.sa.i.zu.wa.a.ri.ma.su.ka | |
| 有的，我現在幫您拿過來。 | はい、ただ今お持ちいたします。<br>ha.i.ta.da.i.ma.o.mo.chi.i.ta.shi.ma.su | |
| 麻煩了。 | お願いします。<br>o.ne.ga.i.shi.ma.su | |

## 試穿③

| | | |
|---|---|---|
| 我拿大(小)一號的來了。請試穿。 | ワンサイズ上（下）をお持ちしました。どうぞ。<br>wa.n.sa.i.zu.u.e(shi.ta).o.o.mo.chi.shi.ma.shi.ta。do.o.zo | |
| 謝謝您。 | ありがとうございます。<br>a.ri.ga.to.o.go.za.i.ma.su | |
| 請問這次如何呢？ | 今度はいかがですか？<br>ko.n.do.wa.i.ka.ga.de.su.ka | |
| 是的。好像剛剛好。 | はい。ちょうどいいみたいです。<br>ha.i.cho.o.do.i.i.mi.ta.i.de.su | |
| 要不要出試衣間，從遠一點的地方照鏡子看看呢？ | 試着室から出て、遠くから鏡をご覧になってはいかがですか。<br>shi.cha.ku.shi.tsu.ka.ra.de.te.to.o.ku.ka.ra.ka.ga.mi.o.go.ra.n.ni.na.tte.wa.i.ka.ga.de.su.ka | |
| 好。 | はい。<br>ha.i | |
| 非常適合哦。長度也剛剛好呢。 | とてもよくお似合いですよ。丈もちょうどいいですね。<br>to.te.mo.yo.ku.o.ni.a.i.de.su.yo.ta.ke.mo.cho.o.do.i.i.de.su.ne | |
| 是啊。…那，我要這件。 | そうですね。…じゃあ、これにします。<br>so.o.de.su.ne。…ja.a.ko.re.ni.shi.ma.su | |

謝謝您。請問還要看其他的嗎？

ありがとうございます。他に何かご覧になりますか？

a.ri.ga.to.o.go.za.i.ma.su.ho.ka.ni.na.ni.ka.go.ra.n.ni.na.ri.
ma.su.ka

不了，這件裙子就好了。

いえ、このスカートだけでいいです。

i.e.ko.no.su.ka.a.to.da.ke.de.i.i.de.su

我知道了。那麼要幫您結帳了嗎？

かしこまりました。では、お会計をお願いしてもよろしいでしょうか？

ka.shi.ko.ma.ri.ma.shi.ta.de.wa.o.ka.i.ke.i.o.o.ne.ga.i.shi.te.
mo.yo.ro.shi.i.de.sho.o.ka

好。…那個，因為我想直接穿走，所以可以不用幫我包起來。

はい。…あの、ここで着て行きたいので、包まなくてもいいです。

ha.i.…a.no.ko.ko.de.ki.te.i.ki.ta.i.no.de.tsu.tsu.ma.na.ku.te.
mo.i.i.de.su

這樣呀。那我幫您把吊牌拿下來。

さようでございますか。では、値札をお取りしておきますね。

sa.yo.o.de.go.za.i.ma.su.ka.de.wa.ne.fu.da.o.o.to.ri.shi.te.o.
ki.ma.su.ne

麻煩您。

お願いします。

o.ne.ga.i.shi.ma.su

謝謝您的購買。如果要換衣服的話，請使用剛才的試衣間。

お買い上げありがとうございます。お着替えは、先ほどの試着室をご利用ください。

o.ka.i.a.ge.a.ri.ga.to.o.go.za.i.ma.su.o.ki.ga.e.wa.sa.ki.ho.do.
no.shi.cha.ku.shi.tsu.o.go.ri.yo.o.ku.da.sa.i

謝謝您。跟您借一下。

ありがとうございます。お借りします。

a.ri.ga.to.o.go.za.i.ma.su.o.ka.ri.shi.ma.su

歡迎您再度光臨。

またのご来店をお待ちしております。

ma.ta.no.go.ra.i.te.n.o.o.ma.chi.shi.te.o.ri.ma.su

## 修改衣物

 可以麻煩幫我改牛仔褲的長度嗎？

ジーンズの裾上げをお願いできますか。
ji.i.n.zu.no.su.so.a.ge.o.o.ne.ga.i.de.ki.ma.su.ka

 好的。請問這個位置可以嗎？

かしこまりました。この位置でよろしいですか？
ka.shi.ko.ma.ri.ma.shi.ta。ko.no.i.chi.de.yo.ro.shi.i.de.su.ka

 請再長（短）一點點。

もうすこし長く（短く）してください。
mo.o.su.ko.shi.na.ga.ku(mi.ji.ka.ku).shi.te.ku.da.sa.i

大概這樣嗎？

このくらいですか？
ko.no.ku.ra.i.de.su.ka

是的，那裡可以。

はい、そこでいいです。
ha.i.so.ko.de.i.i.de.su

 一小時後（2天後）可以完成。這個是交換券。請於取貨的時候交出來。

出来上がりは一時間後（2日後）になります。こちらが引換券です。お受け取りの際にお出しください。
de.ki.a.ga.ri.wa.i.chi.ji.ka.n.go(fu.tsu.ka.go).ni.na.ri.ma.su。
ko.chi.ra.ga.hi.ki.ka.e.ke.n.de.su。o.u.ke.to.ri.no.sa.i.ni.o.da.
shi.ku.da.sa.i

## 詢問洗滌的方式

 請問這件罩衫可以用洗衣機洗嗎？

このブラウスは洗濯機で洗えますか？
ko.no.bu.ra.u.su.wa.se.n.ta.ku.ki.de.a.ra.e.ma.su.ka

 建議用手洗喔。

手洗いをおすすめします。
te.a.ra.i.o.o.su.su.me.shi.ma.su

如果要用洗衣機洗，請放入洗衣袋。

洗濯機で洗う場合は、ネットに入れてください。
se.n.ta.ku.ki.de.a.ra.u.ba.a.i.wa、ne.t.to.ni.i.re.te.ku.da.sa.i

因為容易掉色，請不要和其他的東西一起洗。

色落ちしやすいので、別のものと一緒には洗わないでください。
i.ro.o.chi.shi.ya.su.i.no.de.be.tsu.no.mo.no.to.i.s.sho.ni.wa.
a.ra.wa.na.i.de.ku.da.sa.i

| | | |
|---|---|---|
| 1 | 也有其他的顏色哦。 | 他のお色もありますよ。<br>ho.ka.no.o.i.ro.mo.a.ri.ma.su.yo |
| 2 | 這是秋季新品。 | この秋の新作です。<br>ko.no.a.ki.no.shi.n.sa.ku.de.su |
| 3 | 和這件夾克搭配在一起的話，是今年的流行哦。 | こちらのジャケットを合わせると、今年風になりますよ。<br>ko.chi.ra.no.ja.ke.t.to.o.a.wa.se.ru.to、ko.to.shi.fu.u.ni.na.ri.<br>ma.su.yo |
| 4 | 只要穿這一件，就會很有型哦。是很好搭配的單品哦。 | これを一枚着ただけで、サマになりますよ。<br>着回しがきくアイテムですよ。<br>ko.re.o.i.chi.ma.i.ki.ta.da.ke.de、sa.ma.ni.na.ri.ma.su.yo。<br>ki.ma.wa.shi.ga.ki.ku.a.i.te.mu.de.su.yo |
| 5 | 是模特兒○○小姐在服裝雜誌裡穿的衣服哦。 | ファッション雑誌でモデルの○○ちゃんが着ていた服ですよ。<br>fa.s.sho.n.za.s.shi.de.mo.de.ru.no.○○.cha.n.ga.ki.te.i.ta.fu.<br>ku.de.su.yo |

### 關於服裝的各種單字  ♪ 101

| 尺寸<br>サイズ<br>sa.i.zu | S<br>Sサイズ<br>e.su.sa.i.zu | M<br>Mサイズ<br>e.mu.sa.i.zu | L<br>Lサイズ<br>e.ru.sa.i.zu |
|---|---|---|---|
| F<br>フリーサイズ<br>fu.ri.i.sa.i.zu | 5號<br>5号<br>go.go.o | 7號<br>7号<br>na.na.go.o | 9號<br>9号<br>kyu.u.go.o |
| 11號<br>11号<br>ju.u.i.chi.go.o | 13號<br>13号<br>ju.u.sa.n.go.o | 15號<br>15号<br>ju.u.go.go.o | 大<br>大きい<br>o.o.ki.i |
| 小<br>小さい<br>chi.i.sa.i | 長<br>長い<br>na.ga.i | 短<br>短い<br>mi.ji.ka.i | 緊<br>きつい<br>ki.tsu.i |

| 剛好<br>**ぴったり**<br>pi.t.ta.ri | 緊<br>**タイト**<br>ta.i.to | 剛好<br>**フィット**<br>fi.t.to | 寬鬆<br>**ゆるい**<br>yu.ru.i |
|---|---|---|---|
| 寬鬆<br>**ゆったり**<br>yu.t.ta.ri | 鬆<br>**ルーズ**<br>ru.u.zu | 丈量<br>**着丈**<br>ki.ta.ke | 肩寬<br>**肩幅**<br>ka.ta.ha.ba |
| 袖長<br>**袖丈**<br>so.de.ta.ke | 裙長<br>**スカート丈**<br>su.ka.a.to.ta.ke | 腰部至跨下的長度<br>**股上**<br>ma.ta.u.e | 褲長<br>**股下**<br>ma.ta.shi.ta |
| 胸圍<br>**胸囲／バスト**<br>kyo.o.i／ba.su.to | 腰圍<br>**腰囲／ウエスト**<br>yo.o.i／u.e.su.to | 肚圍<br>**胴囲**<br>do.o.i | 臀圍<br>**ヒップ**<br>hi.p.pu |
| 材質<br>**素材**<br>so.za.i | 絹料<br>**絹**<br>ki.nu | 絲綢<br>**シルク**<br>shi.ru.ku | 棉<br>**綿**<br>me.n |
| 棉<br>**コットン**<br>ko.t.to.n | 麻<br>**麻**<br>a.sa | 亞麻<br>**リネン**<br>ri.ne.n | 針織<br>**ニット**<br>ni.t.to |
| 聚脂纖維<br>**ポリエステル**<br>po.ri.e.su.te.ru | 人造纖維<br>**レーヨン**<br>re.e.yo.n | 丹寧<br>**デニム**<br>de.ni.mu | 毛巾布<br>**タオル地**<br>ta.o.ru.ji |
| 緞料<br>**サテン**<br>sa.te.n | 蕾絲<br>**レース**<br>re.e.su | 網狀布<br>**メッシュ**<br>me.s.shu | 網狀編織法<br>**透かし編み**<br>su.ka.shi.a.mi |
| 羊毛<br>**羊毛**<br>yo.o.mo.o | 羊毛<br>**ウール**<br>u.u.ru | 合成羊毛<br>**アクリル**<br>a.ku.ri.ru | 燈芯絨<br>**コーデュロイ**<br>ko.o.dyu.ro.i |
| 天鵝絨<br>**ベルベット**<br>be.ru.be.t.to | 平針織物<br>**ジャージー**<br>ja.a.ji.i | 皮草<br>**毛皮**<br>ke.ga.wa | 皮<br>**皮**<br>ka.wa |

| 皮 | 合成皮 | 伸縮布 | 打褶 |
|---|---|---|---|
| レザー | フェイクファー | ストレッチ素材 | プリーツ加工 |
| re.za.a | fe.i.ku.fa.a | su.to.re.c.chi.so.za.i | pu.ri.i.tsu.ka.ko.o |
| 防潑水處理 | 破壞加工 | 速乾性 | 雪紡 |
| 撥水加工 | ダメージ加工 | 速乾性 | シフォン |
| ha.s.su.i.ka.ko.o | da.me.e.ji.ka.ko.o | so.k.ka.n.se.i | shi.fo.n |
| 褶邊 | 抓皺 | 刺繡 | 厚 |
| フリル | ギャザー | 刺繡 | 厚手 |
| fu.ri.ru | gya.za.a | shi.shu.u | a.tsu.de |
| 薄 | | | |
| 薄手 | | | |
| u.su.de | | | |

| 上衣、外衣 | 長版上衣 | 連帽上衣 | 背心 |
|---|---|---|---|
| 上着、アウター | チュニック | パーカー | ベスト |
| u.wa.gi, a.u.ta.a | chu.ni.k.ku | pa.a.ka.a | be.su.to |
| 羊毛衫 | 短版外套 | 毛衣 | 夾克 |
| カーディガン | ボレロ | セーター | ジャケット |
| ka.a.di.ga.n | bo.re.ro | se.e.ta.a | ja.ke.t.to |
| 運動外套 | 外套 | 大衣 | 大衣 |
| ジャンパー | ブルゾン | コート | オーバー |
| ja.n.pa.a | bu.ru.zo.n | ko.o.to | o.o.ba.a |
| 西裝式外套 | 運動服 | 羽毛外套 | 軍用雨衣 |
| ブレザー | トレーナー | ダウンジャケット | トレンチコート |
| bu.re.za.a | to.re.e.na.a | da.u.n.ja.ke.t.to | to.re.n.chi.ko.o.to |
| 連帽粗呢大衣 | | | |
| ダッフルコート | | | |
| da.f.fu.ru.ko.o.to | | | |

| 上衣 | 背心上衣 | T恤 | 過腰上衣 |
|---|---|---|---|
| トップス<br>to.p.pu.su | タンクトップ<br>ta.n.ku.to.p.pu | Tシャツ<br>ti.i.sha.tsu | プルオーバー<br>pu.ru.o.o.ba.a |

| 襯衫 | 罩衫 | 針織衫 | 整套 |
|---|---|---|---|
| シャツ<br>sha.tsu | ブラウス<br>bu.ra.u.su | カットソー<br>ka.t.to.so.o | アンサンブル<br>a.n.sa.n.bu.ru |

| POLO衫 | 白襯衫 | 夏威夷襯衫 | |
|---|---|---|---|
| ポロシャツ<br>po.ro.sha.tsu | ワイシャツ<br>wa.i.sha.tsu | アロハシャツ<br>a.ro.ha.sha.tsu | |

| 花紋 | 素面 | 圓點 | 圓點 |
|---|---|---|---|
| 柄<br>ga.ra | 無地<br>mu.ji | 水玉<br>mi.zu.ta.ma | ドット<br>do.t.to |

| 條紋 | 直條紋 | 格紋 | 碎花紋 |
|---|---|---|---|
| ボーダー<br>bo.o.da.a | ストライプ<br>su.to.ra.i.pu | チェック<br>che.k.ku | 花柄<br>ha.na.ga.ra |

| 動物紋 | 迷彩 | LOGO圖樣 | |
|---|---|---|---|
| アニマル柄<br>a.ni.ma.ru.ga.ra | 迷彩柄<br>me.i.sa.i.ga.ra | ロゴプリント<br>ro.go.pu.ri.n.to | |

| 領子 | 無領 | U領 | V領 |
|---|---|---|---|
| 襟<br>e.ri | 襟なし<br>e.ri.na.shi | Uネック<br>yu.u.ne.k.ku | Vネック<br>bu.i.ne.k.ku |

| 高領 | 高領 | 圓領 | 立領 |
|---|---|---|---|
| タートルネック<br>ta.a.to.ru.ne.k.ku | ハイネック<br>ha.i.ne.k.ku | 丸襟<br>ma.ru.e.ri | 立て襟<br>ta.te.e.ri |

| 方領 | 繞領 | 開襟 | 圓領 |
|---|---|---|---|
| スクエアネック<br>su.ku.e.a.ne.k.ku | ホルターネック<br>ho.ru.ta.a.ne.k.ku | カシュクール<br>ka.shu.ku.u.ru | クルーネック<br>ku.ru.u.ne.k.ku |

| 下衣<br>**ボトムス**<br>bo.to.mu.su | 裙子<br>**スカート**<br>su.ka.a.to | 迷你裙<br>**ミニスカート**<br>mi.ni.su.ka.a.to | 超迷你短裙<br>**マイクロミニ**<br>ma.i.ku.ro.mi.ni |
|---|---|---|---|
| 長裙<br>**ロングスカート**<br>ro.n.gu.su.ka.a.to | 蛋糕裙<br>**ティアードスカート**<br>ti.a.a.do.su.ka.a.to | 皺褶裙<br>**ギャザースカート**<br>gya.za.a.su.ka.a.to | 百褶裙<br>**プリーツスカート**<br>pu.ri.i.tsu.su.ka.a.to |
| 窄裙<br>**タイトスカート**<br>ta.i.to.su.ka.a.to | 波浪裙<br>**フレアースカート**<br>fu.re.a.a.su.ka.a.to | 背心裙<br>**ジャンパースカート**<br>ja.n.pa.a.su.ka.a.to | 燈籠裙<br>**ラップスカート**<br>ra.p.pu.su.ka.a.to |
| 褲子<br>**パンツ**<br>pa.n.tsu | 短褲<br>**ショートパンツ**<br>sho.o.to.pa.n.tsu | 熱褲<br>**ホットパンツ**<br>ho.t.to.pa.n.tsu | 五分褲<br>**ハーフパンツ**<br>ha.a.fu.pa.n.tsu |
| 七分褲<br>**カプリパンツ**<br>ka.pu.ri.pa.n.tsu | 窄管七分褲<br>**サブリナパンツ**<br>sa.bu.ri.na.pa.n.tsu | 及膝、膝上褲<br>**バミューダパンツ**<br>ba.myu.u.da.pa.n.tsu | 吊帶褲<br>**サロペット**<br>sa.ro.pe.t.to |
| 吊帶褲（工作服）<br>**オーバーオール**<br>o.o.ba.a.o.o.ru | 內搭褲<br>**レギンス**<br>re.gi.n.su | 寬管褲<br>**イージーパンツ**<br>i.i.ji.i.pa.n.tsu | 牛仔褲<br>**ジーンズ**<br>ji.i.n.zu |
| 窄管牛仔褲<br>**スキニージーンズ**<br>su.ki.ni.i.ji.i.n.zu | 靴型褲<br>**ブーツカット**<br>bu.u.tsu.ka.t.to | 西裝褲<br>**スラックス**<br>su.ra.k.ku.su | 工作褲<br>**カーゴパンツ**<br>ka.a.go.pa.n.tsu |
| 喇叭褲<br>**ベルボトム**<br>be.ru.bo.to.mu | 鬆緊帶<br>**ウエストゴム**<br>u.e.su.to.go.mu | 低腰<br>**ローライズ**<br>ro.o.ra.i.zu | 一件式洋裝<br>**ワンピース、ドレス**<br>wa.n.pi.i.su、do.re.su |
| 西裝、三件式西裝<br>**スーツ、背広、三つ揃え、ビジネススーツ**<br>su.u.tsu、se.bi.ro、mi.t.tsu.zo.ro.e、bi.ji.ne.su.u.tsu | | | |

| 袖子 | 無袖 | 無袖 | 蓋袖 |
|---|---|---|---|
| そで **袖** so.de | そで **袖なし** so.de.na.shi | **ノースリーブ** no.o.su.ri.i.bu | **フレンチスリーブ** fu.re.n.chi.su.ri.i.bu |
| 短袖 | 燈籠袖 | 七分袖 | 長袖 |
| はんそで **半袖** ha.n.so.de | **パフスリーブ** pa.fu.su.ri.i.bu | しちぶそで **七部袖** shi.chi.bu.so.de | ながそで **長袖** na.ga.so.de |
| 捲袖 | | | |
| **ロールアップ** ro.o.ru.a.p.pu | | | |

| 足部 | 襪子 | 絲襪 | 褲襪 |
|---|---|---|---|
| あしもと **足元** a.shi.mo.to | くつした **靴下／ソックス** ku.tsu.shi.ta／so.k.ku.su | **ストッキング** su.to.k.ki.n.gu | **タイツ** ta.i.tsu |
| 褲襪 | | | |
| **スパッツ** su.pa.t.tsu | | | |

| 帽子 | 球帽 | 紳士帽 | 獵帽 |
|---|---|---|---|
| ぼうし **帽子** bo.o.shi | **キャップ** kya.p.pu | **ハット** ha.t.to | **ハンチング** ha.n.chi.n.gu |
| 毛帽 | | 貝雷帽 | 鴨舌帽 |
| **ニットキャップ／ビーニー** ni.t.to.kya.p.pu／bi.i.ni.i | | ぼう **ベレー帽** be.re.e.bo.o | **キャスケット** kya.su.ke.t.to |
| 遮陽帽 | | | |
| **サンバイザー** sa.n.ba.i.za.a | | | |

| 飾品<br>**アクセサリー**<br>a.ku.se.sa.ri.i | 耳環<br>**イヤリング**<br>i.ya.ri.n.gu | 穿孔耳環<br>**ピアス**<br>pi.a.su | 項錬<br>**ネックレス**<br>ne.k.ku.re.su |
|---|---|---|---|
| 吊飾<br>**ペンダント**<br>pe.n.da.n.to | 手錬<br>**ブレスレット**<br>bu.re.su.re.t.to | 戒指<br>**指輪（リング）**<br>yu.bi.wa(ri.n.gu) | 髪飾<br>**ヘアアクセサリー**<br>he.a.a.ku.se.sa.ri.i |
| 束髪帶<br>**シュシュ**<br>shu.shu | 髪夾<br>**バレッタ**<br>ba.re.t.ta | 髪帶<br>**ヘアバンド**<br>he.a.ba.n.do | 髪圈<br>**ヘアゴム**<br>he.a.go.mu |
| 髪簪<br>**かんざし**<br>ka.n.za.shi | 髪夾<br>**ヘアクリップ**<br>he.a.ku.ri.p.pu | 梳子<br>**コーム**<br>ko.o.mu | |

| 流行雜貨、小物<br>**ファッション雑貨、小物**<br>fa.s.sho.n.za.k.ka、ko.mo.no | | 手帕<br>**ハンカチ**<br>ha.n.ka.chi | 胸針<br>**ブローチ**<br>bu.ro.o.chi |
|---|---|---|---|
| 胸花<br>**コサージュ**<br>ko.sa.a.ju | 圍巾<br>**マフラー**<br>ma.fu.ra.a | 披肩<br>**ストール**<br>su.to.o.ru | 手套<br>**手袋**<br>te.bu.ku.ro |
| 皮帶<br>**ベルト**<br>be.ru.to | 領帶<br>**ネクタイ**<br>ne.ku.ta.i | 領帶夾<br>**ネクタイピン**<br>ne.ku.ta.i.pi.n | 袖釦<br>**カフスボタン**<br>ka.fu.su.bo.ta.n |
| 墨鏡<br>**サングラス**<br>sa.n.gu.ra.su | 傘<br>**傘**<br>ka.sa | 雨傘<br>**雨傘**<br>a.ma.ga.sa | 陽傘<br>**日傘**<br>hi.ga.sa |

| 包包 | 手提包 | 單肩背包 | 後背包 |
|---|---|---|---|
| バッグ | ハンドバッグ | ショルダーバッグ | リュックサック |
| ba.g.gu | ha.n.do.ba.g.gu | sho.ru.da.a.ba.g.gu | ryu.k.ku.sa.k.ku |

| 波士頓包 | 托特包 | 宴會包 | 公事包 |
|---|---|---|---|
| ボストンバッグ | トートバッグ | パーティーバッグ | ビジネスバッグ |
| bo.su.to.n.ba.g.gu | to.o.to.ba.g.gu | pa.a.ti.i.ba.g.gu | bi.ji.ne.su.ba.g.gu |

| 手拿包 | 編織包 | 環保袋 | 小型手提袋 |
|---|---|---|---|
| ポーチ | かごバッグ | エコバッグ | ポシェット |
| po.o.chi | ka.go.ba.g.gu | e.ko.ba.g.gu | po.she.t.to |

| 形象、造型、品味 | | 經典款 | 簡模風 |
|---|---|---|---|
| イメージ、スタイル、テイスト | | トラッド | シンプル |
| i.me.e.ji、su.ta.i.ru、te.i.su.to | | to.ra.d.do | shi.n.pu.ru |

| 可愛風 | 運動風 | 女性的 | 女孩風 |
|---|---|---|---|
| キュート | スポーティー | フェミニン | ガーリー |
| kyu.u.to | su.po.o.ti.i | fe.mi.ni.n | ga.a.ri.i |

| 男性的 | 男孩風 | 南洋風 | 海軍風 |
|---|---|---|---|
| マニッシュ | ボーイッシュ | トロピカル | マリンテイスト |
| ma.ni.s.shu | bo.o.i.s.shu | to.ro.pi.ka.ru | ma.ri.n.te.i.su.to |

| 多層次 | 異國風 | 民族風 | 西部風 |
|---|---|---|---|
| レイヤードスタイル | エキゾチック | エスニック | ウエスタン |
| re.i.ya.a.do.su.ta.i.ru | e.ki.zo.chi.k.ku | e.su.ni.k.ku | u.e.su.ta.n |

| 酷 | 華麗 | 優雅 | 浪漫 |
|---|---|---|---|
| クール | ゴージャス | エレガンス | ロマンティック |
| ku.u.ru | go.o.ja.su | e.re.ga.n.su | ro.ma.n.ti.k.ku |

| 少女 | 成熟 | 制服風 | 女孩風 |
|---|---|---|---|
| ロリータ | 大人っぽい<br>おとな | 制服風<br>せいふくふう | ギャル系<br>けい |
| ro.ri.i.ta | o.to.na.p.po.i | se.i.fu.ku.fu.u | gya.ru.ke.i |

| 公主風 | 美女系 | 正式 | 摩德風 |
|---|---|---|---|
| 姫系<br>ひめけい | きれいめ | フォーマル | モード系<br>けい |
| hi.me.ke.i | ki.re.i.me | fo.o.ma.ru | mo.o.do.ke.i |

| 野性 | 街頭風 | 裏原宿風 | 古裝 |
|---|---|---|---|
| ワイルド | ストリート | 裏原系 | 古着 |
| wa.i.ru.do | su.to.ri.i.to | u.ra.ha.ra.ke.i | fu.ru.gi |

| 壞壞的中年男子 | 龐克 | 可愛 | 帥氣 |
|---|---|---|---|
| ちょいワル | パンク | かわいい | かっこいい |
| cho.i.wa.ru | pa.n.ku | ka.wa.i.i | ka.k.ko.i.i |

| 模特兒系 | 飄來飄去 | 翻翻掉落 | 樸素 |
|---|---|---|---|
| モテ系 | ひらひら | フリフリ | 地味 |
| mo.te.ke.i | hi.ra.hi.ra | fu.ri.fu.ri | ji.mi |

| 華麗引人注目 | 遮住體型 | 美腿、修飾腳長 | |
|---|---|---|---|
| 派手 | 体型カバー | 美脚、足長効果 | |
| ha.de | ta.i.ke.i.ka.ba.a | bi.kya.ku、a.shi.na.ga.ko.o.ka | |

| 其他 | 上下一套 | 全身搭配 | 顏色不同 |
|---|---|---|---|
| その他 | 上下セット | 全身コーディネート | 色違い |
| so.no.ta | jo.o.ge.se.t.to | ze.n.shi.n.ko.o.di.ne.e.to | i.ro.chi.ga.i |

| 剪影 | 露出 | 故意若隱若現的讓人看 | 平衡 |
|---|---|---|---|
| シルエット | 露出 | チラ見せ | バランス |
| shi.ru.e.t.to | ro.shu.tsu | chi.ra.mi.se | ba.ra.n.su |

| 趨勢 | 常重覆穿的衣服 | | 便宜又可愛 |
|---|---|---|---|
| トレンド | ヘビロテ（ヘビーローテーション） | | 安カワ |
| to.re.n.do | he.bi.ro.te (he.bi.i.ro.o.te.e.sho.n) | | ya.su.ka.wa |

| 暢貨中心 | 過季 | 快速時尚 | |
|---|---|---|---|
| アウトレット | シーズンオフ | ファストファッション | |
| a.u.to.re.t.to | shi.i.zu.n.o.fu | fa.su.to.fa.s.sho.n | |

| 非特價商品 | 設計師品牌 | | |
|---|---|---|---|
| セール対象外 | デザイナーズブランド | | |
| se.e.ru.ta.i.sho.o.ga.i | de.za.i.na.a.zu.bu.ra.n.do | | |

# 11 | 靴店

## 問尺寸

📀 102

 不好意思。請問有24公分的尺寸嗎？

すみません。 24 cmのサイズはありますか？
su.mi.ma.se.n。ni.ju.u.yo.n.se.n.chi.no.sa.i.zu.wa.a.ri.ma.su.ka

 有，我現在幫您拿來。

はい、ただ今お持ちいたします。
ha.i。ta.da.i.ma.o.mo.chi.i.ta.shi.ma.su

## 試穿鞋子

 請到鏡子前。如何呢？

どうぞ、鏡の前へ。いかがですか？
do.o.zo。ka.ga.mi.no.ma.e.e。i.ka.ga.de.su.ka

 我覺得不錯。

いいと思います。
i.i.to.o.mo.i.ma.su

 要不要到處走走看呢？

ちょっと周りを歩かれてみてはいかがですか？
cho.t.to.ma.wa.ri.o.a.ru.ka.re.te.mi.te.wa.i.ka.ga.de.su.ka

 走路有一點痛耶…。

歩くとちょっと痛いですね…。
a.ru.ku.to.cho.t.to.i.ta.i.de.su.ne…

 請問是哪裡痛呢？

どこが痛いですか？
do.ko.ga.i.ta.i.de.su.ka

 好像是太窄了，腳尖會痛。請問有大一號的24.5公分的嗎？

幅が狭いみたいで、甲の部分が痛いです。もうワンサイズ上の、24.5cmはありますか。
ha.ba.ga.se.ma.i.mi.ta.i.de。ko.o.no.bu.bu.n.ga.i.ta.i.de.su。mo.o.wa.n.sa.i.zu.u.e.no。ni.ju.u.yo.n.te.n.go.se.n.chi.wa.a.ri.ma.su.ka

有的，我去拿。
這次覺得如何呢？

はい、持ってまいります。（持ってくる）今度はいかがですか？
ha.i。mo.t.te.ma.i.ri.ma.su。(mo.t.te.ku.ru) ko.n.do.wa.i.ka.ga.de.su.ka

PART 5 | 購物篇

245

這次是趾尖頂到會痛。可能是因為有跟，所以腳會往前跑的關係吧。
怎麼辦？我很喜歡這個設計…。

今度はつま先が当たって痛いです。ヒールがありますので、足が前にいってしまうのかもしれませんね。
どうしよう。デザインはとても気に入っているのに…。

ko.n.do.wa.tsu.ma.sa.ki.ga.a.ta.t.te.i.ta.i.de.su。hi.i.ru.ga.a.ri.ma.su.no.de.a.shi.ga.ma.e.ni.i.t.te.shi.ma.u.no.ka.mo.shi.re.ma.se.n.ne。do.o.shi.yo.o。de.za.i.n.wa.to.te.mo.ki.ni.i.t.te.i.ru.no.ni…

要不要試著在趾尖套上腳趾套呢？可以防止腳往前跑哦。

お客さま。つま先に中敷きを入れてみましょうか。足が前にいくのを防げますよ。

o.kya.ku.sa.ma.tsu.ma.sa.ki.ni.na.ka.ji.ki.o.i.re.te.mi.ma.sho.o.ka。a.shi.ga.ma.e.ni.i.ku.no.o.fu.se.ge.ma.su.yo

那，麻煩您。

じゃあ、お願いします。

ja.a.o.ne.ga.i.shi.ma.su

好了，請試穿看看。

はい、どうぞ履いてみてください。

ha.i.do.o.zo.ha.i.te.mi.te.ku.da.sa.i

啊，這次剛剛好。走路也不會痛。

あ、今度はちょうどいいです。歩いても痛くないです。

a、ko.n.do.wa.cho.o.do.i.i.de.su。a.ru.i.te.mo.i.ta.ku.na.i.de.su

太好了。

よかったです。

yo.ka.t.ta.de.su

我要買這個。

これにします。

ko.re.ni.shi.ma.su

## 購買鞋子

 感謝您的購買。請問要不要盒子呢？

お買い上げありがとうございます。お客さま、お箱はどうされますか？
o.ka.i.a.ge.a.ri.ga.to.o.go.za.i.ma.su。o.kya.ku.sa.ma。o.ha.ko.wa.do.o.sa.re.ma.su.ka

 我不需要盒子。

箱はいりません。
ha.ko.wa.i.ri.ma.se.n

 我知道了。那麼，我幫您裝進袋子裡。

かしこまりました。では、袋に入れてまいります。
ka.shi.ko.ma.ri.ma.shi.ta。de.wa。fu.ku.ro.ni.i.re.te.ma.i.ri.ma.su

### 詢問店員

| 1 | 請問這雙鞋子是什麼材質呢？ | この靴の素材はなんですか？<br>ko.no.ku.tsu.no.so.za.i.wa.na.n.de.su.ka |
|---|---|---|
| 2 | 下雨不會染色的材質比較好。 | 雨で色が染みない素材がいいです。<br>a.me.de.i.ro.ga.shi.mi.na.i.so.za.i.ga.i.i.de.su |
| 3 | 請問有好走的鞋子嗎？ | 歩きやすい靴はありますか？<br>a.ru.ki.ya.su.i.ku.tsu.wa.a.ri.ma.su.ka |
| 4 | 我在找可以搭這件衣服和包包的鞋子。 | この服とバッグに合う靴を探しています。<br>ko.no.fu.ku.to.ba.g.gu.ni.a.u.ku.tsu.o.sa.ga.shi.te.i.ma.su |
| 5 | 請問要怎麼保養比較好呢？ | どうやって手入れをしたらいいですか？<br>do.o.ya.t.te.te.i.re.o.shi.ta.ra.i.i.de.su.ka |
| 6 | 可以量一下腳的尺寸嗎？ | 足のサイズを測ってもらえますか？<br>a.shi.no.sa.i.zu.o.ha.ka.t.te.mo.ra.e.ma.su.ka |

PART 5 | 購物篇

247

| 鞋店 | 跟鞋 | 拖鞋 | 有跟涼鞋 |
|---|---|---|---|
| 靴屋<br>ku.tsu.ya | パンプス<br>pa.n.pu.su | サンダル<br>sa.n.da.ru | ミュール<br>myu.u.ru |

| 平底鞋 | 高跟鞋 | 低跟鞋 | 娃娃鞋 |
|---|---|---|---|
| フラットシューズ<br>fu.ra.t.to.shu.u.zu | ハイヒール<br>ha.i.hi.i.ru | ローヒール<br>ro.o.hi.i.ru | ぺたんこ靴<br>pe.ta.n.ko.gu.tsu |

| 厚底 | 球鞋 | 船形皮鞋 | 靴子 |
|---|---|---|---|
| 厚底<br>a.tsu.zo.ko | スニーカー<br>su.ni.i.ka.a | ローファー<br>ro.o.fa.a | ブーツ<br>bu.u.tsu |

| 慢跑鞋 | | 長靴 | 雨鞋 |
|---|---|---|---|
| ウォーキングシューズ<br>wo.o.ki.n.gu.shu.u.zu | | 長靴<br>na.ga.gu.tsu | レインシューズ<br>re.i.n.shu.u.zu |

| 亮面 | 皮鞋 | 鞋帶 | 拇趾外翻 |
|---|---|---|---|
| エナメル<br>e.na.me.ru | 革靴<br>ka.wa.gu.tsu | ストラップ<br>su.to.ra.p.pu | 外反母趾<br>ga.i.ha.n.bo.shi |

| 咬腳 | 鞋扒 | 鞋油 | 鞋油 |
|---|---|---|---|
| 靴擦れ<br>ku.tsu.zu.re | 靴べら<br>ku.tsu.be.ra | 靴ずみ<br>ku.tsu.zu.mi | つや出し<br>tsu.ya.da.shi |

| 腳趾套 | 鞋底 |
|---|---|
| 中敷き<br>na.ka.ji.ki | ソール<br>so.o.ru |

| 舒適度 | 悶 | 緊 | 鬆 |
|---|---|---|---|
| 履き心地<br>ha.ki.go.ko.chi | 蒸れる<br>mu.re.ru | きつい<br>ki.tsu.i | ゆるい<br>yu.ru.i |

| 鬆 | 腳背很高 | 腳背很寬 |
|---|---|---|
| ブカブカ<br>bu.ka.bu.ka | 甲が高い<br>ko.o.ga.ta.ka.i | 甲が広い<br>ko.o.ga.hi.ro.i |

# 家電量販店

## 詢問電器

🎵 104

不好意思。請問吹風機在哪裡？

すみません。ドライヤーはどこですか？
su.mi.ma.se.n.do.ra.i.ya.a.wa.do.ko.de.su.ka

在6樓。

6階になります。
ro.k.ka.i.ni.na.ri.ma.su

請問這個吹風機在台灣也可以用嗎？

このドライヤーは台湾でも使えますか？
ko.no.da.ra.i.ya.a.wa.ta.i.wa.n.de.mo.tsu.ka.e.ma.su.ka

如果裝上這個轉換插頭，就可以用了。

こちらの変換プラグを取り付ければ、ご使用になれます。
ko.chi.ra.no.he.n.ka.n.pu.ra.gu.o.to.ri.tsu.ke.re.ba.go.shi.yo.o.ni.na.re.ma.su

## 結帳

請問要使用點數嗎？

ポイントはどうされますか？
po.i.n.to.wa.do.o.sa.re.ma.su.ka

要。

使います。
tsu.ka.i.ma.su

您現在存有3000點，請問要全部使用嗎？

お客さまは現在3000ポイント貯まっていますが、全部お使いになりますか。
o.kya.ku.sa.ma.wa.ge.n.za.i.sa.n.ze.n.po.i.n.to.ta.ma.t.te.i.ma.su.ga.ze.n.bu.o.tsu.ka.i.ni.na.ri.ma.su.ka

是的。

はい。
ha.i

折抵3000日圓，總共是4540圓。

では3000円の値引きで、お会計は4540円になります。
de.wa.sa.n.ze.n.e.n.no.ne.bi.ki.de.o.ka.i.ke.i.wa.yo.n.se.n.go.hya.ku.yo.n.ju.u.e.n.ni.na.ri.ma.su

請問保固幾年呢？

保証期間は何年ですか？
ho.sho.o.ki.ka.n.wa.na.n.ne.n.de.su.ka

 保固5年。若多付費用，保固最長可以延長到10年，請問有需要嗎？

5年間です。追加料金で、最長10年まで保証期間を延長できますが、どうなさいますか。
go.ne.n.ka.n.de.su。tsu.i.ka.ryo.o.ki.n.de.sa.i.cho.o.ju.u.ne.n.ma.de.ho.sho.o.ki.ka.n.o.e.n.cho.o.de.ki.ma.su.ga.do.o.na.sa.i.ma.su.ka

 麻煩幫我延長。

延長をお願いします。
e.n.cho.o.o.o.ne.ga.i.shi.ma.su

## 家電量販店相關用語

| 點數卡 | 電腦 | 電腦周邊機器 |
|---|---|---|
| ポイントカード<br>po.i.n.to.ka.a.do | パソコン<br>pa.so.ko.n | パソコン周辺機器<br>pa.so.ko.n.shu.u.he.n.ki.ki |

| 電腦軟體 | 照相機 | 數位相機 | 電視 |
|---|---|---|---|
| パソコンソフト<br>pa.so.ko.n.so.fu.to | カメラ<br>ka.me.ra | デジカメ<br>de.ji.ka.me | テレビ<br>te.re.bi |

| 錄音機 | 藍光 | 音響 | 家電 |
|---|---|---|---|
| レコーダー<br>re.ko.o.da.a | ブルーレイ<br>bu.ru.u.re.i | オーディオ<br>o.o.di.o | 家電<br>ka.de.n |

| 冷氣機 | 遊戲 | 手機 | 電子辭典 |
|---|---|---|---|
| エアコン<br>e.a.ko.n | ゲーム<br>ge.e.mu | 携帯電話<br>ke.i.ta.i.de.n.wa | 電子辞書<br>de.n.shi.ji.sho |

| 時鐘／手錶 |
|---|
| 時計<br>to.ke.i |

### 詢問①

🎵 105

不好意思。請問哪裡有賣沙拉醬？

すみません。ドレッシングはどこに売っていますか？
su.mi.ma.se.n。do.re.s.shi.n.gu.wa.do.ko.ni.u.t.te.i.ma.su.ka

是的。在第三條走道左邊的前面有沙拉醬區。

はい。三番目の通路の左側手前にドレッシングのコーナーがあります。
ha.i。sa.n.ba.n.me.no.tsu.u.ro.no.hi.da.ri.ga.wa.te.ma.e.ni.do.re.s.shi.n.gu.no.ko.o.na.a.ga.a.ri.ma.su

### 詢問②

這裡有貼7折的貼紙，請問收銀台會幫我扣掉嗎？

ここに3割引のシールが貼ってありますが、レジで値引きしてくれるんですか？
ko.ko.ni.sa.n.wa.ri.bi.ki.no.shi.i.ru.ga.ha.t.te.a.ri.ma.su.ga、re.ji.de.ne.bi.ki.shi.te.ku.re.ru.n.de.su.ka

會的，會在收銀台扣掉。

はい、レジにてお引きいたします。
ha.i、re.ji.ni.te.o.hi.ki.i.ta.shi.ma.su

### 試吃

是新發售的香腸哦。請吃看看。

新発売のソーセージですよ。どうぞ、食べていって。
shi.n.ha.tsu.ba.i.no.so.o.se.e.ji.de.su.yo。do.o.zo、ta.be.te.i.t.te

請給我一個。

ひとつ、ください。
hi.to.tsu、ku.da.sa.i

好的，請用。很燙，請小心。

はい、どうぞ。熱いから気をつけてね。
ha.i、do.o.zo。a.tsu.i.ka.ra.ki.o.tsu.ke.te.ne

皮很脆很好吃吧。

皮がパリッとしておいしいでしょ。
ka.wa.ga.pa.ri.t.to.shi.te.o.i.shi.i.de.sho

嗯，很好吃。那麼，請給我一袋。

ええ、おいしいです。じゃ、一袋ください。
e.e.o.i.shi.i.de.su。ja。hi.to.fu.ku.ku.da.sa.i

 謝謝。

ありがとう。
a.ri.ga.to.o

 請問是現在付錢嗎？

お金は今、払うんですか？
o.ka.ne.wa.i.ma。ha.ra.u.n.de.su.ka

不是。請在收銀台付錢。

ううん。レジで払ってちょうだい。
u.u.n。re.ji.de.ha.ra.t.te.cho.o.da.i

全部是2766日圓。

以上で ２ ７ ６ ６ 円のお買い上げになります。
i.jo.o.de.ni.se.n.na.na.hya.ku.ro.ku.ju.u.ro.ku.e.n.no.o.ka.i.a.ge.ni.na.ri.ma.su

 好的。

はい。
ha.i

客人。請問布丁要湯匙嗎？

お客さま。プリンにスプーンはお付けになりますか？
o.kya.ku.sa.ma。pu.ri.n.ni.su.pu.u.n.wa.o.tsu.ke.ni.na.ri.ma.su.ka

 麻煩您。

お願いします。
o.ne.ga.i.shi.ma.su

請問要塑膠袋嗎？

レジ袋は使いますか？
re.ji.bu.ku.ro.wa.tsu.ka.i.ma.su.ka

 好的。

はい。
ha.i

那麼，塑膠袋一個是2日圓。

でしたら、レジ袋代が一枚2円かかりますが。
de.shi.ta.ra。re.ji.bu.ku.ro.da.i.ga.i.chi.ma.i.ni.e.n.ka.ka.ri.ma.su.ga

這樣啊。沒辦法。買吧。

そうなんですか。しょうがないですね。払います。

so.o.na.n.de.su.ka。sho.o.ga.na.i.de.su.ne。ha.ra.i.ma.su

## 會話

 請問要塑膠袋嗎？

レジ袋は使いますか？
re.ji.bu.ku.ro.wa.tsu.ka.i.ma.su.ka

 不，不用。

いえ、いりません。
i.e.i.ri.ma.se.n

 我們會給不用塑膠袋的客人點數。若點數儲存30點，可以交換50日圓的購物券。

レジ袋不要のお客様には、ポイントを差し上げております。ポイントが 30 個たまります
と、50 円のお買い物券と交換いたします。
re.ji.bu.ku.ro.fu.yo.o.no.o.kya.ku.sa.ma.ni.wa。po.i.n.to.o.sa.
shi.a.ge.te.o.ri.ma.su。po.i.n.to.ga.sa.n.ju.u.ko.ta.ma.ri.ma.
su.to.go.ju.u.e.n.no.o.ka.i.mo.no.ke.n.to.ko.o.ka.n.i.ta.shi.
ma.su

 超市相關用語

| 超市<br>スーパーマーケット<br>su.u.pa.a.ma.a.ke.t.to | 購物籃<br>買い物用かご<br>ka.i.mo.no.yo.o.ka.go | 推車<br>カート<br>ka.a.to | 收銀台<br>レジ<br>re.ji |
|---|---|---|---|
| 裝袋台<br>サッカー台<br>sa.k.ka.a.da.i | 塑膠袋<br>レジ袋<br>re.ji.bu.ku.ro | 環保購物袋<br>エコバッグ<br>e.ko.ba.g.gu | 生鮮食品<br>生鮮食品<br>se.i.se.n.sho.ku.hi.n |
| 青菜<br>野菜<br>ya.sa.i | 水果<br>果物<br>ku.da.mo.no | 上等肉品・加工肉品<br>精肉・加工肉<br>se.i.ni.ku・ka.ko.o.ni.ku | 魚貝類<br>魚介類<br>gyo.ka.i.ru.i |
| 蛋<br>卵<br>ta.ma.go | 乳製品<br>乳製品<br>nyu.u.se.i.hi.n | 麵包<br>パン<br>pa.n | 日式點心<br>お菓子<br>o.ka.shi |

| 調味料 | 米 | 麺類 | 冷凍食品 |
|---|---|---|---|
| ちょう み りょう<br>**調味料**<br>cho.o.mi.ryo.o | こめ<br>**米**<br>ko.me | めん るい<br>**麺類**<br>me.n.ru.i | れいとうしょくひん<br>**冷凍食品**<br>re.i.to.o.sho.ku.hi.n |
| 大豆製品 | 冰淇淋 | 小菜 | 甜點 |
| だい ず せいひん<br>**大豆製品**<br>da.i.zu.se.i.hi.n | **アイスクリーム**<br>a.i.su.ku.ri.i.mu | そうざい<br>**お惣菜**<br>o.so.o.za.i | **デザート**<br>de.za.a.to |
| 魚乾 | 罐頭 | 飲料 | 酒 |
| ひもの<br>**乾物**<br>hi.mo.no | かんづめ<br>**缶詰**<br>ka.n.zu.me | いんりょう<br>**飲料**<br>i.n.ryo.o | さけ<br>**お酒**<br>o.sa.ke |
| 日用品 | 鮮花 | | |
| にちようひん<br>**日用品**<br>ni.chi.yo.o.hi.n | せい か<br>**生花**<br>se.i.ka | | |

# 14 便利商店

## 詢問店員

🎵 107

| 1 | 不好意思。請告訴我影印機的使用方法。 | すみません。コピー機の使い方を教えてください。<br>su.mi.ma.se.n。ko.pi.i.ki.no.tsu.ka.i.ka.ta.o.o.shi.e.te.ku.da.sa.i |
|---|---|---|
| 2 | 請告訴我傳真機的使用方法。 | FAXの使い方を教えてください。<br>fa.k.ku.su.no.tsu.ka.i.ka.ta.o.o.shi.e.te.ku.da.sa.i |
| 3 | 不好意思。請問可以借廁所嗎? | すみません。トイレをお借りしてもいいですか?<br>su.mi.ma.se.n。to.i.re.o.o.ka.ri.shi.te.mo.i.i.de.su.ka |
| 4 | 請問店外面放的雜誌是免費的嗎? | 店の外に置いてある雑誌は無料ですか?<br>mi.se.no.so.to.ni.o.i.te.a.ru.za.s.shi.wa.mu.ryo.o.de.su.ka |
| 5 | 請問關東煮是自己選擇後放入容器裡嗎? | おでんは自分で選んで、容器にいれるのですか?<br>o.de.n.wa.ji.bu.n.de.e.ra.n.de、yo.o.ki.ni.i.re.ru.no.de.su.ka |
| 6 | 請問可以用宅配通嗎? | 宅配便は扱っていますか?<br>ta.ku.ha.i.bi.n.wa.a.tsu.ka.t.te.i.ma.su.ka |
| 7 | 請告訴我宅配單的寫法。 | 宅配便の伝票の書き方を教えてください。<br>ta.ku.ha.i.bi.n.no.de.n.pyo.o.no.ka.ki.ka.ta.o.o.shi.e.te.ku.da.sa.i |

PART 5 | 購物篇

## 會話①

請問要微波便當嗎？

お弁当は温めますか？
o.be.n.to.o.a.ta.ta.me.ma.su.ka

是的，麻煩你。

はい、お願いします。
ha.i.o.ne.ga.i.shi.ma.su

請問要附筷子嗎？

お箸はお付けしますか？
o.ha.shi.wa.o.tsu.ke.shi.ma.su.ka

不，不用。

いいえ、いりません。
i.i.e.i.ri.ma.se.n

## 會話②

請問海鮮便當賣完了嗎？

シーフード弁当は売り切れですか？
shi.i.fu.u.do.be.n.to.o.wa.u.ri.ki.re.de.su.ka

很抱歉。海鮮便當是期間限定的，昨天就停賣了。

申し訳ありません。シーフード弁当は期間限定でして、昨日で販売は終了してしまいました。
mo.o.shi.wa.ke.a.ri.ma.se.n。shi.i.fu.u.do.be.n.to.o.wa.ki.ka.n.ge.n.te.i.de.shi.te.ki.no.o.de.ha.n.ba.i.wa.shu.u.ryo.o.shi.te.shi.ma.i.ma.shi.ta

這樣啊。很好吃的說，真可惜。

そうですか。おいしかったのに、残念だな。
so.o.de.su.ka.o.i.shi.ka.t.ta.no.ni、za.n.ne.n.da.na

## 會話③

很抱歉，請問客人滿20歲了嗎？

失礼ですが、お客様は20歳以上ですか？
shi.tsu.re.i.de.su.ga、o.kya.ku.sa.ma.wa.ni.ju.s.sa.i.i.jo.o.de.su.ka

是的，我21歲…。

はい。21歳ですが…。
ha.i。ni.ju.u.i.s.sa.i.de.su.ga

因爲酒和菸不能賣未滿20歲的人。客人您看起來很年輕。請問有帶什麼可以證明年齡的東西嗎？

お酒とたばこは 20 歳未満の方にはお売りすることができません。お客様はとても若く見えたものですから。年齢を証明できるものを何かお持ちですか？

o.sa.ke.to.ta.ba.ko.wa.ni.ju.s.sa.i.mi.ma.n.no.ka.ta.ni.wa.o.u.ri.su.ru.ko.to.ga.de.ki.ma.se.n。o.kya.ku.sa.ma.wa.to.te.mo.wa.ka.ku.mi.e.ta.mo.no.de.su.ka.ra。ne.n.re.i.o.sho.o.me.i.de.ki.ru.mo.no.o.na.ni.ka.o.mo.chi.de.su.ka

 那麼，就護照⋯。

じゃ、パスポートを…。

ja.pa.su.po.o.to.o…

的確是21歲。眞的很抱歉。

確かに 21 歳でいらっしゃいますね。失礼いたしました。

ta.shi.ka.ni.ni.ju.u.i.s.sa.i.de.i.ra.s.sha.i.ma.su.ne。shi.tsu.re.i.i.ta.shi.ma.shi.ta

# 寵物店

### 詢問店員

🔊 108

不好意思。請問有犬用雨衣嗎？

すみません。犬用のレインコートはあります
か？
su.mi.ma.se.n｡i.nu.yo.o.no.re.i.n.ko.o.to.wa.a.ri.ma.su.ka

在這裡。有很多尺寸哦。

こちらになります。サイズもいろいろござい
ますよ。
ko.chi.ra.ni.na.ri.ma.su｡sa.i.zu.mo.i.ro.i.ro.go.za.i.ma.su.yo

我在找透氣性好的。

通気性の良いタイプを探しているんですが。
tsu.u.ki.se.i.no.yo.i.ta.i.pu.o.sa.ga.shi.te.i.ru.n.de.su.ga

那麼，這件如何。內裡是網紗加
工的，不會悶熱喲。

では、こちらなんてどうでしょう。裏地がメ
ッシュ加工なので、蒸れにくいですよ。
de.wa.ko.chi.ra.na.n.te.do.o.de.sho.o｡u.ra.ji.ga.me.s.shu.ka.
ko.o.na.no.de､mu.re.ni.ku.i.de.su.yo

### 寵物店相關用語

| 寵物店 | 狗食 | 貓食 | 乾飼料 |
|---|---|---|---|
| ペットショップ | ドッグフード | キャットフード | ドライフード |
| pe.t.to.sho.p.pu | do.g.gu.fu.u.do | kya.t.to.fu.u.do | do.ra.i.fu.u.do |
| 溼飼料 | 密封食品 | 罐頭 | 處方食品 |
| ウェットフード | レトルト | 缶詰 | 処方食 |
| we.t.to.fu.u.do | re.to.ru.to | ka.n.zu.me | sho.ho.o.sho.ku |
| 小型犬 | 中型犬 | 大型犬 | 幼犬 |
| 小型犬 | 中型犬 | 大型犬 | 幼犬 |
| ko.ga.ta.ke.n | chu.u.ga.ta.ke.n | o.o.ga.ta.ke.n | yo.o.ke.n |
| 成犬 | 肥胖犬 | 高齡犬 | 老狗 |
| 成犬 | 肥満犬 | 高齡犬 | 老犬 |
| se.i.ke.n | hi.ma.n.ke.n | ko.o.re.i.ke.n | ro.o.ke.n |

| 小貓 | 成貓 | 高齡貓 | 老貓 |
|---|---|---|---|
| 幼猫<br>yo.o.ne.ko | 成猫<br>se.i.ne.ko | 高齢猫<br>ko.o.re.i.ne.ko | 老猫<br>ro.o.ne.ko |

| 短毛用 | 長毛用 | 圍欄 | 籠子 |
|---|---|---|---|
| 短毛用<br>ta.n.mo.o.yo.o | 長毛用<br>cho.o.mo.o.yo.o | サークル<br>sa.a.ku.ru | ケージ<br>ke.e.ji |

| 外出袋 | 項圈 | 牽繩 | 挽具 |
|---|---|---|---|
| キャリーバッグ<br>kya.ri.i.ba.g.gu | 首輪<br>ku.bi.wa | リード<br>ri.i.do | ハーネス<br>ha.a.ne.su |

| 掛牌 | 寵物零食 | 餐具 | 給水器 |
|---|---|---|---|
| 迷子札<br>ma.i.go.fu.da | ペット用おやつ<br>pe.t.to.yo.o.o.ya.tsu | 食器<br>sho.k.ki | 給水器<br>kyu.u.su.i.ki |

| 寵物營養食品 | | 解熱 | 寵物玩具 |
|---|---|---|---|
| ペット用サプリメント<br>pe.t.to.yo.o.sa.pu.ri.me.n.to | | 暑さ対策<br>a.tsu.sa.ta.i.sa.ku | ペット用おもちゃ<br>pe.t.to.yo.o.o.mo.cha |

| 寵物地墊 | 寵物尿布 | 貓砂 | 除臭墊 |
|---|---|---|---|
| ペットシーツ<br>pe.t.to.shi.i.tsu | ペット用紙おむつ<br>pe.t.to.yo.o.ka.mi.o.mu.tsu | トイレ用猫砂<br>to.i.re.yo.o.ne.ko.su.na | 脱臭シート<br>da.s.shu.u.shi.i.to |

| 除臭劑 | 寵物用除蟲劑 | 肉球軟膏 | 除蚤 |
|---|---|---|---|
| 消臭剤<br>sho.o.shu.u.za.i | ペット用虫除け<br>pe.t.to.yo.o.mu.shi.yo.ke | 肉球用クリーム<br>ni.ku.kyu.u.yo.o.ku.ri.i.mu | ノミ・ダニ除去<br>no.mi・da.ni.jo.kyo |

| 寵物沐浴精 | 禮貌帶 | | 寵物衣服 |
|---|---|---|---|
| ペット用シャンプー<br>pe.t.to.yo.o.sha.n.pu.u | マーキング防止用パンツ<br>ma.a.ki.n.gu.bo.o.shi.yo.o.pa.n.tsu | | ペットウエア<br>pe.t.to.u.e.a |

| 貓抓板 | 寵物雨衣 | | 梳毛刷 |
|---|---|---|---|
| 猫用爪とぎ<br>ne.ko.yo.o.tsu.me.to.gi | ペット用レインコート<br>pe.t.to.yo.o.re.i.n.ko.o.to | | トリミングブラシ<br>to.ri.mi.n.gu.bu.ra.shi |

| 寵物鞋 |
|---|
| ペット用シューズ<br>pe.t.to.yo.o.shu.u.zu |

### 跳蚤市場

🎵 109

 請問這件T恤多少錢呢？

このTシャツはいくらですか？
ko.no.ti.i.sha.tsu.wa.i.ku.ra.de.su.ka

 300日圓。

300円です。
sa.n.bya.ku.e.n.de.su

 請問可以再便宜一點嗎？可以算200日圓嗎？

もっと安くなりませんか？200円にしてもらえませんか？
mo.t.to.ya.su.ku.na.ri.ma.se.n.ka?ni.hya.ku.e.n.ni.shi.te.mo.ra.e.ma.se.n.ka

 200日圓有點困難。

200円はちょっときついですね。
ni.hya.ku.e.n.wa.cho.t.to.ki.tsu.i.de.su.ne

 那麼，250日圓如何？

じゃ、250円はどうですか。
ja.ni.hya.ku.go.ju.u.e.n.wa.do.o.de.su.ka

 好。

いいですよ。
i.i.de.su.yo

### 古董市集

 這個盤子的花紋很漂亮耶。

このお皿はきれいな柄ですね。
ko.no.o.sa.ra.wa.ki.re.i.na.ga.ra.de.su.ne

您的眼光真好。這是江戶時代的有田燒。喜歡嗎？

お目が高いね。江戸時代の有田焼だよ。気に入ったかい？
o.me.ga.ta.ka.i.ne。e.do.ji.da.i.no.a.ri.ta.ya.ki.da.yo。ki.ni.i.t.ta.ka.i

我是很想要…。但有一點貴耶。

欲しいけど…。ちょっと高いですね。
ho.shi.i.ke.do…。cho.t.to.ta.ka.i.de.su.ne

那麼，再送您這2個小盤子。怎麼樣呢？

それじゃ、この小皿2枚をおまけするよ。それでどうだい？

so.re.ja。ko.no.ko.za.ra.ni.ma.i.o.o.ma.ke.su.ru.yo。so.re.de.do.o.da.i

 我不想要小盤子。哎呀？這個碗很漂亮耶。那送我這個碗吧。

小皿は欲しくないです。あら？そのお椀はすてきですね。これをおまけしてくださいよ。

ko.za.ra.wa.ho.shi.ku.na.i.de.su。a.ra?so.no.o.wa.n.wa.su.te.ki.de.su.ne。ko.re.o.o.ma.ke.shi.te.ku.da.sa.i.yo

 沒辦法。好吧。客人，您買了好東西呢。

しょうがないな。いいよ。お客さん、いい買い物したね。

sho.o.ga.na.i.na。i.i.yo。kya.ku.sa.n。i.i.ka.i.mo.no.shi.ta.ne

| 跳蚤市場<br>フリマ／蚤の市<br>fu.ri.ma／no.mi.no.i.chi | 二手衣<br>古着<br>fu.ru.gi | ※ フリマ為フリーマーケット（flea market）<br>的縮寫。 |
| --- | --- | --- |

| 古董市集<br>骨董市<br>ko.t.to.o.i.chi | 挖寶<br>掘り出し物<br>ho.ri.da.shi.mo.no | 古董<br>古道具<br>fu.ru.do.o.gu | 古董商<br>古物商<br>ko.bu.sho.o |
| --- | --- | --- | --- |

| 西式餐具 | 餐盤 | 湯匙 | 叉子 |
|---|---|---|---|
| 洋食器<br>yo.o.sho.k.ki | プレート<br>pu.re.e.to | スープン<br>su.u.pu.n | フォーク<br>fo.o.ku |
| 刀子 | 沙拉碗 | 焗烤盤 | 杯墊 |
| ナイフ<br>na.i.fu | サラダボウル<br>sa.ra.da.bo.o.ru | グラタン皿<br>gu.ra.ta.n.za.ra | コースター<br>ko.o.su.ta.a |
| 托盤 | | | |
| トレー<br>to.re.e | | | |

| 日式餐具 | 筷子 | 筷架 | 碗 |
|---|---|---|---|
| 和食器<br>wa.sho.k.ki | お箸<br>o.ha.shi | 箸置き<br>ha.shi.o.ki | 茶椀<br>cha.wa.n |
| 盤子 | 分菜盤 | 湯碗 | 土鍋 |
| 皿<br>sa.ra | 取り皿<br>to.ri.za.ra | 汁椀<br>shi.ru.wa.n | 土鍋<br>do.na.be |
| 蒸碗 | 土瓶 | 盛酒壺 | 沾醬盤 |
| 蒸碗<br>mu.shi.wa.n | 土瓶<br>do.bi.n | 徳利<br>to.k.ku.ri | 薬味皿<br>ya.ku.mi.za.ra |

262

| 茶具<br>**茶道具**<br>cha.do.o.gu | 茶壺（日式）<br>**急須**<br>kyu.u.su | 茶壺（西式）<br>**ティーポット**<br>ti.i.po.t.to | 茶杯<br>**湯呑み**<br>yu.no.mi |
|---|---|---|---|
| 杯子<br>**コップ**<br>ko.p.pu | 茶托（日式）<br>**茶托**<br>cha.ta.ku | 茶托（西式）<br>**ソーサー**<br>so.o.sa.a | 馬克杯<br>**マグカップ**<br>ma.gu.ka.p.pu |
| 茶海<br>**湯冷まし**<br>yu.za.ma.shi | 茶匙<br>**茶さじ**<br>cha.sa.ji | 濾網<br>**茶こし**<br>cha.ko.shi | 牛奶壺<br>**クリーマー**<br>ku.ri.i.ma.a |
| 茶罐<br>**茶筒／キャニスター**<br>cha.zu.tsu／kya.ni.su.ta.a | | | |

| 咖啡道具<br>**コーヒー道具**<br>ko.o.hi.i.do.o.gu | 磨豆機<br>**コーヒーミル**<br>ko.o.hi.i.mi.ru | 咖啡杯<br>**コーヒーカップ**<br>ko.o.hi.i.ka.p.pu | 咖啡濾紙<br>**コーヒードリッパー**<br>ko.o.hi.i.do.ri.p.pa.a |
|---|---|---|---|
| 法蘭絨濾布<br>**ネルドリップ**<br>ne.ru.do.ri.p.pu | 虹吸式咖啡壺<br>**サイフォン**<br>sa.i.fo.n | 熱水壺<br>**ケトル**<br>ke.to.ru | 法式濾壓壺<br>**フレンチプレス**<br>fu.re.n.chi.pu.re.su |

# 商品「含税價格」新制上路！

　　日本消費稅在2014年從5%調漲至8%，2019年又從8%調漲至10%，而每間商店價格標示不一，「稅前」、「稅後」外國人傻傻分不清楚，還總要掏出手機來算一算，如果再碰上什麼優惠活動，要算的就更多了。

　　不過從2021年4月1日開始，就不再有這種煩惱啦！根據日本消費稅法第63條規定，日本全國不論電視、廣告、傳單、店家或網路通販，商品價格必須一律以含稅價格標示。昔日的￥1,990＋消費稅字樣成爲了歷史，現在統一成含稅的￥2,189，這樣的標示能讓消費者一目瞭然，以後去日本快樂血拼的時候，也終於不用再被價格搞得頭昏腦脹啦！

## ✖ 税抜き表示

| 商品価格 | |
| --- | --- |
| 税抜 | **￥1,990** |
| | ＋消費税 |

## ⭕ 税込み表示
### （総額表示）

| 商品価格 | |
| --- | --- |
| 税込 | **￥2,189** |

**本体￥1,990＋消費税￥199**

# PART 6

## 事故
## 疾病篇

# 報警、通報消防局

### 撥打110

♪ 111

😺 發生什麼事了？是事件嗎？還是意外事故？

※ 冷靜地說明狀況

何かありましたか？事件ですか？事故ですか？

na.ni.ka.a.ri.ma.shi.ta.ka?ji.ke.n.de.su.ka?ji.ko.de.su.ka

### 撥打119

😺 怎麼了。是火災嗎？是緊急事件嗎？

どうしました。火事ですか？緊急ですか？

do.o.shi.ma.shi.ta.ka.ji.de.su.ka?ki.n.kyu.u.de.su.ka

#### 在日本的緊急聯絡機關

在日本觀光旅遊時，若有遇到緊急事件，可與位於東京的台北駐日代表處聯絡。另外，在日本其他主要區域，分別在橫濱、大阪、福岡、沖繩、札幌等地設有分處，方便台灣旅客就近尋求協助。

此外，外交部在官方網站上也有提供民眾登錄個人或團體動態，以便在發生緊急狀況時，可以在第一時間處理、聯繫。

台北駐日經濟文化代表處 東京本部

**〒108-0071 東京都港區白金台5-20-2**

**服務時間：上午9～12點、1～6點**

**聯絡電話：日本境內撥打(03)3280-7811**

**24小時專線：(81-3) 3280-7917**

**緊急聯絡電話：日本境內直撥080-1009-7179**

※專供緊難救助之用，倘非屬急難重大事件，諸勿撥打，一般護照、簽證等事項請於上班時間以辦公室電話聯繫。

外交部旅外國人急難救助免付費服務專線

**先撥001再撥010-800-0885-0885**

※自國內可撥打至日本使用的行動或室內電話。

# 有遺失物品、遭竊

## 會話①

🎵 112

| 糟了。怎麼辦。 | 大変だ。どうしよう。<br>ta.i.he.n.da.do.o.shi.yo.o |

| 怎麼了？ | どうしたんですか？<br>do.o.shi.ta.n.de.su.ka |

| 找不到錢包。 | 財布がないのです。<br>sa.i.fu.ga.na.i.no.de.su |

| 是不是在哪裡掉了？找找看吧。 | どこかに落ちていませんか？探してみましょう。<br>do.ko.ka.ni.o.chi.te.i.ma.se.n.ka｡sa.ga.shi.te.mi.ma.sho.o |

| 謝謝。 | ありがとうございます。<br>a.ri.ga.to.o.go.za.i.ma.su |

| …找不到。 | …見つかりませんね。<br>…mi.tsu.ka.ri.ma.se.n.ne |

| 該不會是剛剛在人群中被人扒走了吧。 | もしかしたら、さっきの人ごみで、すられたのかもしれません。<br>mo.shi.ka.shi.ta.ra｡sa.k.ki.no.hi.to.go.mi.de｡su.ra.re.ta.no.ka.mo.shi.re.ma.se.n |

| 如果是這樣的話，得趕緊找警察才行。 | だったら、すぐ警察に届けないと。<br>da.t.ta.ra｡su.gu.ke.i.sa.tsu.ni.to.do.ke.na.i.to |

| 警察在哪裡呢？ | 警察はどこにありますか？<br>ke.i.sa.tsu.wa.do.ko.ni.a.ri.ma.su.ka |

| 車站前有一間派出所哦。 | 駅前に交番がありますよ。<br>e.ki.ma.e.ni.ko.o.ba.n.ga.a.ri.ma.su.yo |

| 如果方便的話，可以和我一起去派出所嗎？ | もしよろしければ、交番まで一緒に行ってもらえませんか。<br>mo.shi.yo.ro.shi.ke.re.ba｡ko.o.ba.n.ma.de.i.s.sho.ni.i.t.te.mo.ra.e.ma.se.n.ka |

可以啊。趕快走吧。

いいですよ。早く行きましょう。
i.i.de.su.yo。ha.ya.ku.i.ki.ma.sho.o

 謝謝。

ありがとうございます。
a.ri.ga.to.o.go.za.i.ma.su

## 向警察説明

 怎麼了？

どうしました。
do.o.shi.ma.shi.ta

我的護照不見了。

パスポートをなくしました。
pa.su.po.o.to.o.na.ku.shi.ma.shi.ta

我的信用卡不見了。

クレジットカードをなくしました。
ku.re.ji.t.to.ka.a.do.o.na.ku.shi.ma.shi.ta

我的錢包被偷了。

財布を盗まれました。
sa.i.fu.o.nu.su.ma.re.ma.shi.ta

我的手提包忘了拿。

ハンドバッグを置き忘れてしまいました。
ha.n.do.ba.g.gu.o.o.ki.wa.su.re.te.shi.ma.i.ma.shi.ta

我的相機掉了。

カメラを落としてしまいました。
ka.me.ra.o.o.to.shi.te.shi.ma.i.ma.shi.ta

是什麼時候發現不見的呢？

いつ、なくなったのに気が付きましたか？
i.tsu、na.ku.na.t.ta.no.ni.ki.ga.tsu.ki.ma.shi.ta.ka

就在剛剛不久之前。

ほんのちょっと前です。
ho.n.no.cho.t.to.ma.e.de.su

一個小時前左右。

1時間くらい前です。
i.chi.ji.ka.n.ku.ra.i.ma.e.de.su

有點不太記得了，昨天晚上還在的。

よく覚えていませんが、昨日の夜まではありました。
yo.ku.o.bo.e.te.i.ma.se.n.ga.ki.no.o.no.yo.ru.ma.de.wa.a.ri.ma.shi.ta

知道是在哪裡掉的嗎？

どこでなくしたか分かりますか？
do.ko.de.na.ku.shi.ta.ka.wa.ka.ri.ma.su.ka

在車站的售票機。

駅の券売機です。
e.ki.no.ke.n.ba.i.ki.de.su

應該在百貨公司的入口附近。

デパートの入り口あたりだと思います。
de.pa.a.to.no.i.ri.gu.chi.a.ta.ri.da.to.o.mo.i.ma.su

因爲到處走動，所以不太清楚。

いろいろ移動したので、よく分かりません。
i.ro.i.ro.i.do.o.shi.ta.no.de.yo.ku.wa.ka.ri.ma.se.n

 那麼，請填寫這張遺失證明書。

では、この紛失証明書に記入してください。
de.wa.ko.no.fu.n.shi.tsu.sho.o.me.i.sho.ni.ki.nyu.u.shi.te.
ku.da.sa.i

 請告訴我該怎麼寫。

書き方を教えてください。
ka.ki.ka.ta.o.o.shi.e.te.ku.da.sa.i

姓名和聯絡地址。請寫下遺失物
品的特徵。也可以用圖畫來作表
示。

名前と連絡先。紛失したものの特徴を書いて
ください。絵でもかまいませんよ。
na.ma.e.to.re.n.ra.ku.sa.ki.fu.n.shi.tsu.shi.ta.mo.no.no.to.
ku.cho.o.o.ka.i.te.ku.da.sa.i.e.de.mo.ka.ma.i.ma.se.n.yo

 寫好了。

書けました。
ka.ke.ma.shi.ta

這是單據。取回遺失物品時會用
到，所以請好好保管。

これが控えの紙です。紛失物を引き取るとき
に必要なので、大切に保管してください。
ko.re.ga.hi.ka.e.no.ka.mi.de.su.fu.n.shi.tsu.bu.tsu.o.hi.ki.to.
ru.to.ki.ni.hi.tsu.yo.o.na.no.de.ta.i.se.tsu.ni.ho.ka.n.shi.te.
ku.da.sa.i

 我知道了，找到請馬上通知我。
拜託你了。

分かりました。見つかったらすぐに知らせて
ください。よろしくお願いします。
wa.ka.ri.ma.shi.ta.mi.tsu.ka.t.ta.ra.su.gu.ni.shi.ra.se.te.ku.
da.sa.i.yo.ro.shi.ku.o.ne.ga.i.shi.ma.su

## 向信用卡公司説明

不好意思。因爲信用卡不見了，請幫我停卡。

すいません。クレジットカードをなくしたので、使用を止めてください。
su.i.ma.se.n。ku.re.ji.t.to.ka.a.do.o.na.ku.shi.ta.no.de, shi.yo.o.o.to.me.te.ku.da.sa.i

知道了。請問可以給我您的姓名與卡片號碼嗎？

かしこまりました。お名前とカード番号はお分かりになりますか。
ka.shi.ko.ma.ri.ma.shi.ta。o.na.ma.e.to.ka.a.do.ba.n.go.o.wa.o.wa.ka.ri.ni.na.ri.ma.su.ka

徐○○。號碼是××××××××××××。

徐○○です。番号は×××××××××××です。
jo.○○.de.su。ba.n.go.o.wa.×××××××××××.de.su

因爲之前沒有寫下來所以我不太知道號碼。

番号は控えていないのでわかりません。
ba.n.go.o.wa.hi.ka.e.te.i.na.i.no.de.wa.ka.ri.ma.se.n

是否要重新辦理補卡嗎？

カードの再発行はどういたしましょうか。
ka.a.do.no.sa.i.ha.k.ko.o.wa.do.o.i.ta.shi.ma.sho.o.ka

麻煩您儘快。

すぐにお願いします。
su.gu.ni.o.ne.ga.i.shi.ma.su

知道了。那麼立即爲您辦理補卡手續。

かしこまりました。ではすぐに発行の手続きをいたします。
ka.shi.ko.ma.ri.ma.shi.ta。de.wa.su.gu.ni.ha.k.ko.o.no.te.tsu.zu.ki.o.i.ta.shi.ma.su

很抱歉。辦理手續須要花上幾天的時間，這樣可以嗎？

もうしわけございません。発行には数日かかってしまいますが、よろしいでしょうか？
mo.o.shi.wa.ke.go.za.i.ma.se.n。ha.k.ko.o.ni.wa.su.u.ji.tsu.ka.ka.t.te.shi.ma.i.ma.su.ga、yo.ro.shi.i.de.sho.o.ka

麻煩您儘可能快一點。

なるべく早くお願いします。
na.ru.be.ku.ha.ya.ku.o.ne.ga.i.shi.ma.su

補辦手續需要手續費嗎？

再発行には手数料がかかりますか？
sa.i.ha.k.ko.o.ni.wa.te.su.u.ryo.o.ga.ka.ka.ri.ma.su.ka

是的，需要1050日圓的手續費用。

不用，不需要付手續費。

はい、1050円かかります。
ha.i.se.n.go.ju.u.e.n.ka.ka.ri.ma.su

いいえ、手数料はかかりません。
i.i.e.te.su.u.ryo.o.wa.ka.ka.ri.ma.se.n

 各種呼救用語 ♪ 113

| 呼救<br>助けを呼ぶ<br>ta.su.ke.o.yo.bu | 小偷<br>泥棒<br>do.ro.bo.o | 火災<br>火事だ<br>ka.ji.da | 快住手<br>やめろ！やめて！<br>ya.me.ro! ya.me.te |
|---|---|---|---|

| 來人啊<br>誰か来て<br>da.re.ka.ki.te | 放開<br>放せ！放して<br>ha.na.se! ha.na.shi.te | 別過來<br>こっちに来るな！こっちに来ないで<br>ko.c.chi.ni.ku.ru.na! ko.c.chi.ni.ko.na.i.de |
|---|---|---|

| 不准碰<br>触るな！触らないで<br>sa.wa.ru.na! sa.wa.ra.na.i.de | 我要叫警察了喔<br>警察を呼びますよ<br>ke.i.sa.tsu.o.yo.bi.ma.su.yo | 把那個人抓起來<br>あの人を捕まえて<br>a.no.hi.to.o.tsu.ka.ma.e.te |
|---|---|---|

| 別動<br>動くな<br>u.go.ku.na | 停下來<br>止まれ<br>to.ma.re | 不准進去<br>入るな<br>ha.i.ru.na | 快逃<br>逃げろ！逃げて<br>ni.ge.ro! ni.ge.te |
|---|---|---|---|

| 危險<br>危ない<br>a.bu.na.i | 小心<br>気をつけて<br>ki.o.tsu.ke.te | 快點<br>急げ！急いで<br>i.so.ge! i.so.i.de | 快躲起來<br>隠れろ！隠れて！<br>ka.ku.re.ro! ka.ku.re.te |
|---|---|---|---|

| 快趴下<br>伏せろ！伏せて<br>fu.se.ro! fu.se.te | 出不去<br>出られません<br>de.ra.re.ma.se.n | 請從這裡出來<br>ここから出してください<br>ko.ko.ka.ra.da.shi.te.ku.da.sa.i |
|---|---|---|

| 動不了<br>動けません<br>u.go.ke.ma.se.n |
|---|

**説明情況**

🎵 114

| | | |
|---|---|---|
| 1 | 身著黑色上衣的年輕男子。 | 黒っぽい服を着た若い男でした。<br>ku.ro.p.po.i.fu.ku.o.ki.ta.wa.ka.i.o.to.ko.de.shi.ta |
| 2 | 往那裡逃走了。 | あっちに逃げました。<br>a.c.chi.ni.ni.ge.ma.shi.ta |
| 3 | 車號是○○○○。 | 車のナンバーは○○○○でした。<br>ku.ru.ma.no.na.n.ba.a.wa.○○○○.de.shi.ta |
| 4 | 突然被不認識的人毆打。 | 知らない人に、いきなり殴られました。<br>shi.ra.na.i.hi.to.ni.i.ki.na.ri.na.gu.ra.re.ma.shi.ta |
| 5 | 錢被騙走了。 | お金を騙し取られました。<br>o.ka.ne.o.da.ma.shi.to.ra.re.ma.shi.ta |
| 6 | 有人在後面跟蹤我。 | 誰かに後をつけられました。<br>da.re.ka.ni.u.shi.ro.o.tsu.ke.ra.re.ma.shi.ta |
| 7 | 晚上在路上突然被刺了。 | 夜道で急に刺されました。<br>yo.mi.chi.de.kyu.u.ni.sa.sa.re.ma.shi.ta |
| 8 | 遇到色狼。 | 痴漢にあいました。<br>chi.ka.n.ni.a.i.ma.shi.ta |

**會話①**

不要動。安分點。把錢交出來。　動くな。じっとしていろ。金を出せ。
u.go.ku.na。ji.t.to.shi.te.i.ro。ka.ne.o.da.se

救…救命…。　た…助けて…。
ta…ta.su.ke.te…

給我安靜一點。錢在哪裡。　静かにしろ。金はどこだ。
shi.zu.ka.ni.shi.ro。ka.ne.wa.do.ko.da

在口袋裡。　ポケットの中です。
po.ke.t.to.no.na.ka.de.su

只有這些而已嗎？

**これしかないのか？**
ko.re.shi.ka.na.i.no.ka

 就只有這些了。

**それだけしかありません。**
so.re.da.ke.shi.ka.a.ri.ma.se.n

# 異常狀態、緊急事件

♪ 115

| | | |
|---|---|---|
| 1 | 好像有股燒焦味。 | なんだか焦げ臭いです。<br>na.n.da.ka.ko.ge.ku.sa.i.de.su |
| 2 | 瓦斯漏氣的味道。 | ガス臭いです。<br>ga.su.ku.sa.i.de.su |
| 3 | 要燒起來了! | 燃えているぞ!<br>mo.e.te.i.ru.zo |
| 4 | 危險。別靠近。 | 危険だ。近づくな!<br>ki.ke.n.da。chi.ka.zu.ku.na |
| 5 | 呼吸困難…。 | 息苦しい…。<br>i.ki.gu.ru.shi.i… |
| 6 | 看不到朋友的蹤影。 | 友達の姿が見えません。<br>to.mo.da.chi.no.su.ga.ta.ga.mi.e.ma.se.n |
| 7 | 從剛剛那個人就很奇怪。 | さっきから、あの人の様子がおかしいです。<br>sa.k.ki.ka.ra、a.no.hi.to.no.yo.o.su.ga.o.ka.shi.i.de.su |
| 8 | 那裡有人。 | あそこに誰かいます。<br>a.so.ko.ni.da.re.ka.i.ma.su |

| | | |
|---|---|---|
| 1 | 有緊急的狀況,要通知哪裡比較好呢? | 緊急の場合は、どこに連絡すればいいのですか?<br>ki.n.kyu.u.no.ba.a.i.wa、do.ko.ni.re.n.ra.ku.su.re.ba.i.i.no.de.su.ka |
| 2 | 有緊急要聯絡的事,請問可以跟您借手機嗎? | すぐに連絡したいので、あなたの携帯電話を貸してもらえませんか。<br>su.gu.ni.re.n.ra.ku.shi.ta.i.no.de、a.na.ta.no.ke.i.ta.i.de.n.wa.o.ka.shi.te.mo.ra.e.ma.se.n.ka |

| 3 | 請幫我翻成中文。 | 中国語の通訳をお願いします。<br>chu.u.go.ku.go.no.tsu.u.ya.ku.o.o.ne.ga.i.shi.ma.su |
|---|---|---|
| 4 | 有沒有目睹事件(事故)發生的人呢？ | 事件（事故）を目撃した人はいませんか？<br>ji.ke.n(ji.ko).o.mo.ku.ge.ki.shi.ta.hi.to.wa.i.ma.se.n.ka |
| 5 | 緊急出口在哪裡？ | 非常口はどこですか。<br>hi.jo.o.gu.chi.wa.do.ko.de.su.ka |
| 6 | 該到哪裡避難比較好呢？ | どこに避難すればいいですか。<br>do.ko.ni.hi.na.n.su.re.ba.i.i.de.su.ka |
| 7 | 什麼也看不見。 | 何も見えません。<br>na.ni.mo.mi.e.ma.se.n |
| 8 | 電梯不能使用。 | エレベーターが使えません。<br>e.re.be.e.ta.a.ga.tsu.ka.e.ma.se.n |
| 9 | 樓梯在哪裡呢？ | 階段はどこですか？<br>ka.i.da.n.wa.do.ko.de.su.ka |
| 10 | 玻璃破了。 | ガラスが割れています。<br>ga.ra.su.ga.wa.re.te.i.ma.su |
| 11 | 油漏出來了。 | 油が漏れています。<br>a.bu.ra.ga.mo.re.te.i.ma.su |
| 12 | 裡面還有人。 | まだ、この中に誰かいます。<br>ma.da.ko.no.na.ka.ni.da.re.ka.i.ma.su |
| 13 | 請幫個忙。 | 手を貸してください。<br>te.o.ka.shi.te.ku.da.sa.i |
| 14 | 請爬下梯子。 | はしごを降りてください。<br>ha.shi.go.o.o.ri.te.ku.da.sa.i |
| 15 | 請爬上梯子。 | はしごを上ってください。<br>ha.shi.go.o.no.bo.tte.ku.da.sa.i |
| 16 | 請把繩子丟過來。 | ロープを投げてください。<br>ro.o.pu.o.na.ge.te.ku.da.sa.i |
| 17 | 請好好抓牢。 | しっかりつかまってください。<br>shi.k.ka.ri.tsu.ka.ma.tte.ku.da.sa.i |

| 18 | 可以從這裡下去嗎？ | そこから飛び降りられますか。<br>so.ko.ka.ra.to.bi.o.ri.ra.re.ma.su.ka |
| 19 | 朋友墜海了。 | 友達が海に落ちました。<br>to.mo.da.chi.ga.u.mi.ni.o.chi.ma.shi.ta |
| 20 | 那個人不會游泳。 | あの人は泳げません。<br>a.no.hi.to.wa.o.yo.ge.ma.se.n |

## 天然災害相關用語

| 天然災害<br>自然災害<br>shi.ze.n.sa.i.ga.i | 火災<br>火事<br>ka.ji | 地震<br>地震<br>ji.shi.n | 海嘯<br>津波<br>tsu.na.mi |
| 颱風<br>台風<br>ta.i.fu.u | 大雨<br>大雨<br>o.o.a.me | 強風<br>強風<br>kyo.o.fu.u | 洪水<br>洪水<br>ko.o.zu.i |
| 淹水<br>浸水<br>shi.n.su.i | 龍捲風<br>竜巻<br>ta.tsu.ma.ki | 火山噴發<br>火山噴火<br>ka.za.n.fu.n.ka | 土石流<br>土砂崩れ<br>do.sha.ku.zu.re |
| 雪崩<br>雪崩<br>na.da.re | | | |

解釋

♪ 116

| 1 | 不是我做的。 | 私<ruby>わたし</ruby>はやっていません。<br>wa.ta.shi.wa.ya.t.te.i.ma.se.n |
| 2 | 認錯人了。 | 人違<ruby>ひとちが</ruby>いです。<br>hi.to.chi.ga.i.de.su |
| 3 | 你搞錯了。 | あなたの勘違<ruby>かんちが</ruby>いです。<br>a.na.ta.no.ka.n.chi.ga.i.de.su |
| 4 | 我搞錯了。 | 私<ruby>わたし</ruby>の勘違<ruby>かんちが</ruby>いです。<br>wa.ta.shi.no.ka.n.chi.ga.i.de.su |
| 5 | 一開始是你先撞過來的。 | 最初<ruby>さいしょ</ruby>にあなたから、ぶつかってきたんですよ。<br>sa.i.sho.ni.a.na.ta.ka.ra、bu.tsu.ka.t.te.ki.ta.n.de.su.yo |
| 6 | 我沒有惡意。 | 悪気<ruby>わるぎ</ruby>はありませんでした。<br>wa.ru.gi.wa.a.ri.ma.se.n.de.shi.ta |
| 7 | 我不知道有這種規定。 | そういうルールだとは知<ruby>し</ruby>りませんでした。<br>so.o.i.u.ru.u.ru.da.to.wa.shi.ri.ma.se.n.de.shi.ta |

# 疾病、受傷

**向醫生説明症狀**

🎵 117

哪裡不舒服呢？

どうされましたか？
do.o.sa.re.ma.shi.ta.ka

喉嚨痛，有點發燒。

喉が痛くて、熱っぽいのです。
no.do.ga.i.ta.ku.te、ne.tsu.p.po.i.no.de.su

從什麼時候開始的呢？

いつからですか。
i.tsu.ka.ra.de.su.ka

昨天下午開始。昨天體溫38度。

昨日の夕方からです。３８度ありました。
ki.no.o.no.yu.u.ga.ta.ka.ra.de.su。sa.n.ju.u.ha.chi.do.a.ri.
ma.shi.ta

今天早上量過體溫了嗎？

今朝は、体温は測りましたか。
ke.sa.wa、ta.i.o.n.wa.ha.ka.ri.ma.shi.ta.ka

還沒。

まだです。
ma.da.de.su

那麼，請現在量看看。

では、今ここで測ってください。
de.wa、i.ma.ko.ko.de.ha.ka.t.te.ku.da.sa.i

好的。

はい。
ha.i

還有一點發燒喔。有流鼻水嗎？

まだ熱がありますね。鼻水はでますか？
ma.da.ne.tsu.ga.a.ri.ma.su.ne。ha.na.mi.zu.wa.de.ma.su.ka

有一點。

少し出ます。
su.ko.shi.de.ma.su

請讓我看看喉嚨。

喉を見せてください。
no.do.o.mi.se.te.ku.da.sa.i

好。

はい。
ha.i

有紅腫的情形。請拉起衣服。

赤く腫れていますね。では、服をめくって下さい。

a.ka.ku.ha.re.te.i.ma.su.ne。de.wa、fu.ku.o.me.ku.tte.ku.da.sa.i

 好。

はい。

ha.i

 請大口吸氣。再來吐氣。好,可以了。

大きく息を吸ってください。次は、吐いてください。はい、いいですよ。

o.o.ki.ku.i.ki.o.su.tte.ku.da.sa.i。tsu.gi.wa、ha.i.te.ku.da.sa.i。ha.i、i.i.de.su.yo

如何?

どうですか?

do.o.de.su.ka

是現在的流行性感冒。我會開處方箋給你,請到藥局拿藥。

今、流行っている風邪ですね。処方箋を出しますから、薬局で薬をもらってください。

i.ma、ha.ya.tte.i.ru.ka.ze.de.su.ne。sho.ho.o.se.n.o.da.shi.ma.su.ka.ra、ya.k.kyo.ku.de.ku.su.ri.o.mo.ra.tte.ku.da.sa.i

請問哪邊有藥局呢?

薬局はどこにありますか?

ya.k.kyo.ku.wa.do.ko.ni.a.ri.ma.su.ka

出醫院後左邊的第三間就是藥局。

この病院を出て左に3軒目に薬局があります。

ko.no.byo.o.i.n.o.de.te.hi.da.ri.ni.sa.n.ke.n.me.ni.ya.k.kyo.ku.ga.a.ri.ma.su

那麼,我還能繼續旅遊行程嗎?

あの、旅行はこのまま続けてもいいでしょうか?

a.no、ryo.ko.o.wa.ko.no.ma.ma.tsu.zu.ke.te.mo.i.i.de.sho.o.ka

這個嘛,總之呢先吃了藥在飯店裡好好休息。等燒退了,喉嚨好一點後,應該就沒問題了。

そうですね。とりあえず薬を飲んで、ホテルで安静にしてください。熱が下がって喉の痛みが治まったら、大丈夫でしょう。

so.o.de.su.ne。to.ri.a.e.zu.ku.su.ri.o.no.n.de.ho.te.ru.de.a.n.se.i.ni.shi.te.ku.da.sa.i。ne.tsu.ga.sa.ga.tte.no.do.no.i.ta.mi.ga.o.sa.ma.tta.ra、da.i.jo.o.bu.de.sho.o

我知道了。謝謝醫生。

分かりました。ありがとうございました。
wa.ka.ri.ma.shi.ta。a.ri.ga.to.o.go.za.i.ma.shi.ta

 請保重身體。

お大事にしてください。
o.da.i.ji.ni.shi.te.ku.da.sa.i

説明各種症狀

**1** 身體不舒服。身體不舒服。沒有食慾。

具合が悪いです。調子が悪いです。食欲がないです。
gu.a.i.ga.wa.ru.i.de.su。cho.o.shi.ga.wa.ru.i.de.su。sho.ku.yo.ku.ga.na.i.de.su

**2** 痛。癢。腫。臉色差。

痛いです。痒いです。腫れています。顔色が悪いです。
i.ta.i.de.su。ka.yu.i.de.su。ha.re.te.i.ma.su。ka.o.i.ro.ga.wa.ru.i.de.su

**3** 睡不著。想吐。頭痛。

眠れません。吐き気がします。頭痛がします。
ne.mu.re.ma.se.n。ha.ki.ke.ga.shi.ma.su。zu.tsu.u.ga.shi.ma.su

**4** 肚子痛。胃痛。胃灼熱。

お腹が痛いです。胃が痛いです。胸焼けがします。
o.na.ka.ga.i.ta.i.de.su。i.ga.i.ta.i.de.su。mu.ne.ya.ke.ga.shi.ma.su

**5** 食物中毒。拉肚子。便秘。生理痛。心悸。心跳加速。喘不過氣。

食中毒です。下痢です。便秘です。生理痛です。動悸がします。胸がドキドキします。息切れがします。
sho.ku.chu.u.do.ku.de.su。ge.ri.de.su。be.n.pi.de.su。se.i.ri.tsu.u.de.su。do.o.ki.ga.shi.ma.su。mu.ne.ga.do.ki.do.ki.shi.ma.su。i.ki.gi.re.ga.shi.ma.su

**6** 咳嗽。打噴涕。鼻水。鼻塞。痰多。流感。

咳。くしゃみ。鼻水が出ます。鼻づまりがします。痰がからみます。インフルエンザです。
se.ki.ku.sha.mi.ha.na.mi.zu.ga.de.ma.su。ha.na.zu.ma.ri.ga.shi.ma.su。ta.n.ga.ka.ra.mi.ma.su。i.n.fu.ru.e.n.za.de.su

| 7 | 牙痛。補的牙齒裡面的東西掉了。牙套掉了。 | 歯が痛いです。歯の詰め物が取れました。挿し歯が取れました。<br>ha.ga.i.ta.i.de.su。ha.no.tsu.me.mo.no.ga.to.re.ma.shi.ta。sa.shi.ba.ga.to.re.ma.shi.ta |
|---|---|---|
| 8 | 宿醉。急性酒精中毒。暈車（船、機）。 | 二日酔いです。急性アルコール中毒です。乗り物酔いです。<br>fu.tsu.ka.yo.i.de.su。kyu.u.se.i.a.ru.ko.o.ru.chu.u.do.ku.de.su。no.ri.mo.no.yo.i.de.su |
| 9 | 蚊蟲咬傷。蕁麻疹。過敏。過敏。 | 虫さされです。じんましんです。アトピーです。アレルギーです。<br>mu.shi.sa.sa.re.de.su。ji.n.ma.shi.n.de.su。a.to.pi.i.de.su。a.re.ru.gi.i.de.su |
| 10 | 瘀青。燒傷。挫傷。扭傷。骨折。 | あざがあります。やけどです。打撲です。捻挫です。骨折です。<br>a.za.ga.a.ri.ma.su。ya.ke.do.de.su。da.bo.ku.de.su。ne.n.za.de.su。ko.s.se.tsu.de.su |
| 11 | 出血。割傷。擦傷。刺傷。 | 血が出ています。切り傷、擦り傷、刺し傷があります。<br>chi.ga.de.te.i.ma.su。ki.ri.ki.zu、su.ri.ki.zu、sa.shi.ki.zu.ga.a.ri.ma.su |

## 診断

🎵 118

| 1 | 哪裡不舒服呢？ | どうされましたか？<br>do.o.sa.re.ma.shi.ta.ka |
|---|---|---|
| 2 | 哪裡痛呢？ | どこが痛みますか？<br>do.ko.ga.i.ta.mi.ma.su.ka |
| 3 | 這樣的症狀什麼時候開始的呢？ | 症状はいつからですか？<br>sho.o.jo.o.wa.i.tsu.ka.ra.de.su.ka |
| 4 | 請張開嘴。 | 口を開けてください。<br>ku.chi.o.a.ke.te.ku.da.sa.i |
| 5 | 請伸出手。 | 腕を出してください。<br>u.de.o.da.shi.te.ku.da.sa.i |

| 6 | 請脫衣服。 | 服を脱いでください。<br>fu.ku.o.nu.i.de.ku.da.sa.i |
|---|---|---|
| 7 | 請躺下。 | 横になってください。<br>yo.ko.ni.na.t.te.ku.da.sa.i |
| 8 | 請放輕鬆。 | 楽にしてください。<br>ra.ku.ni.shi.te.ku.da.sa.i |
| 9 | 請抬高腳。 | 足を高くしてください。<br>a.shi.o.ta.ka.ku.shi.te.ku.da.sa.i |
| 10 | 請右側向下。 | 右側を下にしてください。<br>mi.gi.ga.wa.o.shi.ta.ni.shi.te.ku.da.sa.i |
| 11 | 請轉過身。 | 背中を見せてください。<br>se.na.ka.o.mi.se.te.ku.da.sa.i |
| 12 | 需要檢查。 | 検査が必要です。<br>ke.n.sa.ga.hi.tsu.yo.o.de.su |
| 13 | 打點滴。 | 点滴をします。<br>te.n.te.ki.o.shi.ma.su |
| 14 | 打針。 | 注射をします。<br>chu.u.sha.o.shi.ma.su |
| 15 | 再看看情況吧。 | 様子を見ましょう。<br>yo.o.su.o.mi.ma.sho.o |
| 16 | 馬上就會好唷。 | すぐ治りますよ。<br>su.gu.na.o.ri.ma.su.yo |
| 17 | 不要緊唷。 | 大丈夫ですよ。<br>da.i.jo.o.bu.de.su.yo |
| 18 | 不用擔心唷。 | 心配ありませんよ。<br>shi.n.pa.i.a.ri.ma.se.n.yo |
| 19 | 明天請再來複診。 | 明日、また診せに来てください。<br>a.shi.ta、ma.ta.mi.se.ni.ki.te.ku.da.sa.i |

## 到藥局拿藥

 不好意思。我有帶醫院的處方箋。

すみません。病院から処方箋をもらったんですけど。
su.mi.ma.se.n｡byo.o.i.n.ka.ra.sho.ho.o.se.n.o.mo.ra.t.ta.n.de.su.ke.do

 請進。請給我您的處方箋。

いらっしゃいませ。では処方箋をお出しください。
i.ra.s.sha.i.ma.se｡de.wa.sho.ho.o.se.n.o.o.da.shi.ku.da.sa.i

 好的。

はい。
ha.i

 在準備藥品的期間，請旁邊稍坐等待一下。

薬をお出しするまで、椅子に座ってお待ちください。
ku.su.ri.o.o.da.shi.su.ru.ma.de｡i.su.ni.su.wa.t.te.o.ma.chi.ku.da.sa.i

 周小姐。

周さん。
shu.u.sa.n

 是。

はい。
ha.i

這是三天份的藥。白色藥粉與粉紅色藥丸請每天的早中晚飯後吃。膠囊一天兩次，請早晚飯後吃。藥品說明單也放在一起給您了。

3日分のお薬です。白い粉薬とピンクの錠剤は朝昼晩、毎食後にお飲みください。カプセルは一日2回、朝と晩、毎食後にお飲みください。お薬の説明が書いてある用紙も一緒にお渡ししますね。
mi.k.ka.bu.n.no.o.ku.su.ri.de.su｡shi.ro.i.ko.na.gu.su.ri.to.pi.n.ku.no.jo.o.za.i.wa.a.sa.hi.ru.ba.n｡ma.i.sho.ku.go.ni.o.no.mi.ku.da.sa.i｡ka.pu.se.ru.wa.i.chi.ni.chi.ni.ka.i｡a.sa.to.ba.n｡ma.i.sho.ku.go.ni.o.no.mi.ku.da.sa.i｡o.ku.su.ri.no.se.tsu.me.i.ga.ka.i.te.a.ru.yo.o.shi.mo.i.s.sho.ni.o.wa.ta.shi.shi.ma.su.ne

 好的。謝謝。

はい。ありがとうございます。
ha.i｡a.ri.ga.to.o.go.za.i.ma.su

 費用為1200元。

代金は1200円になります。
da.i.ki.n.wa.se.n.ni.hya.ku.e.n.ni.na.ri.ma.su

PART 6｜事故疾病篇

283

好的。請收。

はい。どうぞ。
ha.i。do.o.zo

 請保重身體喔。

お大事にしてくださいね。
o.da.i.ji.ni.shi.te.ku.da.sa.i.ne

---

### 各種藥物用語 ♪119

| 藥<br>薬<br>ku.su.ri | 藥水<br>飲み薬<br>no.mi.gu.su.ri | 藥粉<br>粉薬<br>ko.na.gu.su.ri | 藥丸<br>錠剤<br>jo.o.za.i |
|---|---|---|---|
| 膠囊<br>カプセル<br>ka.pu.se.ru | 外塗藥膏<br>塗り薬<br>nu.ri.gu.su.ri | 眼藥水<br>目薬<br>me.gu.su.ri | 噴鼻藥<br>点鼻薬<br>te.n.bi.ya.ku |
| 栓劑<br>座薬<br>za.ya.ku | 飯前<br>食前<br>sho.ku.ze.n | 飯後<br>食後<br>sho.ku.go | 飯間<br>食間<br>sho.k.ka.n |
| 睡前<br>寝る前<br>ne.ru.ma.e | | | |

走到哪説到哪!旅遊會話日語 / 林育萱, 大場陽子,
立石悠佳著. -- 四版. -- 臺北市: 笛藤, 八方出版
股份有限公司, 2022.11
　　面；　公分
ISBN 978-957-710-878-4(平裝)

1.CST: 日語 2.CST: 旅遊 3.CST: 會話

803.188　　　111017736

2024年2月7日　四版3刷　定價280元

| 作　　　者 | 林育萱·大場陽子·立石悠佳 |
| --- | --- |
| 總 編 輯 | 洪季楨 |
| 編　　　輯 | 羅巧儀·葉雯婷·陳亭安 |
| 插　　　畫 | Aikoberry |
| 封面設計 | 王舒玗 |
| 內頁設計 | 王舒玗 |
| 編輯企劃 | 笛藤出版 |
| 發 行 所 | 八方出版股份有限公司 |
| 發 行 人 | 林建仲 |
| 地　　　址 | 台北市中山區長安東路二段171號3樓3室 |
| 電　　　話 | (02) 2777-3682 |
| 傳　　　真 | (02) 2777-3672 |
| 總 經 銷 | 聯合發行股份有限公司 |
| 地　　　址 | 新北市新店區寶橋路235巷6弄6號2樓 |
| 電　　　話 | (02) 2917-8022·(02) 2917-8042 |
| 製 版 廠 | 造極彩色印刷製版股份有限公司 |
| 地　　　址 | 新北市中和區中山路二段380巷7號1樓 |
| 電　　　話 | (02) 2240-0333·(02) 2248-3904 |
| 郵撥帳戶 | 八方出版股份有限公司 |
| 郵撥帳號 | 19809050 |